蒼天有眼
雲ぞ見ゆ

亀甲獣骨

きっこうじゅうこつ

山本一力

潮出版社

蒼天有眼
雲ぞ見ゆ

亀甲獣骨

本書関連地図

北京
天津
直隷
黄河
山東省
安陽
京杭大運河
洛陽
鄭州
河南省
安徽省
上海
杭州
長江
浙江省

主な登場人物

◉丁仁……丁家十二代当主。篆刻家。二十一歳。金石学も学んでいる。

◉王福庵……丁仁の友人。高名な金石学者の父を持つ。二十歳。丁仁主催の歓談会メンバー。

◉葉為銘……丁仁の友人。篆刻家、書道家、画家。三十四歳。丁仁主催の歓談会メンバー。

◉呉隠……丁仁の友人。篆刻、金石学に精通。三十三歳。丁仁主催の歓談会メンバー。

◉元突聘……丁家に出入りする図書・雑貨を扱う商人。北京在住。

◉王懿栄……清朝の高級官吏。国子監祭主（最高学府の総長にあたる）。金石学者。

◉劉鉄雲……王懿栄邸の食客。治水工事に参画し、金石学にも通じるようになった。

◉范維卿……王懿栄邸に出入りする骨董商。

◉呉源則……丁仁に史書の読み方を手ほどきする師匠。八千巻楼司書として蔵書収集にも携わる。

◉麗華……呉源則の娘。八千巻楼の司書兼任で、丁仁の世話をしている。

一

一八九九年（光緒二十五年）七月十二日（新暦八月十七日）午前十時前。この年は七月に入っても、連日の猛暑が浙江でも続いていた。

町のなかでも丁仁邸周辺は、ひときわ多くの緑に囲まれていた。濃緑葉を茂らせた木々が、広大な庭のあちこちに心地よい木陰を生み出している。

しかしそんな邸宅内でさえも暑気は樹木の群れを突き破り、強引に侵入してきた。

代々が文人家系の丁一族である。当代（第十二代）当主・丁仁はまだ数え年で二十一歳（満二十歳）の若さながら、特に篆刻（印章を彫る）などの分野ではすでにその名を知られていた。

母屋から出てきた丁仁は木漏れ日を顔に浴びながら、小柄な身体の両腕を突き上げて伸びをくれた。樹木の間を通り抜けてきた暑気も、丁仁が伸ばした両腕で振り払われた。

その動きの敏捷さが、丁仁の若さを際立たせていた。

今日は七月十二日、北京から隔月の十二日に丁仁のもとを訪れる図書と雑貨商人・元突聘が二カ月ぶりにやってくる日だ。いかなる書籍・雑貨を運んでくるかを思い、もう一度空に向けて腕を突き上げた。

すぐに腕を下ろした丁仁は、深呼吸をした。暑さで涼味を抜かれてはいても、木立を渡ってきた風は肺に心地よい。

胸を大きく開き、深呼吸を繰り返した。そして十一時に訪れる元突聘との先々月のやり取りを思い返した。

*

奇数月の十二日午前十一時。これが丁仁と元突聘とが面談（商談）をする刻限だった。大運河経由の乗合船で港に着いたあと、元突聘は馬車を仕立てて丁仁邸を訪れた。

図書と雑貨が毎回大量だったがためである。商談で丁仁と元突聘が向き合うのは、母屋に隣接して建てられている書庫だ。

土地の人々は敬い(うやま)を込めて邸宅の書庫を、当初蔵書された巻数に因ん(ちな)で「八千巻楼(はっせんかんろう)」と呼んでいた。丁仁の代になっても、毎月のように蔵書を増やしており、すでに二十万巻を優に超えていた。

書庫・八千巻楼は木造二階建てで、緑豊かな庭も一望にできる露台(ろだい)（バルコニー）まで造作されていた。

諸外国で発行された新刊図書と、中国古書の両方から漂い出る、書庫独特の香り。

一般人ならカビくさいと、顔を背けるかもしれない。しかし文人には比類なき佳(よ)き香りだ。

至福の空気に充たされた八千巻楼一階には、十人が歓談できる大型の黒檀卓(こくたんたく)と、椅子十脚が置かれていた。

丁仁は晴雨にかかわらず、書庫の卓を柔らかな布で磨き上げることから、一日を始めた。卓磨きは誰にも任さずに。

蔵書の香りと黒檀卓の黒艶(くろつや)とが、今日も息災で佳き一日となることを約束してくれた。

元突聘との商談場所も、八千巻楼である。

前回五月十二日（新暦六月十九日）の面談時、元突聘は外国語図書や篆刻に関する文献など、合計二十三冊を持参してきた。いずれも大型本で分厚く、重たい。

この書籍を港から運ぶだけでも、馬車が入り用だった。

丁仁は一冊ずつ表紙をめくり、目次から最終頁の奥付までをていねいに吟味した。

八千巻楼の蔵書は、丁一族が吟味に吟味を重ねて書棚に収めてきた。いまは吟味役が丁仁なのだ。八千巻楼の蔵書にかなうか否か、二十三冊を司書の目で吟味した。

最後の一冊から目を上げたときは、一時間が過ぎていた。

元一族と丁家(ていけ)との付き合いは長く、北京から持参する図書や雑貨には丁家も厚い信頼を寄せていた。

「どれも八千巻楼の書棚にふさわしい図書です」

丁仁の物言いは、元突聘に対する信頼と感謝に満ちていた。

身体は大きめな元突聘だが、暑い盛りのいまでも汗をかくことはない。が、この日持参した外国語図書は、いずれも高額本ばかりだ。

丁仁はなんら注文をつけずに全冊を買い求めた。大いに安堵（あんど）したのだろう。元突聘にしてはめずらしく、丁仁の前で額の汗を絹布（けんぷ）で拭（ぬぐ）った。

「重たい図書を運んできた甲斐がありました」

いつも通りの台詞（せりふ）で図書の商談を結んだ元突聘は、表情を和（やわ）らげた。磨き上げられた卓には置かず椅子に乗せていた、柳行李（やなぎごうり）に手をかけた。

そして折り畳まれていた白布を取り出し、黒檀卓の上に広げた。柳行李から取り出す品々を載せる白布である。丁仁がいかほど卓を大事にしているかを、元突聘は承知していた。

布が広げられたことで、丁仁の若い両目に期待の色が浮かんだ。遠来の親戚が携えてきた旅の土産物を見るときの、こどもの目の色と同じだった。

元突聘は柳行李から衣類と雑貨を取り出した。丁仁の目が喜びの光を帯びた。図書の商談を済ませたあとの、このいっときが二十一歳の丁仁には大きな楽しみだった。

元突聘が毎回北京から運んでくる柳行李には、浙江では入手できない都会の品々が、ぎっしり詰まっていたからだ。

「丁仁さまと同年代の若者たちが」

ここで言葉を止めた元突聘は、柳行李から麻の馬掛《マーグワ》（上着）を取り出した。大柄な元突聘は腕も太くて長い。両手で袖を摑《つか》んで広げて見せたが、腕は途中までしか開いてなかった。

丁仁の身体に寸法合わせを済ませて持参した馬掛だったからだ。

「北京の若者の間で、いま一番人気があります」

馬掛を見せ終えたあと、元突聘は綿の褲《クー》（中国式のズボン）と布鞋《プーシエ》（布製の靴《くつ》）とを取り出し、卓に広げた白布に載せた。

褲は綿の生成り色、布鞋は北京の町中でも見ることのない鮮やかな空色だった。

「若者たちが、好んで身につける衣類と靴です。丁仁さまも、お似合いなこと請け合いです」

元突聘の強い勧めもあったが、丁仁当人が麻の馬掛と綿の褲、紐《ひも》で縛《しば》る布鞋のどれも気に入っていた。

丁仁なら買い求めると確信していたのだろう。元突聘は北京で寸法の手直しを終えた馬掛と褲も、丁仁の足の寸法通りの布鞋も、三点ずつ用意していた。

八千巻楼は一階にも上部に設けられた明かり取りから、自然光が差し込む造りだ。いかほど強い陽差しが一階を照らしても、壁際の書棚に陽光は届かない。八千巻楼を設計した丁家先祖は、蔵書への気配りに抜かりはなかった。

時間は正午過ぎ。差し込む陽に照らされて、丁仁によって毎日磨き上げられている黒檀卓が、明かり取りからの光の加減で艶（つや）やかに輝いていた。

＊

七月十二日（新暦八月十七日）十時十分。

木立を渡ってくるなかで、樹木の精を取り込んだ庭の空気。八千巻楼前で存分に吸い込んだ丁仁は、書庫へと入った。

十一時には元突聘がやってくる。今回持参してくる図書と雑貨をあれこれ想像しながら茶を味わうのが、奇数月十二日ならではの楽しみだった。

黒檀卓には朱色の丸盆が置かれていた。大型の急須は仕上がった茶で満ちている。

湯呑みに茶を注ぐと、控えめな香りが立ち上った。

火災をなにより恐れた先祖は、八千巻楼内では炎立つ裸火を厳禁としていた。過剰な湿気も然りである。

先祖の戒め（いましめ）に従い、茶の湯沸かしは母屋の厨房（ちゅうぼう）に限っていた。茶葉により、湯温は異なる。それを心得ている司書兼任の麗華（れいか）は、その日の天候に合わせて茶を支度して書庫に届けた。

猛暑のこの日、麗華が用意していたのは、温（ぬる）さが暑い日の美味（うま）さを引き立てる茉莉花茶（ジャスミン）だった。

八千巻楼に満ちているのは、蔵書から漂い出ている文化と学問の香り……これが丁仁の認識であり、信条でもあった。ゆえに麗華は茶が邪魔せぬよう、香りは控えめに調(ととの)えていた。

八千巻楼を建築した先祖は杭州(こうしゅう)特有の猛暑の夏と、西湖の湖面をも凍結させる厳寒の冬とを知り抜いていた。

書庫一階の床板は、地べたから三尺一寸（約一メートル）、持ち上がっていた。

二階の露台を兼ねた窓は南向きである。

書庫を取り囲む木々には、すべて落葉樹を選んでいた。こうすることで冬場は陽光が一階、二階の両方に差し込んだ。猛暑の夏は葉を茂らせた木々が、巧みに暑気の侵入を遮(さえぎ)った。

床が持ち上がっていることで、厳冬期でも地べたの凍えは書庫内を直撃しない。

「書庫内に詰める者が快適ならば、蔵書も息災であろうぞ」

先達の知恵の恩恵を、丁仁も享受していた。

毎月一日と十五日の二回、丁仁は友人三人を私邸に招き、三時間の歓談会の例会を催していた。

話題も友人たちが持参する品々も、毎回違った。変わらないのは「浙江で見たことがない」品・事象を披露すること。

この決まりにかなうものを見つけるために、丁仁を含めた四人は耳を澄まし、目を凝らした。

前回、七月一日（新暦八月六日）の会では最年長三十四歳の葉為銘(ようしめい)が、三時間の会をまるごと独占した。

「直隷(ちょくれい)（河北省や北京周辺）・山東(さんとう)では商店の略奪や鉄道、電線を破壊する暴徒と化した義和団(ぎわだん)に対し、どう対応すべきか、朝廷内でも意見が対立しているらしい」
北京在住の友人のひとりが、六月二十九日（新暦八月五日）に葉為銘邸を訪れていた。三十四歳にして書道家、篆刻家、画家の各分野で名を知られている葉為銘は、多数の知己が北京にもいた。

あっという間に過ぎた三時間の仕舞いで、葉為銘は丁仁に頼みを告げた。

「今月十二日には、北京の元突聘さんがここに来るだろう？」

「その予定です」

暴風雨に襲われない限り、と言い足した。

「ぜひ最新の北京の様子や、その周辺の情勢と義和団の様子がどうなのかを、詳しく聞き出してくれ」

「聞き取ったことを、次の会で報告します」

七月一日の会で丁仁は、昨今、北京でまことしやかにささやかれている、竜骨に刻まれた神秘的な図形や文字のようなものが見つかったということも話題としたかった。

当時は、地中から出土する脊椎動物など骨の化石を、〝竜の骨〟と信じ、生薬として服用していた。

この竜骨にまつわるうわさについては、元突聘に詳しく調べてほしいと頼んでいた。が、義和団に不穏な動きがあるとの、葉為銘が友人から聞かされた情報には、丁仁までもが囚われていた。

そんな次第で、今日は元突聘から義和団騒動のいまを聞き出さねばならない。それと同時に、いや篆刻家ゆえそれ以上に、竜骨に刻まれているという文字らしきものの最新情報を知りたいと思っていた。

竜骨にまつわるうわさと義和団の状況を聞きたい丁仁は、元突聘の来訪をひときわ強く待ちわびていた。

二

七音階をハンマーで打ちながら、書棚脇に置かれた大型の鐘表（ジョンビアオ）（大型時計＝グランドファザー・クロック）が十一時を告げ始めた。

丁仁の父・丁立誠（ていりっせい）が元突聘から購入した時計だ。いつもなら鐘声（ジョンシェン）（チャイム）を心地よく感ずる丁仁だったが、いまは落ち着かない気分で聞いていた。

定刻十一時を過ぎても、元突聘が姿を見せなかったからだ。十七だった丁仁が元突聘との商談を受け継いでから、はや四年が過ぎていた。

その間、ただの一度も十一時に遅れたことはなかった。さらに言えば、父の代から奇数月十二日の十一時は決まりだった。

「元突聘は時間にも図書の目利きにも、正確な男だ」

丁立誠が下した評価の源である正確さは、丁仁が受け継いだあとも変わらなかった。

これが平常時なら、たとえ訪問時刻が遅れたとて、丁仁はさほど案ずることはなかっただろう。しかしいまの北京は平常時とは真反対だ。

義和団の不穏な動きに対して、清朝軍が鎮圧に乗り出そうとしないため、北京は騒然とした情勢なのだ。

なにごともありませんようにと衷心から願いつつ、麗華が用意してくれた茶の残りを注ぎ入れた。麗華は邸宅正門で元突聘を待ち受けているはずだ。

到着次第あの涼やかな声で、「元突聘さんがお見えになりました」と、来訪を報せてくれるに違いない。

いますべきことは心を落ち着けて、麗華の声を待つことだと丁仁は自分に言い聞かせた。

階段脇、大型の鐘表の真横の棚には、丁一族の足跡を記した丁家紀要が収まっている。一族の代々当主が書き込みを続けてきた、一族の記録である。

分厚い一冊を丁家では「紀要」と呼び、いまは丁仁に記載が委ねられていた。思案に詰まったときや心配事にまとわりつかれたとき、丁仁は紀要を読み返して元気を取り戻してきた。

元突聘の身になにごともありませんように……

口に出して願ってから紀要を取り出し、卓に戻った。湯呑みの茶を飲み干すと、盆ごと卓から下ろした。紀要に限らず、蔵書を開くときは水ものを遠ざけるのは鉄則である。手指の汚れと脂(あぶら)を拭い、紀要を開いた。

*

丁一族の先祖は山東済陽(さいよう)の出身である。

杭州に移ったのちは文物・古籍・印譜・印章・書画の収集に、積極的に取り組んだ。在所では入手できなかった古書などが、杭州では多数得られた。

資料・史料が入手できたことで、一族の主要研究分野であった金石学(きんせきがく)の研究・探究が大きく前進できた。

金石学とは古文研究の一分野で、古代の青銅器や石碑などに刻まれた銘文や画を研究する学問をいう。

丁一族は何代にもわたり、金石学を追究していた。現在のまだ数え年二十一歳の丁仁も、金石学を学び続けていた。

また丁家は代々書画篆刻を得意分野とし、関連図書が八千巻楼の書棚を埋めていた。

丁家の代々が収集し、いまも丁仁が集めている蔵書。

二階の各室まで書棚が埋めている八千巻楼の、古書が漂わせる空気を吸いながら丁仁は育った。いま卓の上で開かれている紀要。これを読み返すことで、丁仁は時間を遡行（そこう）する旅に出ることができた。

先祖が収集した古書や史料のなかには、紀元前の青銅器に刻まれた銘文が載っている頁があった。

いったい誰が、どこで、どんな道具を使って、このような文字を刻みつけたのだろうか。

文字は、なにを伝えようとして刻まれたのか。

史料を見ながら丁仁は、その時代を目指して時間旅行を続けていた。

まだ七歳だった頃から丁仁は、ときに終日八千巻楼に籠（こも）りきりになっていた。そんな丁仁を見詰めてきた父は、次男の丁仁を丁一族第十二代に就けた。

見慣れた系図をたどっているとき、鐘表（ジョンビアオ）（時計）が十一時半の短い鐘声を打ち始めた。気づかぬ間に三十分が過ぎていた。

元突聘はまだ来ないのかと、吐息が漏れた。

大丈夫だ、きっと来る……と、深呼吸を続けた。

「迷いは呼吸を浅くする。そんなときこそ、深呼吸だ」

父の言葉を思い返し、深呼吸を続けた。肺が古書の香りで満たされると、気分が晴れた。そのとき、扉が開かれた。

「お待ちかねのお客様が、いまお着きになりました」

丁仁が喜ぶと先読みしたのだろう。麗華は声も弾んでいたし、小さな顔の目元が笑みで崩れていた。

*

元突聘の到着遅れは、北京出発が大幅に遅れたことが原因だ。季節外れの激しい黄砂（こうさ）の襲来で、大運河を行き来する船の運航が大きく乱れたのが遅れの理由だった。

「こんな時節柄ですから、義和団が北京周辺でさらに激しい騒動を起こしたのではと心配していました」

丁仁の言い分を聞いて、元突聘は卓の向こう側から上体を乗り出した。

「まさに、まさにそのことは、いま北京で一番の心配事です」

北京から運んできた図書も雑貨も取り出す前に、元突聘は北京やその周辺の情勢を話し始めた。

丁仁もそれを知りたがっていると察してのことだった。

「山東省では義和団の活動が、日に日に烈（はげ）しさを増しているようです」

吐息を漏らした元突聘は、義和団の実態をご存知ですかと丁仁に質（ただ）した。

「知っているつもりですが、また聞き情報がほとんどです」

丁仁は卓に手を置き、元突聘を見詰めた。

「父からはいつも、一次情報にのみ信を置けと言われ続けてきました」

史料なら原本。ひとの言い分なら当事者。これらが一次情報である。丁仁が正直に明かした「また聞き」は二次情報、三次情報にすぎない。

元突聘の話が信頼できるのは、その多くが元突聘当人が現場で知り得た情報だったからだ。しかし義和団に関しては、元突聘といえども伝聞情報に留まっていた。

「いまから話すことは伝聞にすぎません」

それを断ったうえで、先を続けた。

「山東省随所の白壁に『扶清滅洋（清を扶け洋を滅ぼす）』と大書きしており、その壁文字は日に日に増えているそうです」

義和団の興りは山東省である。

「王朝の政や帝を外から助けるとの言い分に、理解を示す役人も多数います」

清王朝もいまや一枚岩ではないと、元突聘は嘆いた。

「王朝の内部に分裂ありと知られたら、外国勢力につけ込まれかねません」

元突聘は清王朝を大事とする旗幟を鮮明にしていた。丁仁も一族も同様であり、古代からいまに続く中国独自の文明には、強い誇りを抱いていると承知していたからだ。

「北京では毎日、明けても暮れても義和団の話ばかりです。そんなことしか話さない日々を続けると、ひとのこころの大事な部分がむしばまれます」

元突聘は供されていた茶に口をつけて、気を取り直した。

「いっときほどではありませんが、竜骨にまつわるうわさは時おり耳にします」

元突聘は話題を変えた。沈んで聞いていた丁仁の表情にも、生気が宿された。

北京周辺の義和団情報も知りたかったが、それ以上に竜骨に関する情報を知りたかったのだ。

卓に置いていた手を膝に戻して、丁仁が問いかけた。

「王懿栄先生と劉鉄雲先生は、竜骨集めを続けておいでですか？」

丁仁は敬いを込めた物言いで問いかけた。王懿栄は金石学の権威で、丁仁は深い尊敬の念を抱いていた。

「義和団騒動のあらましを嫌な気分で聞かれていた丁仁さまも、これを見ていただければ、鬱屈した気分をすっきり払拭できますこと、請け合いです」

ここで初めて元突聘は、持参した柳行李を開いた。そして大切に絹布に包まれた二片の骨片を取り出した。

いつも通り白い布を卓に広げて、それらの竜骨を載せた。

「手に取ってもいいですか？」

「お気に召せば、丁仁さまのものです」

元突聘の了承を得た丁仁は、白布ごと手元に引き寄せた。そして竜骨を手に取った。

すでに鐘表は正午を告げていた。晴天で昼の陽光は八千巻楼にも差し込んでいた。が、竜骨に刻まれたものを確かめるには、窓際から離れると明るさが足りなかった。

「おもてで見させてください」

丁仁のものだと元突聘に言われていたが、まだ商談は終わっていない。断りを言ってから、丁仁は書庫の外に出た。

大きな木の葉の群れの隙間から、真上からの陽光が八千巻楼の玄関前に降り注いでいた。

骨片に刻まれた図形や文字のようなものを確かめたあと、丁仁は室内に戻った。そして竜骨を卓に戻さず、さらにもうひとつの骨片を手にとった。

再び玄関前に出ると、左右の手にそれぞれ竜骨を持って、図形や文字らしきものが刻まれた箇所を陽光に当てた。

とはいえこの時分の杭州の陽は強烈だ。直射日光に当てることはせず、気遣いながら竜骨に陽光を当てた。

まだ数え年二十一歳ではあっても、丁一族第十二代だ。数え切れない数の篆刻を見てきた丁仁である。形を見ればそれが文字なのか図形なのか、およその判別はできた。

ところがこれらの骨片には何が彫られているのかは、見当がつかなかった。

判別はできずとも手に持っている竜骨が、気の遠くなるほどの昔のものだと右手と左手が訴えかけていた。

これはいたずらに彫った刻みではない。いつの時代なのかも、まだ分からない。しかし明確な意図を持った者が、何かを伝えようとして骨片に刻みつけたに違いない……

もう一度、丁仁は両方を陽光に当てた。

北京の王懿栄先生たちも、同じことを考えておられるのではないかと丁仁は直感した。

この刻みが何を意味するものなのかを知りたい！

八千巻楼の玄関前で、丁仁の息遣いが荒くなっていた。

深く尊敬はしていても、これがいったい何であるのか、王懿栄先生たちよりも先に証明したい。

丁仁は竜骨を両手に持ち、木の葉を見上げた。気が昂ぶり、身体の芯から湧きあがる武者震いを止められなくなっていた。

三

元突聘は丁仁邸に一泊し、七月十三日（新暦八月十八日）に北京へと戻って行った。邸宅正門に着けられた馬車が離れるまで、丁仁は麗華と並んで見送った。

「北京は大丈夫ですよね？」

馬車が見えなくなったところで、麗華は丁仁を見た。麗華の物言いは問いかけではなく、大丈夫だと言い聞かせているかに聞こえた。麗華の妹は北京暮らしなのだ。

「昨日の船が遅れたのは、季節外れの黄砂がひどくて運航が大きく乱れていたからだ、麗華」

義和団の騒動に巻き込まれたわけではないと、丁仁はきっぱり言い切った。

「昨夜は元突聘さんと遅くまで話をしていたけど」

丁仁が言いかけると、麗華は深くうなずいた。夕食を終えたあとは八千巻楼の一階に移り、丁仁は元突聘と真夜中近くまで話し込んでいた。

その姿が心配だったのだろう。麗華はおよそ三十分ごとに茶を運んできた。丁仁と元突聘は笑い声も立てず、引き締まった面持ちで話を続けていた。

そんなふたりを見ていた麗華は、北京やその周辺がただならぬ状況にあると思い込んだらしい。

「真夜中まで話し込んでいたのは、義和団のことじゃない」

麗華を見る目を和らげて、丁仁は続けた。

「北京でうわさになっているという竜骨のことについて、その子細を教えてもらっていたからだ」

丁仁は顔つきまでほころばせて、さらに続けた。

「もしも北京で大きな騒動が起きそうになったら、元突聘さんから至急便が届く段取りになっている」

麗華の妹も元突聘が安全な場所に移してくれる。

「それを頼んだから心配は無用だ」

聞かされて、麗華の表情が明るくなった。そんな麗華の肩に手を載せて、ふたりは連れ立って八千巻楼前に戻った。

玄関扉の前で丁仁は、茶は無用だと言いつけた。

「十五日の会に向けて、資料作りをしたいんだ」

誰も八千巻楼に近づけないように……丁仁の指図を、麗華はゆるんでいた顔つきを引き締めて受け止めた。

十五日の会とは、四人での例会のことだ。前回はほぼ、義和団のことに終始した。

今回は丁仁が資料をまとめて、竜骨に刻まれた図形や文字のようなものについての詳細説明を行う気でいた。そのために昨夜は元突聘から深夜まで、つぶさに聞き取りを続けたのだ。

麗華もつい今し方まで案じ顔を見せていた通り、都では義和団の処遇を巡って朝廷内の意見が対立していることに憂慮する声が渦巻いていた。

丁仁には義和団に与(くみ)する気は毛頭なかった。が、義和団が掲げていた「扶清滅洋」との自国を思う気持ちは理解できた。

我が国には西洋諸国にも優る文化文明があるのを丁仁は誇りにしていた。

いままさに、新たな文化文明の発見につながる扉が開かれようとしていた。

詳細は不明だが、元突聘が昨日北京から持ち込んでくれた竜骨に刻まれていたもの。あれこそは、まだ誰も知らない古につながる刻みだと、丁仁は直感した。気が昂ぶって眠れず、何度もランプの明かりで骨片の刻みを見詰め返した。

そしていまは、父の言葉を思い返して確信していた。

「証明は大事だ。しかし直感なくしては、証明を必要とする次への事態には至らぬ」

父の言葉は、いまも耳の内で響き続けていた。

八千巻楼の黒い卓に向かい、昨夜聞き取った北京での竜骨に刻まれた図形や文字らしきものの発見にまつわる逸話を書き留める気でいた。十五日の例会では、竜骨に刻まれたこの図形や文字らしきものから、誰もまだ知らない事実が分かるかもしれない、と自分の胸の内を話してみようと肚を決めていた。

三人を本気にさせる資料である。どんな表題とするかを、十五分も思案した。決まったあとは筆が滑らかに進んだ。

*

同年四月。陽気が暖かくなり始めた北京では、厄介者の蚊が活動を始めた。時を同じくして、冬場は鎮(しず)まっていた瘧疾(ぎゃくしつ)(マラリア)が、また流行し始めた。

著名な金石学者・王懿栄も、瘧疾を発症した。

王懿栄邸の食客(しょっかく)だった劉鉄雲は、北京中の薬種問屋から、瘧疾の特効薬なるものを買い求めてきた。

「竜骨という名の、生薬だそうです」

薬屋で教わった通りの効能を、劉鉄雲は王懿栄に聞かせた。

連日の高熱にうなされていた王懿栄は、その場で服用することを承知した。

多少なりとも恩師の役に立てれば嬉しいとばかりに、劉鉄雲は骨片を削り始めた。

「竜骨は小刀で削ります。王懿栄先生のお宅なら、お手元に鋭い切れ味の小刀は多数あるはずです」

王懿栄はこの薬屋の得意客である。ていねいに、脊椎動物の骨の化石を薬種とする特効薬調剤方法の伝授を始めた。

「削ったあとは薬鉢でさらに細かくすり潰します」

薬剤師の白衣を着た男は、薬鉢での潰し方を実演した。

「動物の骨から出る滋養は瘧疾の熱など問題なしに弾き返します」

潰した骨粉を湯呑み一杯の水で服用する。

「これを一日二回、朝晩に続ければ、三日を待たずに王懿栄先生は全快されます」

もしも三日で足りなければ、あと三日続けてくださいと言い、薬剤師は追加で数本の竜骨を劉鉄雲に差し出した。

なんとも奇妙なことに、なにかの効き目があったのだろう。王懿栄は三日目午後には高熱が治まった。

「劉君のおかげだ、ありがとう」

王懿栄から深く礼を言われた劉鉄雲は、もう一度薬屋を訪れた。そして竜骨を何本か買い求めた。

劉鉄雲の王懿栄邸逗留は、すでに三カ月を過ぎていた。その間、金石学に関する深い解説も受けていたし、碑文調査にも幾度となく同行を許されていた。

ここで王懿栄に瘧疾快復の恩義を確かなものとしておけば、今後もさらなる逗留が望めるに違いない……

その計算から、劉鉄雲は竜骨を購入したのだ。

特効薬ながら、さほどの高値ではなかった。竜骨と呼ばれる骨片を長逗留の礼とすれば、もしまた王懿栄が再発症しても、これらが役に立つ。

あれこれ思案を重ねながら、劉鉄雲は王懿栄邸に戻った。

*

ここまでを一気に書き進んだあと、丁仁は筆を置いて身体に伸びをくれた。

昨夜、元突聘から聞かされていたときは気づかなかったが、文字起こしをしているいまは確信できた。

竜骨には絶対に何か大きな秘密が隠されている、と。

四

母屋で昼餉（ひるげ）を摂っていたとき、いきなり食堂が暗くなった。激しい雷雨襲来の前触れである。この年の七月の杭州（こうしゅう）は頻繁に突然の雷雨に見舞われていた。

「明かりを灯（とも）しましょう」

麗華（れいか）が食卓に置く小型の燭台（しょくだい）一基を用意し、すぐさま点火の支度を始めた。朝昼晩、どの食事でも明るいなかで摂るのを、丁仁（ていじん）は好んでいた。

「ありがとう、麗華」

丁仁が礼を言っている間にも、空にかぶさる雷雲は凄まじい勢いで厚みを増していた。

急ぎ用意された明かりが食卓を照らし始めたとき。

まず青白い稲光が、食堂外の空を奔った。数秒遅れて、凄まじい轟音が轟いた。

母屋周りの落葉樹が、一斉にざわざわ揺れ始めた。さほど梢の高い木々ではないが、暴走を始めたカミナリに怯えているようだ。

カミナリが怖いのは麗華も同じだった。窓の外に稲光が奔るたびに、麗華は身体を硬くした。

「うちに落雷除けがあるのは、麗華も知っているよね？」

麗華は小さくうなずき、口を開いた。

「存じてはいますが……あの雷鳴が轟き始めますと、身体が勝手に硬くなってしまって」

麗華が答えている途中で、また光が奔り、数秒遅れの轟音が轟いた。

「立ってないで腰をおろせばいい」

丁仁に勧められたがまま、麗華は食卓の椅子に腰を下ろした。両手を膝に載せた身体は、樫の木のように硬くなっていた。

＊

丁家の書庫・八千巻楼に避雷針取り付け工事を発注したのは、丁仁の父・丁立誠である。

丁仁がまだ幼かったころの七月。

丁立誠と元突聘が月例の商談に臨んでいた折、八千巻楼は凄まじい雷雨の襲来を浴びた。そんななかでも、両名は平然と古書の吟味を行っていたのだが。

稲光と轟音とが、同時に生じた。バリバリッとものが裂ける音が立ち、続いて何かが地べたに崩れ落ちた。

ここに至り、丁立誠と元突聘は吟味を中断した。雷鳴が遠のいたところで、丁立誠は八千巻楼の玄関扉を開いた。

楼の近くの、ひときわ高い梢の木が、真っ二つに裂けていた。杭州でも落雷被害は生じていたが、丁立誠が目の当たりにしたのは、このときが初めてだった。

「あなたがかつて話していた、上海の避雷針だが」

できる限り早く、八千巻楼に取り付けてほしいと元突聘に発注した。

避雷針は一七五〇年頃、米国のベンジャミン・フランクリンにより発明された、落雷除け装置だった。

フランクリンが発明した当時の米国はいまの杭州同様、オイルランプとロウソクが照明器具だった。

丁立誠が避雷針設置を頼んだ一八八五年（光緒十一年）当時、すでに上海には大量の外国文明が奔流(ほんりゅう)となって流れ込んでいた。

石造りのビルも建設された。しかしビル内を照らす照明器具は、オイルランプとガス灯が主力で、電気は一八八二年（光緒八年）に電力会社が誕生したばかりという時代だった。

しかし夏場の上海では、落雷は頻発した。気象条件がカミナリ発生に適していたのだ。五階、十階の高いビル建設には、避雷針設置は重要事項のひとつとされていた。

元突聘は北京(ペキン)のほか、上海にも店を構えていた。

清(しん)王朝からの注文に応えられる外国製品や最新文献などは、圧倒的多数が北京より上海に早く入荷したからだ。

避雷針についても、元突聘は何軒も設置を受注していた。

八千巻楼の至近への落雷を目の当たりにしたことで、丁立誠は設置を決断した。建屋(たてや)と蔵書を、落雷被害から守るには、避雷針設置が必須としたのだ。

丁立誠が一八八五年秋に設置した避雷針は、十四年が過ぎたいまでも、落雷から丁家を守護してくれていた。

＊

カミナリが遠のいたのを機に、丁仁は八千巻楼に戻った。そしてほぼ毎日頁をめくっている、十六冊におよぶ『史記』から第一の巻を取り出した。

卓に着いたあと、閉じたままの『史記』を前にして、丁仁は両目を閉じ、黙考を始めた。

元突聘から聞かされた、北京における竜骨騒ぎ。

気が昂ぶったがため、我こそ竜骨に刻まれたものが何を意味するのか、誰よりも早く解明するぞと決意した。

カミナリに怯える麗華を近くに座らせたことで、父が設置した避雷針に考えが及んだ。

ベンジャミン・フランクリンは雷鳴にも稲光にも怯えることなく挑み、カミナリよけの避雷針を発明した。

それに比べて、おれはなんだ……

内からの声の烈しさに押されて、丁仁は目を開いた。

元突聘が持参してくれた骨片を手に取っただけで、解明は我が手にありと、根拠なきうぬぼれ、自信を抱いた。

それをいま、丁仁は深く恥じていた。

金石学者としても名が通っていた王懿栄先生は、いまこの時点にも、新たな竜骨を求めて、出入りの薬屋以外にも北京中の骨董商人たちに声をかけているに違いない。

いま自分がすべきは、元突聘から聞かされた仔細を、正しく文字に起こすことだ。それをいま目の前にある『史記』を読み返すがごとく、先生たちの研究の動きとして何度も何度も読み返すことに尽きる。

王懿栄先生に先駆けて、骨片に刻まれた「図形や文字らしきもの」を解明しようなど、恥ずべき思い上がりであろう。

丁一族は常に目とこころを開き、新しい文明と、いまだ知られずにいる古き文明に触れることを是としてきた。

功名心を好奇心の上に置いてはならぬ。

父・丁立誠の戒めであり、指南でもあった。

カミナリがすっかり失せたいま、丁仁の気も静まっていた。元突聘からの聞き取りの手控えを開くと、新たな目で精読を始めた。そして王懿栄たちの活動書き起こしを始めた。

*

王懿栄は国子監祭酒（最高学府の総長にあたる）を務めていた職業柄、手元には貴重な金石学の関連書籍が多数あった。

王懿栄と劉鉄雲は、手元にある限りの資料文献を片っ端から開いた。そして薬屋から手に入れた竜骨に刻まれた、神秘的な図形や文字のようなものと比較した。

資料にも実文献にも、ただのひとつも竜骨に刻まれたものは見当たらなかった。

「いまこの時点で……」

王懿栄は手元の資料の上に、竜骨を載せた。

「世に知られている金文よりも、さらに古い、古代文字なのではないだろうか」

「わたしもそう考えておりました」

劉鉄雲も王懿栄と同じことを思っていた。

根拠あってのことではない。金石学に携わる者としての直感が、劉鉄雲にこれを言わせていた
……

＊

ここまで書き起こしたとき、丁仁は筆を置いた。自分を戒めて筆を取ったというのに、身の内を流れる血の昂ぶりを静めることができなくなっていた。

竜骨に刻まれたものが、もしもまだ知られていない古代文字だったとしたら……

それに思い至るなり、丁仁は座っていられなくなった。急ぎ立ち上がり、書棚の引き出しを開いた。

元突聘が今回持参してきた品々を、丁仁みずから整理して収めてあった。

昨日、元突聘から買い求めた竜骨。そのふたつと白布を取り出して、卓に戻った。白布は二重

に折ったまま、卓に載せた。

大きな布は折ったままでもふたつの骨片には充分の広さだった。

文字のようなものが多く刻まれていた竜骨を手に持った丁仁は、まず刻まれた箇所の手触りを確かめた。

指の腹で慎重に触ることで、彫った工具などを大まかに推察できた。丁仁はこの推察力に抜きんでていた。

「おまえは想像力がすこぶる逞しい」

丁立誠は息子の推察力を高く買っていた。

「ときにおまえは、想像に走りすぎることもある」

戒めながらも、父は先を続けた。

「しかし想像力と直感力に秀でていることは、金石学をこころざす者に求められる必須の資質だ」

これまで幾度も、丁仁は父のこの言葉に背中を押されてきていた。いままた、然りである。

手元の竜骨に触れながら目を閉じた。こうすることで丁仁は行きたい場所に行けたし、見たいものを見ることができた。

いま目指していた場所は『史記』で何度も読んできた王朝の都のようだった。

王懿栄と劉鉄雲が口にしたこと。

世に知られている金文よりも、さらに古い、古代文字なのではないだろうか。

この言葉が丁仁のあたまの内で走り回っていた。

王朝の都とは、いったいいつのどこなのか。閉じた目の内で、『史記』に書かれていた記述があれこれ思い浮かんだ。

黄河（こうが）文明は、世界の考古学者の知る一次文明（他の文明に影響されずに発生した、独自の文明）である。

丁仁は事典や文献で読んできた黄河文明の記述を思い返しながら、白布に載せてある骨片に刻まれた文字らしきものの起源へと向かって旅していた。

突如、こどもの声が耳の内で響いた。

想像の世界に浸りきったときの丁仁は、行ったこともない土地の情景や、その土地の風俗を思い浮かべることができた。

丁立誠が言い当てた、息子の特異な才能がこれだった。

獣の骨らしきものを手に持ったこどもたちが、闘いごっこに興じている場が、目を閉じた丁仁には見えていた。

こどもたちが遊びに使うほど、大量の骨片が存在していたということなのか。

脳裏に描かれた情景が、あまりに鮮明だったがため、目を開いたときの丁仁は重たい疲れにのしかかられた。

が、深呼吸したことで、その疲れは失せた。

背筋を張った丁仁は、『史記』に手を伸ばした。竜骨の起源を探る手がかりは、『史記』にあると思えたのだ。

椅子から立ち上がると、両腕を突き上げて伸びをくれた。充分な深呼吸も繰り返したあと、腰を掛け直した。

いままでとは違う心持ちで、『史記』の表紙を見詰めていた。

五

七月十二日（新暦八月十七日）元突聘乗船の船には、張新得（ちょうしんとく）が乗り合わせていた。元突聘と張新得とは、まったく知らぬ間柄だ。

季節外れの黄砂（こうさ）の影響で、予定より大きく遅れての到着だった。

北京からの船は乗船客が多い。たとえ定刻通り接岸されていたとしても、桟橋は出迎え人で溢（あふ）れ返っていただろう。

北京暮らしの張新得を迎えに来ていたのは、杭州まで出稼ぎに来ていた兄・張新大（しんだい）である。

張兄弟はともに小柄だ。建築現場での軽い身のこなしが、ふたりの売り物だった。

下船してきた大半の客が、大荷物を複数運んでいた。

元突聘のように桟橋の仲仕（なかし）を雇い、当人は手ぶらで下船する客はまれである。

誰もが先に下船しようとして、大荷物を引きずりながら急な扶梯（フーティー）（タラップ）を下ろうとした。

大人数が一度に狭い扶梯に集中したことで、下りの群れが詰まった。

手荷物は小さな背嚢（はいのう）だけの張新得は、扶梯の人の隙間を巧みにすり抜けて、降り立った。

弟の身軽さを承知していた兄の張新大も、待ち受け人の間を抜けて、岸壁から歩いてくる弟に駆け寄った。

身軽な格好で来るとは予想していたが、まさか背嚢ひとつで来るとは思っていなかったらしい。

「それだけなのか」

兄は背嚢に触り、中身の工合（ぐあい）を確かめようとした。

「よしてくれ、兄貴。次々にひとが降りてくる」

背嚢にかけた兄の手を払い、新得は先に歩き出した。弟を追って、兄も岸壁から離れた。

人混みが薄れたところで弟は立ち止まり、兄を見た。

「黄砂がひどくて、船室から一歩も出られなかった」

下等船室は定員まで目一杯に詰め込む。長時間、船室に閉じ込められていた新得は、深呼吸を繰り返した。真新しい空気を存分に吸い込めて、人心地がついたらしい。

兄に対する物言いも、下船直後よりは穏やかになっていた。

「今夜の宿はとれているよね？」

問われた兄は、しっかりうなずいた。

「今日の夕刻に出向く書店まで、徒歩で十分だ」

答えたあとで兄はもう一度、弟の背嚢を見た。

「こんなにぺったんこで、中身はいいのか」

膨らみは小さかったし、軽く押しただけで凹んだ。

「おまえ、本当に手に入れてきたのか」

新大は声を尖らせた。新得は兄の目を見詰めて、声を潜めた。

「人の目と耳に気をつけろと言い続けてきたのは兄貴だぜ」

兄を見る目を尖らせて、小声を続けた。

「手に入れた二個は、ちゃんと白布に包んで底に収まっている」

新得は背嚢に手を回し、ここにあると底部をさすった。

「クソ暑い船のなかでも、おれは背嚢を身体のそばに置いていた」

「本当か、その言い分は」

兄が背嚢の底部を外から押そうとしたら、新得は身体の向きを変えて兄の手から逃れた。

「大事な品だ、兄貴。やたら押したりしないでくれ」

弟が文句を言うと、兄は渋々の顔で弟の言い分を呑み込んだ。

いつもの新得は、兄の指図に文句をつけたりはしない。よほどに船旅はきつかったのだろうと察した新大は、桟橋から町に向かうひとの波の後ろについた。

*

張新得が北京の日雇い仕事を休み、杭州に出向いてくる気になったのは、兄の言伝（ことづて）を運んできた者がいたからだ。

杭州ではいま、公共の建物や富裕層の邸宅建て替え・新築が重なり、多くの建築労働者を欲しがっていた。

事情は北京も上海も同じである。しかも北京と上海は、ともに建物の高層化が著しく進んでいた。高い建築現場を得手（えて）とする職人は、北京でも上海でも高い賃金で雇い入れられていた。

杭州から北京に、高賃金を求めて建築職人はひっきりなしに移ってきていた。兄はそんな職人のひとりに、弟への手紙を託していた。

「北京ではいま、竜骨といわれる生薬（しょうやく）が大変な人気だと聞いた。できるだけ早く竜骨を手に入れて、杭州まで出てこい」

手紙は簡単な文面だったが、いままで兄の言うことに外れはなかった。確かに北京では、学者らしき連中が目の色を変えて竜骨探しに奔走しているという話を耳にしたことがあった。

商人との駆け引きなど経験のない学者が「竜骨はないか」と探し回っているというのだ。そのうわさは、建築現場の職人の間でも評判になっていた。

張新得と同じ現場で働いていた金平(きんぺい)という足場組立職人が、昼休みの雑談で、竜骨のことを話し始めた。

「おらの在所には、あんな骨片ならなんぼでもあっただ」

こども時分には仲間と掘り出して、技を競った。

「骨にはへんてこな絵みてえなものが刻まれていただ」

その骨に刻まれていた絵を活かして、獣だのひとだのの彫刻物作りを競ったという。

「村の土のなかに埋まっていた、あんな骨が、薬になるだなんて嘘にきまってるだ」

金平は北京の竜骨騒ぎを鼻先で嗤(わら)った。

「あんた、その骨片をいまでも持ってるのか?」

「持ってるだ」

金平は即座に答えた。

「仕事休みの手慰(てなぐさ)みに、いまも虎を彫ってるだ」

こども時分から虎が得意だったと、金平は鼻の穴をひくひくさせた。

「何個か、おれに売ってくれ」

無理には欲しがっていないと装いながら、張新得は続けた。

「いま杭州にいる兄貴が、古い骨を探しているんだ」

金平同様に、骨の彫り物を作っているが、いい古い骨が手に入りにくいと兄がこぼしている。

「二本、兄貴に分けてもらえねえか」

「分かっただ、張新得」

同じ彫り物好きのためになればと、金平は二本を譲ってくれた。

杭州の古書店店主・金高堂(きんこうどう)と、張新得の兄とは呑み友達だった。仕事のあとに新大が通っている呑み屋で、金高堂と隣あわせになった。

新大の在所が北京だと知ると、金高堂が白酒(パイジウ)の呑み比べを挑んできた。

「北のあんたらは酒が強いと自慢らしいが、ここには白酒が置いてある」

「知ってるさ。おれはそれが目当てだ」

答えたものの、新大は白酒を注文してはいなかった。明日は早出の足場作業が待っていたからだ。

「だったらここで、わしと勝負しようじゃないか」

長い白髭(しらひげ)を撫(な)でながら、金高堂が挑んだ。

「受けねえわけにはいかねえらしい」

勝負は引き分けとなった。が、新大の飲みっぷりを金高堂は大いに気に入ったようだ。

「ここで逢ったら、また勝負だ、張新大」

その夜をきっかけに、ふたりの付き合いが始まった。

北京の竜骨騒ぎが杭州にも聞こえてきた、今年五月。

「あんたの弟は、いまも北京におるのか？」

「足場作業に精を出している」

「だったら新大……」

もしも北京で竜骨が手に入ったら、ぜひわしに譲ってくれと、金高堂はめずらしく呑み屋で真顔を拵(こしら)えた。

「弟がもしも骨を一本でも手に入れられるなら、わしに譲ってくれ」

金高堂の頼みは本気だった。親爺(おやじ)の人柄、男気に惚れ込んでいた新大は、なんとかしてみると引き受けた。

「親爺さんは、そんなに竜骨が欲しいのかい？」

「わしが欲しいわけじゃない」

長い付き合いの丁家の若い当主から、手に入らないかと問われていると、事情を明かした。

「学問と真正面から向き合っている若いご当主の頼みだ」

金高堂は卓の上で両手を組み合わせた。

「北京の商人にも頼んでおるそうだが、なんとか丁仁さんのお役に立ちたいでの」

金高堂の切なる願いを知った新大は、北京に移るという職人に、弟への手紙を託した。

二カ月の時間を要したが、張新得は竜骨二本を手に入れて杭州にやってきた。

「金儲けには縁のない話だが、北京男児の名誉がかかっている」

兄の結びの言葉が、張新得にも強く響いていた。

＊

「いやはや……これが竜骨か」

古書店で張新得から手渡された竜骨を、金高堂は見詰めたあと、手触りを吟味した。

稼業は古書店だが、骨董品などにも目が利く男である。竜骨の扱い方はていねい至極だった。

「あんたらの都合がつくなら、ぜひにも明日の午前十一時から昼過ぎまで、わしと一緒に丁仁さんとの面談に臨んでもらえんか？」

金高堂は白髭を撫でながら問いかけた。兄弟は顔を見合わせて、うなずき合った。

「明後日の船に乗るまでなら、弟もおれも時間がとれます」

返答を聞いた金高堂は、張新得に目を向けた。

「にいさんにも言っておいたが、この商いで、わしは口銭《こうせん》（手数料）を取る気はない」

金高堂はまるで、張新得を睨《にら》みつけるような目になっていた。

「あんたが仕入れた代金に、北京往復の船賃を加えた金額しか、丁仁さんには請求しないが、よろしいな」

「儲ける気など、兄貴もおれも、はなからねえことでさ」

心外だと言わぬばかりに、新得は言い切った。

「わしの言い方が気に障ったなら、勘弁してくだされ」

握手で差し出された金高堂の右手は、顔の真ん中にどんと座っている鼻のように大きく、肉厚だった。

小柄な張新得の右手は、すっぽり金高堂の手のひらに包み込まれていた。

六

金高堂はなにごとにも慎重をもってよしとする男だ。張兄弟との面談を終えたあと、店の小僧を丁仁邸に差し向けた。翌日の面談の承諾を得るためである。

七月十二日（新暦八月十七日）午後四時過ぎ。小僧が取り次ぎを求めたとき、丁仁はあいにく北京の元突聘と商談中だった。

「丁仁様は、ただいまお客様とお話し中です」

麗華に取り次ぎを断られた小僧は、懇願顔で金高堂からの書状を差し出した。

「丁仁様のご返事をいただくようにと、あるじからきつく言われていますので」

頼み込まれた麗華は使われている身を思い、小僧を母屋の玄関前に待たせた。そして八千巻楼に向かった。

書状を読んだ丁仁は、いささか驚いた。金高堂がいきなり私邸での面談を求めてくるなど、かつて一度もなかったからだ。

「丁仁様のお役に立つ品物が手に入りましたので……」

金高堂が役に立つと言うからには、貴重な古書が入手できたということだろうと、丁仁は思案した。

そんな金高堂の来訪は嬉しいことだ。

金高堂が求めている午前十一時は、都合がわるかった。元突聘に中座を断って書庫を出た丁仁は、母屋の玄関前で待っていた小僧に直接、口頭で返事した。

「明日午後二時にお待ち申し上げますと伝えてください」

「ありがとうございます」

返答が聞けた小僧は、弾んだ足取りで、正門に続く木陰の道を帰って行った。

『史記』を夢中になって読んでいた丁仁は、時計が二時十五分前を告げる鐘声（ジョンシェン）（チャイム）を聞いて驚いた。金高堂来訪まで、あまり時間がなかったからだ。

急ぎ『史記』を書棚に戻したあと、母屋に向かった。正午過ぎには不意の雷雨に見舞われたが、いまは天候もすっかり回復し、相変わらずの猛暑が続いていた。

「金高堂さんには、温(ぬる)めのお茶がいいと思う」

丁仁が言うと、麗華は笑みを返した。すでに温い茶の支度を始めていたからだ。

「ありがとう、麗華」

気配りに礼を言い、書庫に戻ろうとしたとき、来客を告げる門鈴(メンリン)が鳴った。これを取り付けたのも丁立誠だった。

麗華が応対に出ると、来客は金高堂だった。が、ふたりの連れがいた。

やり取りが聞こえた丁仁は麗華のつなぎを待たず、みずから玄関に出ていった。

「いささか早かったようですが、ご都合はよろしいので？」

「お待ち申し上げておりました」

長幼(ちょうよう)の序(じょ)を、厳しくしつけられてきた丁仁である。ていねいな物言いで応じたら、金高堂は連れを紹介した。

「ふたりは張兄弟で兄の新大は杭州で、弟の新得は北京で、それぞれが足場職人として働いております」

金高堂は大柄な男だが、脇に並んだ兄弟はどちらも丁仁とほぼ同じ背丈だった。

「本日の急な面談のお願いは、張新得が北京から持参いたした品物にかかわりがあります」

金高堂が言い終わると、なにかを察したかのような丁仁の目が、竜骨を収めた背嚢を背負っている張新得に向けられた。

が、丁仁はなにも問わず、三人を伴って書庫に向かった。

正門から玄関に向かう途中、張兄弟は八千巻楼の屋根に設置された避雷針に気づいていた。いま案内されて書庫に入る前、兄弟はいま一度、避雷針に見入っていた。

ふたりの視線に気づいた丁仁は、書庫の前で質(ただ)した。

「なにか気がかりでもありますか？」

「あれは……」

兄の新大が屋根を指さした。

「避雷針でやしょう？」

職人訛(なま)りだが、物言いの歯切れはよかった。

「大事な書庫の守護神です」

答えた丁仁の物言いには親しみが滲(にじ)んでいた。来客のなかで書庫の避雷針を言い当てたのは張新大が初めてだった。和(なご)んだ気持ちで三人を、八千巻楼に迎え入れることができた。

向かい合わせに座ると、すかさず麗華が茶を運んできた。給仕して出て行ったところで、丁仁が口を開いた。

「今日の金高堂さんのご用は」

卓に置いた張新得の背嚢を見てから、金高堂に目を戻した。

「竜骨を見せてくださるのですね」

丁仁の読みはずばり的中だった。大きくうなずいたものの、金高堂は驚きはしなかった。

丁仁の慧眼(けいがん)ぶりは、いままで何度も味わっていたからだ。

「あれこれ申しあげるより、まずは手に取ってください」

金高堂の目の合図で張新得は背嚢を開いた。そして白布に包まれた竜骨二片を取り出し、丁仁の前に差しだした。

「拝見します」

二片とも白布を開いたあと、丁仁は骨片の刻みを見た。陽差しが差し込む八千巻楼の窓際である。卓に座したままでも吟味はできた。

手触りまで確かめたあと、丁仁は書庫から元突聘が納めて帰った竜骨を手にして戻った。

金高堂たち三人の表情が変わった。すでに竜骨を丁仁が持っていたことに驚いたのだ。

丁仁は張新得が持参した二片に、元突聘の二片を並べた。四片を吟味したあと、元突聘の竜骨を手にして金高堂を見た。

「この二片は、昨日到着した北京からの船で、長い取引のある北京の方が届けてくれた竜骨です」

丁仁が言葉を区切ると、張新得が割って入った。

「おれもおんなじ船に、北京から乗ってきやした」

張新得は声を張った。しかし金高堂は明らかに落胆していた。すでに丁仁が竜骨を手にしていたことに気落ちしたのだ。

丁仁はしかし、好奇心に満ちた目で張新得に話しかけた。

「あなたも北京の薬屋で、竜骨を買われたのですか?」

「とんでもねえ!」

強く言い返したあと、入手の顚末を話し始めた。

「おれも兄貴も、建築現場の足場職人なんでさ」

「避雷針を知っていたのも道理ですね」

丁仁の言い分に、兄弟が深くうなずいた。

「ごめんなさい、話の腰を折ってしまって」

口を挟んだ詫びを言い、張新得に先を促(うなが)した。

「おれがいま働いている現場に、ガキの時分にこの骨片で遊んでいたってえ男がおりやした」

「なんですって!」

驚きのあまり、丁仁は素(す)っ頓狂(とんきょう)な声を発して、いきなり立ち上がった。そのまま張新得に問いかけた。

「あなたはこの竜骨を」

元突聘の竜骨を卓に戻し、張新得が持参した二片を手に持って問いかけを続けた。

「こども時分にこれで遊んだというひとから、じかに買い取ったのですか」

「その通りですが……それがどうかしやしたんで？」

丁仁の驚きぶりに得心（とくしん）できない張新得は、逆に問いかけてきた。

応ずる前に、丁仁は深呼吸を繰り返して気を落ち着けた。問いかけるに足るまで落ち着いたところで、声を出した。

「あなたはそのひと……こども時分にこの竜骨で遊んでいたというひとの、在所を訊ねられましたか？」

書き留めるために用意した小筆を持つ丁仁の手が、小刻みに震えていた。

七

七月十五日（新暦八月二十日）の歓談会の例会開始前、丁仁（ていじん）は例によって朝十時から、八千巻楼（はっせんかんろう）に籠（こ）もっていた。

今日の例会を思うと、朝餉(あさげ)のときから気が昂(たか)ぶっていた。丁仁が提示する大きな話題がふたつあったからだ。

その一は義和団(ぎわだん)の動静である。

七月一日（新暦八月六日）の例会で、葉為銘(ようしめい)から頼まれていた。

「元突聘(げんとつへい)さんから最新の北京(ペキン)とその周辺の情勢を、なかでも各地に侵攻する西洋列国と義和団の動静を聞き取って欲しい」

葉為銘の頼みがこれだった。

葉為銘当人も北京には友人・知人が多数いた。七月一日の例会で義和団の動静を三人に聞かせたのも葉為銘だった。

今回、元突聘から聞かされた義和団情報は、葉為銘から聞かされたものから、さほど新味はなかった。とはいえ日に日に義和団の動きが過激化していると、元突聘は告げていた。

竜骨(りゅうこつ)を北京から運んできた張新大(ちょうしんだい)・張新得(しんとく)兄弟の話でも、北京とその周辺の情勢は元突聘の話と大差はなかった。

北京市内にまでは、まだ義和団の過激な騒動はおよんでいない様子だった。

そんな北京から、竜骨が四片も届けられた。元突聘が持参してきた二片と、張新得が仕事仲間から手に入れた二片だ。

いずれもどうやら獣の骨の一部らしい。骨には四片とも同じような箇所に、文字とも思えぬ形が刻まれていた。

張新得の話では、河南省の片田舎から北京まで出稼ぎにきている工事現場の仲間から二片を手に入れたという。

元突聘の竜骨も見た目は張新得の品と同じだった。が、元突聘は仕入れ先を口にはしなかった。隠そうとしたわけではなく、元突聘当人が突き止めてはいない様子だった。元突聘はしたたかな商人だ。しかし長い付き合いの丁家に対しては、無駄な隠し事をするとは思えなかった。

張新得と元突聘の話を突き合わせれば、ひとつ確かなことが見えていた。

竜骨を求める元突聘のような仲買人や骨董品を扱う商人らが、北京市内の薬屋を漁り回っているということだった。

「次の九月にお伺いするときには、義和団をめぐる動きも竜骨のことも、さらに詳しいお話ができると思います」

丁家門前で桟橋行きの馬車に乗るとき、元突聘はこれを言い残していた。

麗華が用意した茉莉花茶を味わいつつ、丁仁は金高堂と張兄弟とのやり取りを思い返した。

兄弟を丁仁に引き合わせた金高堂は、元突聘と同額で竜骨二片分をと口にした。

「加えて張新得の北京往復の船代をお願いします」

金高堂の言い値には、張新得も異存なしとうなずいた。

「その額では、わたしの気が済みません」

言い値に銀一両を加えた額を受け取らせた。

「北京でまた竜骨にちなんだ話が耳にできたら、兄貴を通じて知らせます」

張新得が言い終わると、金高堂があとを受けた。

「河南省の詳しい地図が手に入り次第、またわたしがお届けに参上します」

張新得が持参した竜骨の出どころが河南省のどの辺りであるのか、金高堂は見当をつけているようだった。丁仁にはありがたい申し出である。

「よろしくお願い申し上げます」

一昨日の話し合いは、まことに実り多いものだった……

茶を味わいつつ手控えを丁仁が閉じたとき、麗華が八千巻楼の扉を開いた。

「お三方が揃っておいでになりました」

＊

「この前の丁仁さんが着ていた麻（あさ）の馬掛（マーグワ）（上着）が、とっても素敵だったものですから」

真っ先に八千巻楼に入ってきた王福庵（おうふくあん）は、驚き顔になっている丁仁の正面に立った。

今日も丁仁はお気に入りの麻の馬掛と生成りの綿の褲（クー）（中国式のズボン）、そして鮮やかな空色の布鞋（ブーシエ）（布製の靴（くつ））だ。靴を縛る木綿の紐（ひも）は燃え立つような赤色だ。

王福庵が履いている布鞋の色は赤で、紐は青だ。丁仁とは色違いだが、馬掛も褲も同じ品かと勘違いしたくなるほど酷似していた。

王福庵は丁仁より一歳だけ年下だが、上背は高い。背丈がある分、王福庵のほうが見栄えがした。

「丁仁さんの身なりを見たその日のうちに、上海から取り寄せてもらいました」

高名な金石学者を父に持つ王福庵である。丁仁の真似をしたことを、悪びれもせずに明かした。

富裕な暮らしを嫌みなく話せるのも、王福庵の得がたい特質と言えた。

「おれよりも、はるかに似合っている」

例会の顔ぶれ四人中、丁仁より年下は王福庵ただひとりだ。丁仁も正味の物言いで、年下の仲間を褒めた。

呉隠と葉為銘は、並んで書庫に入ってきた。

呉隠は数え年で三十三、葉為銘は同じく三十四。育ち方は大きく違っていたが、同い年も同然で、うまが合うのだろう。例会でのふたりは、常に隣同士に座っていた。

麗華が茶菓を供したことで、七月二度目の例会となる三時間が始まった。

七月一日の会は、ほぼ葉為銘が仕切ることになった。友人から聞かされた世間の情勢があまりに衝撃的だったからだ。

「葉さんの指示に従い、元突聘さんから北京とその周辺の現状を詳しく聞き取りました」

丁仁の正面に腰を下ろした葉為銘と呉隠とが、同時に深くうなずいた。そして先を促した。

「機を同じくして、北京から張新得さんが訪ねてこられました」

張新得の兄・張新大、杭州の古書店店主・金高堂も一緒だったと続けた。

「張兄弟はともに足場職人です」

北京情勢を話す前に、丁仁は張新得がなぜ北京から来たのかを説明した。

金高堂を説明するなかで、張新大についても話した。そして説明に区切りをつけたところで、四片の竜骨を卓に載せた。

「義和団については元突聘さんも張新得さんも、さほどに詳しい話はされませんでした」

ここまで言ってから、丁仁は四片の竜骨から三人に一片ずつ手渡した。

「義和団の動きよりも、北京では骨董品屋や仲買人らが薬屋に群がり」

丁仁は三人が手に持っている竜骨を指さした。

「新たな竜骨漁(あさ)りに、目の色を変えているそうです」

丁仁が口を閉じたあとは、銘々(めいめい)が骨片に見入った。

丁仁が注意するまでもなく、竜骨の扱い方は三人ともていねいだった。誰もが篆刻(てんこく)に通じている文人だったからだ。

なかでも葉為銘は篆刻界では全国に名が通っていた。

「北京での竜骨騒ぎは耳にしていたが」

葉為銘は両手で抱え持ったまま、常に携行している白布を卓に広げた。そして竜骨をそっと布に載せてから、丁仁を見た。

「こうして実物に触れたいまでは、穏やかではいられなくなる」

物言いもそうだが、葉為銘の顔が上気して見えた。

「十二、十三日に合わせて四片の竜骨を受け取ったあとは、わたしも葉さんとまったく同じでした」

夜も寝付きがわるかったと、言い添えた。口調はおどけ気味だったが、顔つきは真顔で引き締まっていた。

八

途中で四人は八千巻楼を出た。茶菓の休憩を取るためである。万にひとつも蔵書を傷めかねない振舞いは、書庫の内では厳禁だと、全員が骨の髄から承知していた。

呉隠も葉為銘も、最年少の王福庵も、書庫の大事を叩き込まれながら成長していた。

十三日は、正午を過ぎたころから杭州は不意の雷雨襲来を受けた。

幸い、今日の空は底抜けの青空だ。いきなり雷雨が襲いかかる気配はなかった。

八千巻楼の玄関前に設置された、大型ながら軽量の円卓と、四脚の椅子。

腰を下ろした四人はそれぞれが椅子の向きを変えて、邸宅正門から八千巻楼玄関につながる小径を見ていた。

両側に生い茂った落葉樹の庭木は、いまを盛りと緑葉で枝を埋めている。その庭木の間を渡って来る風は温(ぬる)くても、木の葉が発する精をたっぷりまとっていた。

四人とも暑いときこそ、温かなものを呑むようにとしつけられていた。冷たい飲み物は身体に毒だと、代々の親が子に言い聞かせていたのだ。

麗華が用意した茉莉花茶も、ほどよい温さに仕上げられていた。

庭木を渡ってくる風の心地よさに茶の美味が合わさり、四人の気持ちを安らげていた。

「丁仁が集めてくれた四片の竜骨だが」

話し始めた葉為銘の口調にも、八千巻楼内にいたときとは異なり、力を抜いた軽さが感じられた。

「いったいどんな連中が、なんのために、薬屋などから漁りまくっているんだろうか？」

つい先刻、丁仁は書庫内で、骨董品屋や仲買人らが北京市内を漁り回っていると、元突聘からの受け売りを話していた。

「それはおまえから、すでに聞いているが、おれには腑に落ちない」

茶の器を卓に戻した葉為銘は、丁仁に目を合わせた。

「いわゆる知識人と称される面々が、竜骨探しに夢中になっているのなら、おれにも納得できる」

丁仁から差し出された竜骨に初めて接したあと、葉為銘はひどく気を昂ぶらせていた。刻まれた図形や文字のようなものの由緒を想像するだけで文人の血が騒いだ。

「しかし丁仁、なぜ元突聘さんのような商人までが目の色を変えて、竜骨を探し回っているんだ」

ふうっと息を抜いた葉為銘は、口調を変えて質（ただ）した。

「おまえが元突聘さんや張新得さんから買い求めた金額は、いったい幾らだったんだ」

隠すことではないと考えている丁仁は、問いには素直に答えて金額を明かした。決して高額ではないと知った葉為銘は、さらに言葉を続けた。

「元突聘さんがわざわざ二片を仕入れたのは、その売り値を聞いた限り、大儲けを企んでのことじゃない」

「元突聘さんは、そんなひとではありません」

丁仁の強い口調に葉為銘は深くうなずき、さらに続けた。

「そうは言っても仲買人の多くは、一両で仕入れたものを相手が欲しがっていると察したあとは、ごたくを並べて百両で売りつけるのを生業（なりわい）としている」

葉為銘の言い分に、いまは三人が耳を澄ましていた。

「知識人が金持ちとは限らない。日々の暮らしの費えを切り詰めてでも学びを続けているひとを、我々は多数知っている」

聞いている三人が、一斉にうなずいた。そのうなずきには、富裕層である自分を承知している意味も含まれていた。

「そんなことは、目端の利く仲買人は百も承知のはずだ」

分かっていながらも血眼になって竜骨を買い漁る裏には、確かなわけがあるはずだと、葉為銘は断じた。

「誰か途方もない金額で、片っ端から竜骨を買い取る者がいると、おれは確信している」

葉為銘が口を閉じたら、呉隠があとを受け取った。

「葉さんの見当に間違いはない」

呉隠は強い口調で葉為銘の見当を支持した。

「この場の全員が承知していると思うが、北京の王懿栄師なら、青天井の金額で竜骨を買い取るだろう」

篆刻と金石学に深く通じている呉隠である。王懿栄の人物背景には、四人のなかでもっとも精通していた。

「いまさらわたしが、したり顔で言うことでもないが」

呉隠は知り得ている限りの王懿栄についての人物像を話し始めた。

「丁仁の耳に届いている竜骨についてのうわさは、おおむね正しいと、わたしも思っている」

王懿栄が瘧疾（ぎゃくしつ）（マラリア）を発症して苦しんでいたこと。

王懿栄に師事する食客（しょっかく）・劉鉄雲（りゅうてつうん）が、薬屋で瘧疾に効能があるとされる竜骨を買い求めたこと。

その竜骨に、得体の知れない図形や文字のようなものが、刻まれていたこと。

これらを呉隠も認めたうえで、王懿栄のいまの身分を正確に明かした。

王懿栄は清（しん）王朝に仕える能吏でもあった。

身分は国子監祭酒（こくしかんさいしゅ）。最高学府の総長に相当する高級官吏である。

「清王朝の信任も厚い方だとうかがっている」

呉隠はまだ面談の機会も得ていない王懿栄に対して、衷心（ちゅうしん）よりの敬意を抱いているようだ。呉隠の口調から察せられた。

「王懿栄師ならば、何片の竜骨が持ち込まれようとて、潤沢な資金の裏付けがある師だ。仲買人たちの言い値で買い取られるだろうと想像がつく」

王懿栄に売り込めば、言い値で買い取ってもらえると、利にさとい仲買人たちは情報を交わし合っている……

北京で広まっている竜骨騒動の根元はこれだと、呉隠は推察していた。

「だとすれば、呉隠……」

最年長の葉為銘が割って入った。

「丁仁が聞き込んだ、あの男の……」

「張新得さんです」

丁仁が名を告げると、葉為銘はそのあとを続けた。

「その張新得に竜骨を譲ったという男の在所……」

葉為銘はまた中断して、丁仁に答えを求めた。

「河南省の片田舎と聞きましたが、詳しくは聞かされませんでした」

丁仁の返答を諒（りょう）とした葉為銘は、呉隠を見て続けた。

「河南省だと分かっただけでも、大きな収穫だ」

葉為銘は身体を動かし、呉隠と向き合った。

「呉隠の伝手（つて）を通じて、王懿栄先生にこのこと……竜骨の出所はどうやら河南省らしいと教えてあげるのはどうだ？」

国子監祭酒に情報が提供できるとは……

丁仁も王福庵も晴れがましさを思い、卓に身を乗り出した。しかし呉隠はそれを拒んだ。

「この場にいる誰ひとり、王懿栄師とは面識がない」

国子監祭酒ほどの高位にいる者が、素性も分からぬ者からの情報など、本気にはしないと呉隠は断じた。

しかも竜骨に刻まれたものを解析するのは、王懿栄の本分である。他人から教えられても、素直には聞き入れぬと呉隠は続けた。

呉隠の先読みには、葉為銘も納得していた。

「さらにもうひとつ……」

呉隠は先へと話を続けた。

「義和団の動き次第では、王懿栄師の立場が変わるかもしれない」

「変わるとは、どういうことだ」

葉為銘が即座に問いかけた。

「師は清王朝の官吏です。いまの王朝は義和団との隔たりを保っていますが、先行きは不明です」

外国列強の出方次第では、王朝が義和団の後ろ盾になることも充分にあり得る。

「義和団と王朝とが結託することになれば、高級官吏たる師は義和団と同一行動を命じられるかもしれません」

北京情勢が分かっていないいま、王懿栄への接触は相手の邪魔となりかねない。

「北京情勢を見極めてから行動を起こすべきです」

呉隠の判断に、異を唱える者はいなかった。

九

丁仁（ていじん）たち四人が、王懿栄（おういえい）との間合いをどう計ろうかと思案していた、七月十五日午後。

当の王懿栄は執務室にいた。革張りの椅子には、高い背もたれがついている。

深く座った王懿栄は、薄く眼を閉じていた。外光を瞳が感じ取る、薄い閉じ方。

ものごとを深く思案するとき、王懿栄はいつもこの眼の閉じ方で臨んでいた。

世間に流布している、竜骨（りゅうこつ）にまつわる、うわさ。

幾種類もの話が、まことしやかに言い交わされていた。まさに何種類もあるが、どのうわさにも共通点がひとつあった。

瘧疾（ぎゃくしつ）（マラリア）を発症した王懿栄のために、食客（しょっかく）身分の劉鉄雲（りゅうてつうん）が、北京（ペキン）市内の薬屋で竜骨を買い求めたという筋書きである。

それらのうわさが、どれも真実のすべてではないことを、王懿栄と劉鉄雲は承知していた。なにしろ筋書きの当人たちだから、ふたりともその事実の全容は誰よりもよく分かっていたからだ。

このうわさには登場していないが、うわさの全容を知っている人物が、もうひとりいた。

それが范維卿（はんいけい）だった。

うわさの一部は正しい。

王懿栄が四月に瘧疾を発症したこと。

特効薬とされてきた竜骨を北京・宣武門外（せんぶもんがい）にある老舗（しにせ）の薬屋「達仁堂（たつじんどう）」で購入した劉鉄雲が、削って薬剤としたこと。

ここまでは、うわさも正しかった。が、竜骨を買い求めたのは薬屋だけではなかった。古くから王懿栄の執務室に出入りしてきた、骨董（こっとう）商の范維卿からも購入していたのだった。

王懿栄が竜骨を服用していると聞きつけて接触してきたのは范維卿だった。

「范維卿なら、手元に竜骨を持っているやも知れぬでの」

話を聞いてみてくれと、高熱にうなされながら王懿栄は劉鉄雲に言いつけた。

即座に動いた劉鉄雲と向き合った范維卿は、浮かんでくる喜色を抑えるようにして面談した。

「極上の竜骨が、つい昨日手に入ったところです」

范維卿は勿体（もったい）づけで、わざと顔つきをいかめしくした。

「まさしくこの十二片は、王懿栄先生への贈り物として、天から授かりましたのに違いございません」

そのときの范維卿は、仕入れた品が直ちに売れることを喜んだ。ゆえに高値はつけず、仕入れ値と同額の口銭（こうせん）を上乗せしただけで劉鉄雲に売り渡した。

范維卿にしてみれば、仕入れ値の倍に留めての売却は、破格の安値だった。

王懿栄邸に戻った劉鉄雲は、すぐさま小槌で竜骨を砕きにかかった。滑らかに削るには、范維卿から購入した竜骨は大きすぎた。

小槌を振り下ろそうとした劉鉄雲は、途中で手を止めた。得体の知れない線状の窪みが目についたからだ。

「あの骨董屋、ひどい疵物を売りつけたのか」

目を尖らせた劉鉄雲は、窪みを指の腹で撫でた。

劉鉄雲は指の腹で竜骨を撫でているうちに、まるで上質の鎮静剤を処方されたかのような気分になった。

范維卿からひどい疵物を押しつけられたという怒りが、次第に収まってきたのだ。

怒りが退いたあと、撫でていた指の腹の感じ方が違っていた。疵ではなく、なにかの刻みではないかと感じたのだ。

王懿栄は私邸内の明かりにランプと燭台の両方を用いていた。明かりはロウソクの裸火のほうが強い。

燭台に立てられていた中型ロウソクに点火し、范維卿から購入した竜骨を照らした。そして疵に見入った。

竜骨を傷つけぬよう、ロウソクとの間合いを保った。そして目を近づけたが、やはり疵にしか見えなかった。

が、自然にできた疵ではなさそうに見えた。

王懿栄は入手した史料などの吟味に、大型の天眼鏡を使っていた。執務室の机に置かれていた天眼鏡で、いま一度竜骨の疵を確かめた。

「まさか……」

劉鉄雲から驚きの声が漏れた。

天眼鏡で拡大された疵は、明らかにひとの手で彫られたものだった。

劉鉄雲は直ちに手元の竜骨すべてをロウソクにかざし、天眼鏡で確かめた。

それぞれ彫られた形は違っていた。しかしどの竜骨にも、ひとの手で彫られたに違いない疵が刻まれていた。

劉鉄雲は手元の竜骨すべてと燭台、天眼鏡を手に持ち、王懿栄の居室に出向いた。訪いを投げ入れると、落ち着いた声の返事が聞けた。

「入ります」

王懿栄にはあの竜骨を削った生薬が効いたらしい。

劉鉄雲を迎え入れた王懿栄は、学者であり高級官吏であるにふさわしく、すっかり落ち着きを取り戻していた。

その平静さを保ったまま、劉鉄雲に問いを発した。

「どうかしたのか、劉君」

両手で持ち運んできた竜骨、天眼鏡、それに明かりを灯(とも)した燭台をいぶかしんだのだ。なにも燭台を持ち込まなくても、居室はまだ充分に明るかった。

「先生の目で、お確かめいただきたいのです」

相手の許しも待たず、劉鉄雲は王懿栄が座っている椅子の前に近寄った。そして小さな台を師の前に引き寄せた。

持ち込んできた竜骨と天眼鏡を台に置き、なかの一片を王懿栄に差し出した。

「なにを始める気だ、劉君。それにこれは瘧疾の生薬ではないのかな」

咎(とが)めながらも、劉鉄雲には信を置いている王懿栄だ。物言いは厳しくはなかった。

「ただいま説明をさせていただきます」

劉鉄雲はさらに、天眼鏡を差し出した。愛用の天眼鏡である。黙したままだが、王懿栄は目の光を強めていた。

「先生の机から無断で持ち出しましたことを、お許しください」

詫びたあとは、燭台を手に持って先へと続けた。

「先生の目で、竜骨についた疵をお確かめください」

言いながら劉鉄雲は燭台で竜骨を照らした。

私物の天眼鏡を勝手に持ち出すなど、尋常ならざる振舞いに及んだ劉鉄雲である。しかし王懿栄は、それを咎めようとはしなかった。

劉鉄雲の金石学に対する造詣の深さを、王懿栄は評価していた。それゆえ、食客として住まわせていた。

その劉鉄雲が言い出したことである。王懿栄は天眼鏡を手にして、竜骨に刻まれた疵なるものを見た。しかし一片を見ただけでは、格別に気を惹かれた素振りは示さなかった。

「ほかにも、この疵らしきものは刻まれているのか？」

うなずきで答えた劉鉄雲は燭台を床に置き、小さな台に置いたすべての竜骨を師に差し出した。そして再び燭台を手に持った。

王懿栄は新たに差し出された竜骨のなかから、一片を無造作に選び、残りを台に戻した。

選んだ一片の疵を天眼鏡なしで見るなり、王懿栄は最初の一片に戻った。天眼鏡を手に持ち、双方に刻まれた疵を今度は精細に吟味し始めた。

天眼鏡を台に戻したあとは、指の腹で疵に触れた。

指の腹が感じ取ったことに、金石学者として深く気を惹かれたらしい。

王懿栄の態度が大きく変わった。椅子から立ち上がると、居室の窓際へと進んだ。

「台の竜骨すべてをここに運びなさい」

王懿栄の指示に従い、劉鉄雲はすべての竜骨を、午後四時前の陽が差し込む窓際へと運んだ。窓際に横一列に並べられた竜骨の前に、王懿栄は天眼鏡を手にしてしゃがんだ。そして深呼吸で気を落ち着けてから、一片ずつ、念入りな吟味を始めた。

すべての竜骨を精査したあとは、もう一度端の骨片から順に手に持ち、天眼鏡で再度吟味した。

十二片の竜骨すべてに得心するまでに、じつに半時間近くを要した。その間、劉鉄雲は師の後ろに控えて、口を閉じていた。

やっと劉鉄雲に振り返ったときの王懿栄は、相手を称(たた)える色を両方の瞳に浮かべていた。

竜骨は窓際に並べたままにして、王懿栄は椅子に戻った。陽が西に傾き始めており、竜骨を直射日光で傷める心配はなかったからだ。

椅子に座る前に、王懿栄は立ったまま劉鉄雲と向き合った。そして右手を差し出した。

劉鉄雲が右手を差し出すと、その手を王懿栄は左右の手のひらで包んだ。最上級の感謝を示す所作だ。

「そなたの慧眼(けいがん)のおかげで」

劉鉄雲の右手を包む手のひらに、王懿栄は力を込めた。

「もしかすると……われら金石学を学ぶ者には、途轍(とてつ)もない発見につながるやもしれぬ」

王懿栄は言葉を重ねて相手を称え、衷心(ちゅうしん)よりの謝辞も惜しまなかった。

「竜骨の疵は、ひとの手で彫られたものですね？」

問いかけた劉鉄雲も声が上ずっていた。

「金石学にあっては早計は厳禁だが、九分九厘、あの疵はひとの手で刻まれたものだ」

気を静めているつもりでも王懿栄の物言いは、気の昂ぶりを隠せずにいた。

が、劉鉄雲に話しかけたときは、気を静めていた。

「この疵が間違いなくひとの手によって刻まれたものだと断ずるには、この数だけではまったくの不足だ」

すくなくとも百を数えぬことには、早計とのそしりを免れないと、王懿栄は判じた。

「先生のおっしゃる通りと心得ます」

劉鉄雲は同意したうえで、考えを明かした。

「明日にでも、骨董商人の范維卿を訪れます」

ほかにも疵のついた竜骨はないのかと質してまいりますと、思いついた考えを結んだ。

「そなたの考えは大いによろしい。しかし明日では遅い」

王懿栄は配下の官吏に対するときの指図口調になっていた。

「手間だろうが、いまから直ちに范維卿を訪ねてもらいたい」

気が急いているのか、物言いはいつになく早口だった。

「何片あろうが数に限りは言わぬ」

范維卿の手元にある疵のついた竜骨を、一片も残さず買い取ってもらいたいと指図した。

「わたしの手で運びきれないときは……」

問いかけた劉鉄雲の口を塞ぐかのように、王懿栄は早口の指図をかぶせた。

「荷馬車を雇えばいい」

費えを惜しむなと言った王懿栄は劉鉄雲をその場に残し、執務室に向かった。急ぎ戻ってきたときは、銀の詰まった革袋を手にしていた。

「六百両の銀が納まっている」

相当な価値のある革袋を、王懿栄は劉鉄雲に手渡した。大金を預けるほどに信頼していると示したのだ。

「范維卿とは長い付き合いだが、金勘定には抜け目のないしたたかな商人だ」

王懿栄は商人のしたたかさを見抜いていた。

「わたしとではなく、劉君が相手となれば高値をふっかけるのは間違いない」

劉鉄雲は強くうなずきながら、指図に聞き入っていた。

「劉君が妥当と思うなら、相手の言い値を受け入れてくれてもいい。大事なのは、あるだけの竜骨を出させることだ」

「先生のお指図、肝に銘じて談判に臨みます」

劉鉄雲は引き締めた声で返答した。

「もうひとつの大事は、竜骨の出どころだ」

これにも劉鉄雲は強くうなずいた。劉鉄雲もまた、同じことを大事だと考えていたからだ。

相手のうなずき方を見たことで、くどい指図は無用だと王懿栄は察したようだ。

「竜骨の確かな出どころが分かれば、いつの時代に刻まれたものかを推察するための、大きな手がかりとなる。買い取り値の談判にも増して、定かな出どころを聞き出すことに力を注いでもらいたい」

「うけたまわりました」

きっぱりと請け合った劉鉄雲は、范維卿の店に出向く身支度を始めた。

多くの竜骨が十分に納まる背嚢(はいのう)を、王懿栄から借り受けた。六百両が詰まった革袋も背嚢に納めた。

時はすでに午後五時に迫っていた。しかしこの時分なら、まだ夕陽は達者である。

王懿栄邸から范維卿の店までは、劉鉄雲の急ぎ足でも一時間以上はかかった。

歩みを速めた劉鉄雲のあたまの内では、めまぐるしく考えが走り回っていた。

ことによると……いや先生の興奮ぶりを思うと九分九厘、竜骨に刻まれたものは古(いにしえ)の時代のなにかだ。

しかもそれは、金石学の第一人者ですら見たことのない、未知のなにかだと思われた。

軍資金はたっぷり預かっていた。

もしもまだ在庫があるなら、買い取り談判には強気で臨むことができる。

文人とも思えぬ先読みをして、劉鉄雲は考えていた。

たとえきつい条件をつけても、相手は応ずるとの判断もできた。

次々に思い浮かぶ談判での対処法に押されて、劉鉄雲は歩みをぐんぐんと速めていた。

十

范維卿は多忙を極めていた。

義和団の動きが日ごとに不穏さを増している。そんな情勢下にありながらも、さすがは清王朝の都・北京である。

市内の骨董商には、いまも国内各省から多数の美術品（書画・骨董・焼き物）が持ち込まれていた。

とはいえ、大半は二級品である。地方の道具屋（骨董商）は、目利き揃いの北京・上海では通用しない道具屋もどきが大半だったからだ。

そんな手合いと承知で、范維卿は都に上ってきた道具屋との商談に時間を割いていた。

掘り出し物を期待しているわけではない。

北京と上海に居留している外国人に、ほどよき値で売りつけられそうな二級品を仕入れるためである。

「考えてみなさい。悠久なる歴史の流れを誇る大清帝国だぞ」

西欧諸国からやってきた外交官や宣教師たちは、ことあるごとに珈琲館（カフェ）や茶館などに集い、中国文化に対する底の浅い知識を開陳し合った。

おもに上海に居留しているこの手合いが、范維卿には格別なるカモだった。

范維卿は英語と仏語を習得していた。

やがて到来するであろう外国人相手の商談に備えて、父親が伝手を使い、西欧諸国の租界が点在する上海に住まわせ、語学の習得をさせていたからだ。

范維卿は仏語以上に、英語を得手とした。

「これからは英語が世界を制する」

〝留学〞先の上海には、英国の強さとともに台頭する美国（アメリカ）の勢いを言い募る同朋が多数いた。

彼らの助言に従い、范維卿は英語習得に励んだ。同時に仏語も学習した。その成果ゆえ、商談においては英語と仏語での会話に不便はなかった。

「范維卿なら、英語も仏語も通じるぞ」

上海と北京に居留する外国人には、あたかも御用達骨董商の如き存在だった。

上背もあり、体格も西洋人に劣っていなかった。日々、不穏さを増している北京にありながら、范維卿は多忙だったのだ。

王懿栄に納めた竜骨は河南省から出張ってきた、自称道具屋から買い求めた亀甲と獣骨だった。土にまみれたこれらの亀甲や獣骨は、手に持っただけで、范維卿には古いものとの実感はあった。北京では近頃、瘧疾が流行の兆しを見せていた。亀甲や獣骨を削れば瘧疾の特効薬といわれる「竜骨」と呼ばれる生薬になることは、范維卿も知っていた。

生薬の価値は効能の高さもさることながら、なににも増してその古さが大事だった。范維卿の表情が動いたのを、道具屋は見逃さなかった。

「これは大変な年代ものですからねえ」

道具屋は上目遣いに范維卿を見つつ、話を続けた。

「売り方の口上を工夫したら、とんでもない値で西欧人に売りつけることができますぜ」

范維卿の考えとはまるで違うことを、道具屋は口にした。聞きながら、それもわるくはないと、考えを変えた。

気が変わった范維卿は、売り込まれた亀甲・獣骨を、古美術品を鑑定するときの目で吟味を始めた。

目を凝らしたら幾つもの疵が目に付いた。急ぎ他の亀甲と獣骨を確かめると、形こそ違うがどの品にも疵がついていた。

「この疵は……」

范維卿は道具屋に一片の亀甲の疵を示して質した。

「まさかあんた河南省から運んでくる途中で、うっかりつけた疵ではないだろうな」

「めっそうもない！」

口調の変わった范維卿に、道具屋は笑いで応じた。

「うちに持ち込んできた村の爺いが、しわの寄った顔で言ってたんです」

「なにを言ったんだ」

范維卿の物言いは、さらに詮議口調になっていた。

「亀甲や獣骨はいくらでもあるんじゃが、どれも妙な疵がついてやがる。それでも大丈夫ですかいと」

道具屋は范維卿から目を逸らさずに、次第を明かした。その表情にも言い分にも、嘘はなさそうだ。

「今日の書画三幅と壺二点は、あなたの言い値で買い取らせてもらおう」

道具屋の顔が大きくゆるんだ。

「この亀甲と獣骨あわせて十二片は、とりあえず預かっておく」

次の商談の折に答える、と相手に告げた。

「運んできても軽いものだから、それでけっこう」

商談が言い値で成立したことで、道具屋も上機嫌だった。

「今回はいつまで北京にいるのかね」

問うたものの、格別の意味はなかった。

「今日から向こう三日間、いつもの旅籠に泊まっとります」

道具屋の両目には逗留中に亀甲と獣骨あわせて十二片が、上首尾に売れますようにと、強い期待の色が浮かんでいた。

道具屋が店を出て行ったのと、ほぼ入れ違いだった。

大得意先の王懿栄からの使いが、店を訪れた。そして道具屋とのやり取りを見ていたかのように、竜骨はあるかと問うた。

あまりの巡り合わせのよさゆえ、范維卿は入荷したばかりですと、思わず答えてしまった。

王懿栄は官費を自在に使い、史料購入してくれる大事な得意先である。その王懿栄が瘧疾に罹病したと知っては、できることはなんでも引き受ける気でいた。

瘧疾特効薬の竜骨の用意なら、なんら苦労せずにできる手伝い、手助けだった。

王懿栄にも喜ばれると思うと、大いに気が晴れた。が、使いの劉鉄雲が竜骨を持ち帰ったあとは、少しく後悔の思いが湧きあがってきた。

あの道具屋が言った言葉が思い出されたからだ。

古いものならなんでもありがたがる西欧人には、格好の売り物になりそうだと、いまさらながら思っていた。

幸いなことに河南省の道具屋は、今日から向こう三日間は北京に逗留すると言っていた。

明日にでも店の者を差し向けて、北京滞在中に店まで出向いてもらおうと、考えをまとめていた。

ところがその日は、西欧人の来店客が続いた。どの客とも范維卿みずから接客した。

店員ふたりはともに、茶の給仕やら、蔵の品物の出し入れなどに追われて、使いに出すこともできなかった。

范維卿も店の者も、昼飯を摂ることもできないまま、日暮れを迎えることになってしまった。

「忙しい一日だった、ご苦労さん」

店員ふたりをねぎらいながら、遅い昼餉を摂っていたとき。背嚢を背負った劉鉄雲が来店した。

昼餉を店の奥の土間で摂るのは、北京ではめずらしくなかった。店員と同じ卓で麺を食していた范維卿は、知らぬ顔もできなかった。

劉鉄雲から丸見えだったからだ。

「范維卿さんに取り次いでもらいたい」

劉鉄雲のかすれ声は、麺をすすっていた范維卿にも聞こえた。急ぎ箸を卓に置いた范維卿は、劉鉄雲に近寄った。

「来客が続いたもので、ようやく今が昼餉です」

照れ隠しの笑みとともに話しかけた。

劉鉄雲は引き締まった真顔で応じてきた。

「折り入っての相談があって出向いてきましたが、話をさせていただけますね」

問いかけではなく、応対しろとばかりの物言いである。劉鉄雲とは商いの付き合いもなかった
が、大事な顧客の食客だ。

「どうぞ、こちらへ」

土間の壁際には商談用の卓を挟んで、座り心地のいい椅子が向かい合わせに四脚置かれていた。

奥に范維卿が座り、向かい側に劉鉄雲を座らせた。

「同日中に二度もお越しくださるとは。なにか急ぎの御用でしょうか」

麺を途中で中断させられたのだ。しかも劉鉄雲とは格別に商談がはずむとも思えなかった。

問いかけた范維卿の物言いには、来客に対する愛想も感じられなかった。

「じつは王懿栄先生からの注文ですが」

劉鉄雲が言葉を区切ったとき、奥の店員たちが麺をすする音が流れてきた。

劉鉄雲はわずかに顔をしかめたあと、言い分を続けた。

「今日分けてもらった竜骨ですが」

またズズッと音がしたが、劉鉄雲は構わず続けた。

「手に入る限りの竜骨をありったけ買い求めるようにと、先生から言いつけられました」

愛想なしで緊張感がまるでなかった范維卿の表情が、にわかに引き締まった。

「買い値は今回と同じでお願いします」

これを聞くなり、范維卿の両目が光を帯びた。

「それは無理です」

范維卿はにべもなく言い切った。

「無理とは、どういうことですか」

劉鉄雲が声を尖らせたとき、ズズッとひときわ大きな音を立てて麺がすすられた。

范維卿は問いには答えず、椅子から立ち上がった。奥に向かい、店員たちに音を立てるなと諫(いさ)めて戻ってきた。

「失礼しました」

詫びてから、劉鉄雲を見た。

「あなたから問われたのは、なにでしたかな」

したたかさを剝き出しにして、范維卿は問いかけた。

劉鉄雲は浅く座り直すと、背筋を伸ばして范維卿を見た。

「先生への竜骨の売り値は、今回と同じでは無理だと言われましたね」

劉鉄雲は問いの言葉で斬りかかった。

「そのように申し上げました」

范維卿は平然とした態度で応じた。

相手を見詰める劉鉄雲の表情が、さらにこわばっていた。

「あなたから買ったのは今日です。わずかな時間しか経っていないのに、同額では無理と言われても納得できません」

話しているうちに、自分で荒らげた声に怒りを増幅させられたらしい。

「王懿栄先生の指図で、おたくに出向いてきたんです」

劉鉄雲の目の端が吊り上がっていた。

「先生にきちんと説明できるように、同額では無理だという理由を聞かせてください」

言葉はていねいだが、荒らげた声に怒りが詰まっていた。

「仕入れ先は遠方です。連絡したり運んでもらったりするには、相当の費用がかかります」

同額では無理だという理由ですと、范維卿は締め括った。

劉鉄雲は返答の代わりに、深い吐息を漏らした。

十一

町に残っていた残照もすっかり失せて、淡い闇が店先を包み始めたとき。

「ピポッ……ピポッ……」

椅子とは反対側の壁に掛けられている大型の咕咕鐘（グーグージョン）（鳩時計）が、午後七時を告げ始めた。

劉鉄雲が鳩の啼（な）くのを聞いたのはこれで三度目で、驚きもしなかった。

いまの劉鉄雲は椅子に浅く座り、腕組みをしたまま、向かいの范維卿を凝視していた。

＊

毎正時と半時には時計上部の窓が開き、鳩が出てきた。そして時の数だけ啼いて、時刻を告げる仕掛けである。

午後六時に時計の鳩が啼くのを初めて聞いたとき。劉鉄雲はきつい談判の途中なのも忘れて、思わず壁際の咕咕鐘に見入ってしまった。

そのさまを見た范維卿は、胸の内でにんまりした。

高い値だった時計を、この范維卿が言い値で買った。それだけの価値はあったと、密かにほくそ笑んでいたのだ。

今年二月、商談で上海に出向いた。腹づもり以上の成果が得られたことで、商店めぐりに興じた。

前年八月にはなかった鐘表店（ジョンビアオディエン）（時計屋）が、大通りの片隅に開店していた。

立体に造形された一羽の鳩が、通りに突き出している看板に惹かれて、范維卿は店に入った。

フランス人が営む咕咕鐘の専門店だった。この店で范維卿は、初めて咕咕鐘なるものを知った。店には十二種類の咕咕鐘が、壁一面に掛けられていた。間のいいことに十二台の時計はいずれも、午後三時五分前を示していた。

店主らしき年配の男は、入店してきた范維卿には構おうとしなかった。白衣姿の店主には、中国人は客ではないと見えていたようだ。

范維卿も店主に話しかけはせず、壁際に近づいた。そして意匠を凝らした作りの文字盤と針の美しさに見入っていた。

十二台の時計の長針が、正時へと移ったら。

一斉に鳩が飛び出した。

「ピポッ、ピポッ、ピポッ」

十二羽の鳩がそれぞれ違う音で、三度啼いた。

范維卿は北京と上海では、名を知られた骨董商人である。美術品の鑑定眼は確かだとの自負があった。

店主に問わずとて、咕咕鐘は啼き方で時刻を報せる仕掛けだと呑み込んでいた。

一番大型で、窓から飛び出した鳩の姿も美しかった時計の下に立ち、店主に問いかけた。

「この鐘表（時計）は……」

范維卿は上の時計を指さして、仏語で問いかけた。

「売り物ですか。もしそうだとすれば、北京まで持ち帰ることができますか？」

仏語で問われた店主は、表情が変わった。相手を見下したような態度が失せて、愛想笑いすら浮かべて寄ってきた。

「持ち運び用の木箱がありますが、重たいですよ」

「港まで苦力（荷物運び人足）を手配してください」

北京では見たこともない時計だったがため、売買交渉では辣腕を振るう范維卿が、なんと店主の言い値で即座に買い取った。

范維卿は看板に惹かれて鐘表店に入った。

范維卿の店は看板など掲げてはいない。看板に惹かれて一見客が入ってくるような商いではなかったのだ。

その代わり、来店した客は、買わずには帰すものかと固く決めていた。

毎正時と半時を告げる咕咕鐘は、それを聞かせるだけで客を店に貼り付けておける……范維卿はそう判じた。

高値を承知で言い値で買った。ほかでは入手できないと判じたときの范維卿は、即決こそ最善と決めていた。

＊

長々と続いていた劉鉄雲との談判に、いまでは范維卿は強く倦んでいた。

しかも劉鉄雲はあの咕咕鐘にも、三度目には気をそそられなくなっていた。

その様子が范維卿の自尊心をひどく傷つけていた。来店客はひとりの例外もなく、咕咕鐘の二度目の報せを聞きたがった。

聞きたいがために、わざと長居をし、格別には欲しくもなかった品を買ったりもしたのだ。

劉鉄雲との面談を、ただ倦んでいたわけではない。

一刻も早く、河南省のあの道具屋が投宿している旅籠に、使いを出したかったのだ。

気が急くあまり、何度も談判を打ち切ろうと試みていた。

劉鉄雲はまったく取り合わず、范維卿から確かな言質を引き出そうとして粘り続けていた。

椅子に座したまま、范維卿は両手を突き上げて背筋に伸びをくれた。そのあとで劉鉄雲に眼を移した。

「あなたの粘り強さには、正直、根負けです」

范維卿は本気で相手に白旗を掲げていた。

「亀甲や獣骨を取り寄せるための諸経費は別途いただくとして、代金は何片になろうとも、今回と同額で結構です」

範維卿の返答を聞いても、劉鉄雲はいささかも詰めをゆるめず、さらに質した。

「あなたが言われる諸経費とは、世の中の相場に照らして妥当な額とさせてもらいます」

王懿栄は高級官吏で、各種経費の世間相場には通じている。経費の妥当性は王懿栄の判断に委ねると付け加えた。

「まったく劉さんは、並の商人以上に手強い談判をされますなあ」

皮肉と本音を混ぜ合わせた口調で范維卿は応じ、談判を閉じようとした。

ところが劉鉄雲は、さらに食い下がった。

「次回、亀甲や獣骨を買い取るときには、確かな出どころをかならず明かしてください」

もともと伸ばしていた背筋だが、いま一度、存分に伸ばした劉鉄雲は范維卿の眼を見詰めた。

「これは絶対に譲れない条件です」

念押しされた范維卿は、答える前に深い息を吐き出した。劉鉄雲とは逆に椅子に深く座り直し、身体を背もたれに預けて相手を見た。

「品物の仕入れ先を明かすのは、商人にはよくせきのことです」

劉鉄雲を見詰める范維卿の目に、怒りに似た光が宿された。

「それを明かせと凄まれたのです」

凝視された劉鉄雲は、息遣いを抑えて見詰め返した。

互いに目で切り結びながら、范維卿が続けた。

「出どころを明かすなら、なぜそれを知りたがるのか、確かなわけを聞かせてください」

范維卿は眼光で相手に攻め込んでいた。

「これがわたしの、絶対に譲れない条件です」

強い言葉で、劉鉄雲を押し返した。

「それをここで明かす許しを、王先生からいまのわたしは得ていない」

また両者の眼光が縺(もつ)れ合った。

「ならば劉さん、互いに相手への返答は、次回まで持ち越しとしましょう」

この言い分には劉鉄雲も納得した。

店から送り出すなり、范維卿は店員ふたりともを商談用の卓の前に呼び寄せていた。

十二

義和団(ぎわだん)の動きが活発化、いや激化の度を深めるに従い、列強諸国もまた不穏な動きを示し始めていた。

王府（現在の故宮）内に設けられた清朝政府の閣僚のもとには、各地からひっきりなしに至急報が届けられていた。

一八九九年（光緒二十五年）七月十五日（新暦八月二十日）朝八時前。

清朝政府の高級官吏である王懿栄も、多忙を極めていた。なにしろ王懿栄の住居は広大な王府の敷地内といえそうな至近距離に構えられていた。

朝食時ですら執務関連の文書が、食卓の二段文箱上段に置かれていた。王府から持ち帰ってきた文書だ。

そのすべてに目を通したあと、文箱下段の「既読箱」に移した。王府に参内後、すみやかにそれらの文書に官印を押し決裁するためである。

朝食後、二段の文箱は執務室に移された。王懿栄が外出するときは、執事役に文書類を預けた。

午前九時前に、王懿栄は劉鉄雲を執務室に招き入れた。

「范維卿には、わたしから返答をする」

多数の業務が控えているのを承知で、王懿栄はみずから范維卿と向き合う気になっていた。

劉鉄雲も得心顔になっていた。多忙をかきわけてでも范維卿と談判する……

竜骨に刻まれたものには、それほどの価値・重要性を秘めていると理解していたからだ。

食客の身分ながら劉鉄雲も、学術分野に留まらず広く名を知られた人物である。王懿栄当人が范維卿との談判に出向く判断は当然だと考えていた。

范維卿の店まで健脚とはいえぬ王懿栄の足では、一時間半は要する。当人も最初から馬車を仕立てる気でいた。

邸宅周辺には馬車や人力車、あるいは驢馬車も、多数客待ちをしていた。小回りの利く人力車のほうが早く行き着けるだろう。しかしひとり乗りの人力車では、道中の話し合いができない。

「ふたり乗りの馬車の支度をしなさい」

王懿栄の言いつけで、直ちに馬車が用意された。

「范維卿との面談に出向く。正午には帰ってくる」

出先と帰宅予定を伝えた王懿栄は、劉鉄雲を伴い馬車に乗った。劉鉄雲の背嚢には銀六百両が納まっていた。

范維卿の店までの道中は、途中で石畳の舗装路が途切れた。しかし真夏のような陽は地べたを芯から乾かしていた。週に三度ほど雷雨（夕立）もあるが、土砂降りの後には夕陽が戻り、同時に虹がかかることもあった。

乾きのいい街路には深いわだちも残ってはいない。固く乾いた道を、馬車は滞ることなく進んだ。

店に到着したのは午前十時二十分前だった。

まさか王懿栄当人が、それも馬車を仕立てて出向いてくるとは、あの范維卿ですら想像していなかった。

「ようこそ、お越しくださいました」

最上級のあいさつを示して、王懿栄と劉鉄雲を商談場所へと誘った。

王懿栄は気が急（せ）いているようだ。商談前の雑談をすべてすっ飛ばして、本題へと切り込んだ。

「劉鉄雲君は、わたしの配下ではない。彼がこれまでに遺してきた業績の高名は、王府にも充分に伝わっている」

王懿栄は劉鉄雲を称（たた）えることから話を始めた。

今後も范維卿との竜骨買い付け談判には、劉鉄雲をあてにしていた。

昨夜、執務室で聞かされた范維卿の応対ぶりは、劉鉄雲をただの使いの如くに扱っていると王懿栄は判じた。

劉鉄雲に対して無礼千万だし、范維卿の了見違いを根底から正しておく必要があると、王懿栄は考えていた。

「いまから十二年前のことだが、河南省鄭州（かなんしょうていしゅう）において黄河（こうが）が決壊し大洪水が生じたことがある」

王懿栄が唐突に河南省の地名を口にした。

范維卿の表情が瞬時に固くなった。これからきつい談判に臨む竜骨の出どころも、河南省だったからだ。

とはいえ河南省は広大である。気持ちを落ち着けた范維卿は、表情を戻して王懿栄を見た。

「大洪水の翌年、金石学（きんせきがく）に大変に造詣（ぞうけい）が深い呉大澂（ごだいちょう）氏が、あらたに黄河監察官に任命された」

ここからが話の本番だとばかりに、王懿栄は口調を張り、隣に坐した劉鉄雲を見た。なにを言おうとしているのか、話の成り行きを察したのだろう。劉鉄雲は浅く座り直して背筋を伸ばした。

「新任の黄河監察官に対し、劉鉄雲君はそれまでに学んできていた西洋の最新土木技法の採用を訴えた」

コンクリートや土砂運搬車、さらには汽船まで導入して治水工事の水準を飛躍的に向上させた。

「劉君の働きがあったればこそ、黄河の治水工事は成功し、洪水を治めることができた」

滅多なことでは出さない強く張った声で、王懿栄が話に区切りをつけたとき。

「ピポッ……ピポッ……」

壁に掛けられた咕咕鐘（鳩時計）の鳩が、十時を告げに内から出てきた。

王懿栄ほどの高級官吏でも、咕咕鐘を見たことはなかったらしい。話の途中だったにもかかわらず、壁の鐘表（時計）に見入っていた。十時を告げ終えたところで、ようやく正面の范維卿に目を戻した。

いま鳴った鐘表が王懿栄の表情も、場の気配も大きく和らげていた。結果、以後の談判が滑らかに運び始めた。

「うかつにもわたしは、劉鉄雲さんのご高名も業績も、まるで知らぬまま向かい合っておりました」

范維卿は正味の口調で、おのれの不明を詫びた。

あとをまた、王懿栄が引き取った。

「黄河監察官の呉大澂氏は、いまも言ったが金石学に大変に造詣の深い官吏であられた」

王懿栄当人もまた、金石学に深く通じている官吏だ。呉大澂を評する物言いには、衷心からの敬いがあった。

「そんな呉大澂氏と出会えたことが」

王懿栄はまた劉鉄雲を見てから話を続けた。

「我が客人である劉鉄雲君が、金石学を本格的に深く学ぶ端緒となった」

范維卿の表情が再び固くなっていたさなかに。

「王懿栄先生に至急の伝令が……」

店員が言いかけるなり、王懿栄は立ち上がった。そして伝令が待つ玄関前へと進んだ。

「なにごとだ、ここまで来るとは」

王懿栄が口を尖らせた。今朝の范維卿との談判は、まだ本題にも入っていなかったからだ。

王懿栄に一礼した伝令は、一通の封書を差し出した。封筒が朱色なのは、至急報の証である。

その場で開封したら、一枚の書状が納まっていた。至急の出仕命令である。

「承知した旨、伝えてもらいたい」

伝令を帰してから、王懿栄は席に戻った。

「至急の出仕を命じられた」

座り心地のよい席には座らず、立ったまま王懿栄は范維卿と劉鉄雲に話しかけた。

「これよりあとの談判はすべて、劉鉄雲君に託しておく」

なにごとも劉鉄雲の指図に従うようにと、范維卿に命じた。

「確かにうけたまわりました」

表情を引き締めて范維卿が応じたら、王懿栄は声の調子を変えて訊ねた。

「王府に急ぎ戻りたいが、馬車か人力車は頼めるか？」

「どちらでも用意できますが、王府に急ぐなら人力車をお勧めします」

胡同(フートン)の裏道や路地でも構わず突っ走る人力車には、上品走りの馬車では追いつけませんと強く勧めた。

「分かった、人力車にしてもらおう」

王懿栄の返答を聞いた范維卿は、自分の目で走り手を選んだほうがいいと付け加えた。

「うちから四軒先には、白酒(パイジウ)の立ち飲み酒屋があります」

人力車が威勢良く走る源は白酒である。昼夜も早朝も問わず、客の注文さえあれば、疾風(はやて)のごとく走りまくるのが人力車だ。

「立ち飲み屋の先には池があります」

車夫の多くは池の石段に片足を乗せて、白酒をあおっているという。

「人力車を誂えたい客たちは、車夫の飲みっぷりを見て、どの人力車に乗るかを決めます」

范維卿は王懿栄を正面から見詰めて続けた。

「わたしもついていきますから、先生がご自分で車夫を選んでください」

ここから王府までなら、相場はこれこれですと、范維卿は人力車代を教えた。

「もしも酒手（こころづけ）を弾んで走りを急がせたいなら、白酒二杯分の提示が目安です」

人力車の仕来りを伝授された王懿栄は、気乗りしたらしい。

「酒手の掛け合いは、わたしに任せてくれ」

すっかり車夫との談判に気をそそられていた。

「どうぞ、存分に」

相手の言い分を承知した范維卿は、王懿栄と劉鉄雲を案内して池の石段へと向かった。

炎天下の十一時前だ。陽は空の頂点目指して昇っていた。強い陽差しが池を目指す三人の、短くて漆黒の人影を地べたに描いていた。

池畔に植えられた柳は、濃緑の長い枝を垂らしている。池を渡ってきた微風が、ゆるやかに枝を揺らしていた。

十三

池の畔（ほとり）にはざっと数えただけで十数人の車夫たちが、思い思いの身なりで群れていた。

誰もが上半身は袖なしの内衣（ネイイー）（肌着）姿、もしくは裸だ。

北京（ペキン）中心部の大路でも、暑い盛りは車夫の上半身裸が許されていた。この時分は日焼けした素肌が、車夫には一番似合いだった。

下半身は全員が同じ姿だ。太ももの付け根近くまで剝（む）き出しになった、木綿の短褌（ドワンクー）（短いズボン）である。人力車を引いて疾走するためには、太ももの付け根まで剝き出しの短褌こそが、仕事着として楽だったのだろう。

王懿栄たち三人が連れ立って歩いていたら、何人もの車夫が声を発した。

「早い人力車がお望みなら、おれが一番だぜ。胡同の裏道もよく知ってるぜ」

どの車夫も声を張り、同じ台詞（せりふ）を口にした。なかには着ていた袖なしの内衣を脱いで、おのれの胸板の分厚さを誇示する者もいた。

身なりもほとんど同じだったし、袖なしの内衣から出ている腕と顔とが、同じ色に焦げて見えた。

「あの車夫なら速そうです」

范維卿は王懿栄の耳元でささやき、わざと当人から目を逸らして教えた。目が合っては売り込まれる。断るのが面倒だと范維卿は考えていたらしい。

王懿栄はしかし、勧めには従わなかった。独自の考えを持っているのだろう。池の畔の石段に片足を乗せて客待ちしている車夫たちには目もくれなかった。

そして端まで進んだ。王懿栄の動きをいぶかしく思いながらも、范維卿は口を挟まずに従っていた。

群れている車夫たちの一番端で、まだ色白を保っている男に真っ直ぐに近寄った。そして男に問いかけようと動いた。

黙って様子見をしていた車夫たちが、いきなり大声を発して罵り始めた。

「なんでえ、とっつあんよう。そんなやつに声をかけたりしてよう」

「ばかじゃねえか、目はついてるのかよ」

「あんた、野郎の知り合いか」

端の男に話しかけようとしたことで、車夫たちは口ぎたない言葉で王懿栄をこきおろした。罵声が飛んできても気にも止めず、色白の男に話しかける気らしい。

揉め事が生じては大変とばかりに、范維卿は身構えた。劉鉄雲は身動きの邪魔にならぬよう、着衣の前を縛り直した。銀が詰まっている背嚢は店に預けて出てきていた。

片足を石段に置き、目一杯に顔つきを歪めた車夫たち。そんな連中を王懿栄は見ようともせず、真っ直ぐ目当ての男に近寄った。

「王府まで乗りたいが、道には通じているか？」

「もちろんです」

短いやり取りだけで充分だったらしい。人力車代も確かめず、王懿栄は男に車の支度を言いつけた。

「すぐに持ってきます」

笑顔で応じた男は、車へと駆け出した。すこぶる動きのいい駆け足である。

「なぜあの男を選ばれたのですか？」

問いかけた劉鉄雲の脇には范維卿も並び、王懿栄が口にする理由に耳を澄ませた。

「見るからに、まだ新参者らしいが、猛者連中はあの車夫が一番端で客待ちするのを許していた」

男にたどりつく前に、手前に並んだうるさい面々が客を取る気だった。よもや新参者に声をかける客がいるとは考えなかったに違いない。

小声で説明を始めた王懿栄など、もはや用済みらしい。車夫たちは口を閉じて、新たな客の待ち構え態勢に入っていた。

「面倒な連中の動きを、悪口だけに止めておけるなにかを、わたしが選んだ車夫は秘めている」

走りは確かだろうと見当を付けた……まだ言い終わらぬ前に、男は車を転がして戻ってきた。

相当に使い込まれた車だったが、掃除も整備も行き届いている。

大きな車輪は陽差しを浴びて、銀色に輝いていた。毎日の手入れが確かでなければ、あの輝きは出ない。

「さすが王懿栄先生です」

本心から出た言葉で、范維卿は王懿栄の慧眼を称えた。

乗り込んだ王懿栄は、車夫が走り始めようとするのを止めた。そして乗ったまま范維卿に申し渡した。

「劉鉄雲君にすべてを託している」

短い言葉で告げると走り出しを命じた。

車夫が気負って駆け出したわけではないのは、滑らかな走り出し方で明らかだった。遠ざかるにつれて、走りはぐんぐん速さを増していた。

*

車夫が並んでいた池の畔から骨董店までは、一里（約五七〇メートル）ほどでしかない。その短い道を歩きながら、范維卿はあたまの内で、めまぐるしい勢いで考えを巡らせていた。

王懿栄と劉鉄雲に対する考え方を、根底からあらためねばならないと自覚していたからだ。

王懿栄は、ただの高級官吏ではなかった。車夫の選び方を見たことで、眼力のほどを思い知らされた。

いま山東省や直隷（ちょくれい）地域（河北省や北京周辺）では義和団が騒動を激化させている。もしも都に押し寄せてきたときには、王懿栄も相応の対処を求められるに違いない。

清朝政府が義和団を親王朝なり親政府なりと判じたときには、王懿栄も現場指揮官として義和団に接するはずだ。

今日の今日まで王懿栄のことを骨董品・出土品、貴重史料を高値で買い付ける高級官吏、学者だと決めつけていた。

慧眼なくして高級官吏は務まらぬと、いまの范維卿は王懿栄への敬いを抱いていた。

これから談判に望む竜骨の取り扱い方も、相手をなめてかかっていては極上顧客を失うことになる。

劉鉄雲との談判に際しても、同様の心構えが欠かせぬと思い直した。

ただの食客だと判じたことで、范維卿は相手を見下してかかっていた。劉鉄雲当人が王懿栄に仕える、下っ端の食い詰め学者のごとくに振る舞っていたからだ。

それも大きな思い違いだった。今後の竜骨に関する交渉のすべてを劉鉄雲に託すと、王懿栄は二度まで明言した。

気を引き締めて対応せねば、大しくじりをおかす。

店までのわずかな道のりを、范維卿は丹田(たんでん)に力を込めて歩んでいた。

＊

店に戻ってから間をおかず、咕咕鐘が十時半を一度の鳴声で告げた。鳩が出てくるのは毎正時と半時に限られていた。

池の畔で費やした時間は、思いのほか短時間だったことに范維卿は内心で驚いていた。車夫とのやり取りなどで費やした時間は、ぎゅっと凝縮された時間だったのだ。

店員が用意した茶を劉鉄雲に勧めた。そして王懿栄から聞かされたことでいまも気がかりに感じていることを、自分から問いかけようと決めていた。

怖いものは食えば怖くなくなる。

気がかりは自分から相手に質(ただ)せば、答えがわかる。

このふたつを范維卿は父親から伝授されていた。

飛び切り蛇嫌いだった范維卿を、父親は市場に連れて行った。そして范維卿が怖がっていた三角あたまの毒蛇を、職人が切り開くさまを見せつけた。そのあとで調理された毒蛇を、まだ怯えていた息子に食べさせた。

調理人の腕が秀逸で、こわごわ口にした范維卿がぺろりと平らげた。

「怖いものは食べれば怖くなくなるぞ」

父親の教えを、范維卿はいまも実践していた。

いま范維卿が抱いている気がかりは、妙な疵(きず)のようなものが刻まれた竜骨の発見場所についてである。

劉鉄雲は十一年前、黄河の治水工事に参画して成果を挙げたと王懿栄から聞かされた。

劉鉄雲が仕えた黄河監察官は、金石学に造詣が深かった。治水工事の討議の合間の雑談から、劉鉄雲は金石学を知り、学ぶようになったという。

劉鉄雲の子細を知らぬまま売買談判に臨んでは、大失態を惹起(じゃっき)しかねないのだ。

気がかりと向き合うことから始めると肚を決めた范維卿は椅子に浅く座り、茶をすすっている劉鉄雲を見た。

十四

明らかにこの男は気がかりを隠し持って、わたしとの売買交渉に臨んでいる……

范維卿との談判を重ねるなかで、相手の焦りにも似たものを、劉鉄雲は強く感じていた。

それを確信した一番の理由は、ひっきりなしに繰り返される茶の給仕にあった。

王懿栄先生がまだこの席にいたときは、一度も新たな茶の給仕はなされなかった。

店の重要顧客であっても、王懿栄先生に対する扱いには際（きわ）だった特別扱いは示されなかった。

范維卿が店員に、それを命じなかったからだ。

馬車で王懿栄先生が出向いてきたことには、最上級のあいさつをくれた。そのあとは過度のへりくだりは示さなかった。

王懿栄先生と交わした会話のなかで、いつ范維卿の態度に変化が生じたのか……

またも茶の給仕を受けている范維卿を軽く見ながら、劉鉄雲は記憶をたどった。そして。

あのときだったと、劉鉄雲は確かなものに思い当たった。

黄河氾濫（はんらん）対策の治水工事で、劉鉄雲は河南省鄭州にいたことがあると、地名を王懿栄が口にしたときだった。

あの刹那(せつな)、范維卿の表情がいきなりこわばった。

さらにもう一度、監察官の呉大澂が金石学に造詣の深い学者で、劉鉄雲が金石学を学ぶ端緒となったと明かしたときだ。

二点を思い出すなり、范維卿の焦りの意味に突き当たった気がした。

范維卿が入手した竜骨である亀甲(きっこう)や獣骨(じゅうこつ)の出所は黄河流域のいずこかに違いない、と。文字のようなものが刻まれた竜骨発見の場所を、范維卿は教えたくはないはずだ。史料発見の地名は、金の卵も同然だからだ。

さりとて、あからさまな偽りは通用しないと、思い知ったに違いない。

ひっきりなしに茶の給仕を受けているのは、焦りが生み出す喉の渇きが原因だと劉鉄雲は断じた。

范維卿とは真逆で、劉鉄雲は深く座り直した。そして相手がなにを切り出すかを待っているゆとりすら生じていた。

「件(くだん)の竜骨を持ち込んできたのは、河南省の道具屋です」

范維卿が明かしたのは河南省だけで、郡県名には触れずに話を進めた。

「その道具屋とは顔なじみでしたが今回が初取引でした。持参した添え状が確かなものでしたので、道具五品を預かりました」

預かったのは壺二点と、書画三幅。まるで時代の異なる品だったがゆえ、これから鑑定人を呼び寄せる段取りだと、次第説明を始めた。

「北京で瘧疾（マラリア）が流行し始めているとのうわさを、その道具屋は耳にしたようです」

かつて河南省で瘧疾が大流行したときには、古い亀甲や獣骨のたぐいが特効薬「竜骨」として、土地の薬屋で販売されていたらしい。

「黄河流域では年代物の竜骨も、さほど苦労せずに手に入っていたそうです」

范維卿の言い分を、劉鉄雲は異を唱えずに聞いていた。黄河流域の土地なら、それもありそうだと思ったからだ。

ここまで話したあと范維卿は説明ではなく、逆に劉鉄雲に問いかけてきた。

「なにゆえ王懿栄先生は、竜骨にそこまでの関心をお持ちなのでしょうか？」

多忙のさなかにもかかわらず、みずから范維卿の店にまで顔を出したのだ。范維卿が疑問を抱いて当然だった。

「学術的な新発見につながる可能性があるからです」

劉鉄雲は正直に明かした。

「もしも王先生のお考え通りであったならば」

劉鉄雲は言葉を区切り、黙したまま范維卿を見詰めた。

この男は道具屋から買い取ったとき、どこで発見されたのかを正しく聞き取っているはずだ。

北京でもめずらしい咕咕鐘を客寄せ道具として上海から運んできた、したたかな商人だ。発見場所を確かめぬまま、買い付けるとは考えられなかった。

されどこの商人を相手にしての腹の探り合いでは、太刀打ちできない。

范維卿を味方に取り込むには、名誉をちらつかせるのが一番の効き目だろうと、劉鉄雲は確信した。

相手を見詰めて黙したまま、劉鉄雲は茶をすすった。そして大事を明かすぞと目で訴えてから茶を卓に戻した。

「あなたが道具屋から買い取った竜骨がどこで発見されたものなのか、正しい土地が分かれば」

また劉鉄雲は口を閉じた。范維卿はわれ知らず、卓の向こう側で上体を乗り出していた。

「世紀の大発見につながるかもしれない」

范維卿は喉を鳴らして固唾(かたず)を呑み込んだ。そして劉鉄雲を見詰める両目の光を強めた。

「もしも王懿栄先生のお考えが正しかったならば、あなたの名前は発見者として歴史に刻まれます」

劉鉄雲が結んだと同時に、咕咕鐘が鳴き始めた。

十五

劉鉄雲との談判後、范維卿は店員を使いに出した。あの道具屋を呼び寄せるためにである。幸い日暮れも近かったことで、道具屋は旅籠(はたご)にいた。が、北京の滞在予定を一日詰めて、明朝にも在所に帰郷する段取りでいた。

店に来た道具屋と向き合うなり、范維卿は切り出した。

「在所に戻ったあとは、手に入る限りの亀甲やら獣骨やらを北京に送り出してもらおう」

佳(よ)き買い手がついたと、軽い口調で告げた。

「送り出すときはくれぐれも、竜骨の表面の刻みを傷つけぬよう、大事に布で包んでもらいたい」

「布で包むとは、また大層なことを」

道具屋は口を尖らせた。

「簡単に言われますが、何百片もあるんですぜ」

それらを一片一片包んでいたら、布代だけでも相当な金額になる。

「とてもうちだけでは、それだけの布代を負担するのは無理です」

道具屋は強い口調で范維卿の指示を拒んだ。

「布のことも送り出しの箱詰めも、おたくに心配はさせないよう、万全の手配りを考えている」

息巻く道具屋に、范維卿は静かな物言いで応じた。

*

道具屋を呼びに出す前に、范維卿は運送屋の梱包職人との話し合いを持っていた。

道具屋が表面に疵のようにも見える何かが刻まれている竜骨を入手したのは、河南省安陽県の小屯村だと聞かされていた。

「運んでもらいたいのは、小さな竜骨です」

先代から付き合いのある運送屋に、范維卿は荷姿を説明した。口では分かりにくいと考えて、近所の薬屋で竜骨を買い求めた。

薬屋の品はしかし、形こそ似ていてもまったくの別物だった。

「これを何片、安陽県から運ぶのですか」

問うた梱包職人は、声を尖らせていた。

「定かではないが、数百かそれ以上になると考えている」

返答を聞くなり、職人は首を左右に振った。

「箱詰めする手間と布代、それに安陽からの送り代を計算したら、おたくさまが代金の額を承知できるはずがありません」

桁違いの運送代になりますと、職人は引き受けを拒んだ。

「なにか別案はありませんか」

職人の言い分に得心した范維卿は、ていねいな物言いで問いかけた。

「駱駝(らくだ)や驢馬に乗ってひとが運ぶのが一番です」

ほかに手立てはないとまで言い切った。

「大事な品でこれほどに小さいものなら、布に包んで背嚢に納めるのが一番です」

ひとり五十片詰められる背嚢を十人分作れば五百片が同時に運べる。

「こう言ってはなんですが、安陽の田舎なら駱駝や驢馬はもちろんのこと、運び手なんぞは十人どころか百人だって楽々集められるはずでさ」

絶妙なる思案を聞かされた范維卿は、落ち着いた気持ちで道具屋と向き合っていられた。

＊

「あんたが在所で真っ先にすることは、いわずと知れた表面に刻みがついた竜骨、亀甲や獣骨を掘り出すことだ」

「掘り出すのは無用でね」

道具屋はすかさず口を挟んだ。

「亀甲も獣骨も、瓶に投げこまれていますから」

欲がないのか、口が滑ったのか。道具屋は竜骨集めは雑作もないと軽く答えた。

「それは好都合だ、余計な費えを払わずにすむ」

范維卿の言い分を聞いて、道具屋は初めて舌打ちをした。范維卿は取り合わずに先へと続けた。

道具屋は二度としくじるものかと、口を固く閉ざして范維卿を見ていた。

「竜骨を一片ずつ包む布は、わたしが用意してもいいが、北京と安陽とでは、どちらが安く手に入るだろうか?」

「北京に決まってるでしょう」

道具屋は固く閉じたはずの口を開き、即答した。

「安陽で売られている品は、木綿に限らず他所から運ばれて来たものばかりでしてね」

北京に出てきたついでに、さまざま買い物をして帰ると道具屋は答えた。

「まこと、それは道理だ」

布は北京から送ると告げて、先に進めた。

「在所で集めた竜骨が、ひとり五十片納まる背嚢を、二十人分用意させてもらうつもりだ」

在所で背嚢を背負い駱駝か驢馬に乗って、北京まで運んでくれる人足を、二十人集めてもらいたいと告げた。

「千片の竜骨を北京まで運んでもらったら、あんたに五百両の銀を支払おう」

大金の重さを道具屋が感じ取るまで、范維卿はあとの言葉を口にしなかった。

道具屋が荒い息遣いになったとき、咕咕鐘が鳴声を一度だけ響かせていた。

十六

一八九九年（光緒二十五年）の北京には、中秋節を過ぎてもまだ暑さが居座っていた。いつまでも長引いている暑さはさまざまな形で北京での暮らしに影響を及ぼしていた。

なかでも大きかったのが、建築現場である。

外国公館は北京周辺にまで迫ってきている義和団に備えて、修繕改築が重なっていた。

ところがいつまでも居座る未曾有の猛暑は、建築現場にも悪影響を及ぼしていた。

「なんという暑さだ、足場の竹が歪んでいる」

張新得が働いている建築現場では、組み立てた足場に歪みが生ずるという、前代未聞の変事を引き起こした。

張新得は腕のいい足場職人だ。仕上がった足場を行き来して資材を運び上げる仕事だ。歪んだ竹を取り替える組立職とは、こなす仕事がまるで別である。

「足場が歪んじまったのなら、おれたちは動けねえ」

足場の組立が終わらない限り、仕事を休むしかなかった。

そんな張新得の耳に、あるうわさが聞こえてきた。

「范維卿の骨董店なら瘧疾（マラリア）特効薬の竜骨を、どこよりも高値で買ってくれるらしい」

こんなうわさが建築現場で聞こえていたのは、范維卿が出稼ぎ人夫に的を絞って流していたからだ。

修繕改築の施主の多くは、契約にきわめて厳格な外国人だった。例年にない猛暑の影響で、工程は大きく遅れていた。が、施主は工期厳守を言い募るばかりで妥協はしない。

困り果てた北京各所の現場監督たちは、ひとりでも多くの人足を確保することに躍起になっていた。そして少々の足場の歪みなど気にせず働く人夫の確保が急務だった。

いかに人夫を確保するか、その対処に監督は追われた。

猛暑に苦慮しているのは、うわさを流した范維卿も同じだった。

范維卿と道具屋との間で取り交わした竜骨の北京運び入れは、猛暑がたたって巧く運んではいなかった。八月中（新暦九月）に届くはずだった竜骨は、まだ一片も届いていなかった。

王懿栄はすでに多額の手付金を払っていた。一向に届かない状況にありながら、王懿栄は文句をつけずにいた。

義和団の動きが日を重ねるごとに烈しさを増しており、官吏としての対応に追われて、范維卿との談判どころではなかった。

さらにもうひとつ、頼みとする劉鉄雲が病床に伏せっていたことも范維卿との談判と向き合わない理由の一だった。

とはいえ范維卿は、竜骨を背負った背嚢部隊が到着しない事態を憂慮していた。今日にも王懿栄当人にねじ込まれたら、申し開きに詰まるからだ。

受け取っている手付金を返金したとて、范維卿の信用を傷つけるのは間違いない。儲けも大事だが、それ以上に范維卿は店の信用を重んじてきた。

その姿勢を商いの根幹とすることで、今日の店があった。

暦が九月となったとき、范維卿はひとつの決断をした。

あと十日待っても背嚢部隊が到着しなかったときは、わたしのほうから王懿栄先生の貴府（尊宅）に出向こう。そして正直に詫びよう、と。

店ののれんを守るために、范維卿は恥をかいても正直であることを選ぼうと決めていた。

そう決断しながらも、九月十日（新暦十月十四日）までに背嚢部隊が到着することを願っていた。

建築現場には河南省からの出稼ぎ人夫が多い。高値で買い取るとのうわさに惹かれて、人夫が竜骨持参でくるやもしれぬと、期待もしていた。

在所で手に入れた竜骨を北京に持ち込むのは、河南省からの出稼ぎ人足に多いと、道具屋から聞かされていた。

背嚢部隊到着までに、打てる手はすべて講ずると范維卿は決めていた。

張新得は河南省のあの男、金平から、置き土産として図形のようなものが刻まれている竜骨をさらに一片貰っていた。売るのではなく、この一片を持参して、范維卿の対応を見てみたいと考えた。

幸いにも、いまは仕事休みだ。北京から離れない限り、飯場から出てもいいと監督から許しを得ていた。

丁仁との約束もあるのだ。竜骨に関する情報を得るために、張新得は今日にも范維卿の骨董店を訪れようと決めた。

*

九月五日（新暦十月九日）の午後、元突聘の店に上海から小包が届いた。毎月五日前後に届く、最新輸入品を詰めた小包である。

いつも以上に重たく感じたのは、木箱を開いて得心した。

分厚い図書が十一冊も重なりあっていたからだ。木箱から取り出すまでもなく、元突聘には図書がなにか分かっていた。

美国（アメリカ）の桑港（サンフランシスコ）から蒸気船で運ばれてきた「商品一覧誌（通信販売のカタログ）」である。

十一冊すべて、販売先は決まっていた。

去年までは十冊注文したうち九冊を外国公館に納め、残り一冊を元突聘の蔵書としていた。すでに一八九八年度版、一八九九年度版の二冊が書棚に収まっていた。

今年一月（新暦二月）、丁仁との商談のなかで、元突聘は商品一覧誌を話題にした。が、現物は持参しなかった。

もしも蔵書の一冊を丁仁に見せたなら、持ち帰るのは不可能だと分かっていた。金額には糸目をつけず、ぜひにも欲しいと迫られるのは必定だった。

が、元突聘の蔵書二冊は、たとえ丁仁相手でも譲ることはできなかった。二度と入手できないからだ。

しかし今年七月（新暦八月）発刊予定の一九〇〇年度版ならば、これから発注すれば間に合うのが分かっていた。

毎年七月に、翌年度版が刊行される。それを話題にすることで、元突聘は商品一覧誌の新しい定期購読客を得ようと考えていた。

しかも元突聘は桑港の業者と提携して、商品一覧誌に掲載されている商品の取り寄せ業務も行っていた。

商品一覧誌も高値だが、取り寄せ商品によっては途方もない金額が必要となる。それに応じられる客は公館のほかには、丁仁のような資財力のある文化人に限られていた。

まさに丁仁は、選りすぐりの見込み客だった。

「ぜひにもその……商品一覧誌を一冊、入荷次第に直ちに届けてください」

あの丁仁が、前のめりになって発注したのが、今年の一月十二日（新暦二月二十一日）だった。それで一九〇〇年度版から一冊増やし、十一冊注文することにしたのだ。

長らく待たせることになったが、ようやく桑港から一九〇〇年度版が届いた。

新刊十一冊にはすべて、表紙の内側に一枚の印刷物が挟まれていた。美国ＫＯＤＡＫ（コダック）社が一九〇〇年に発売を予定しているフィルムカメラの発売予告の印刷物である。

このカメラもまた、丁仁には垂涎（すいぜん）の一品であるに違いないと、元突聘は確信していた。

北京市内ではいまも瘧疾が収まってはいなかった。竜骨は瘧疾の治療薬としても根強い人気があった。

丁仁が欲している資料は明確である。しかし元突聘はまだ店の看板にかけて売り込める竜骨も図書文献も、入手できてはいなかった。

次回九月十二日（新暦十月十六日）の訪問では、荷解きしたばかりの商品一覧誌と、表紙裏に挟まれている広告が一番の売り物である。

大型机の卓上には、いま自分の手で取り出し終えた新刊の商品一覧誌十一冊がふたつの山を拵（こしら）えていた。

上海から同梱されてきた他の品々は取り出さぬまま、木箱を脇に移した。そして椅子に座り、一九〇〇年度版商品一覧誌一冊を手に取った。これは元突聘当人の蔵書にする一冊だ。

表紙は黄色い厚紙に、黒インクで印刷されていた。

表紙にはこの号に掲載されている最新商品が二十点、選抜されて描かれていた。

版元が使っている絵描きの技量は、本年度号も前号、前々号同様に、その精密描写ぶりには驚嘆を覚えた。

目次の説明文によれば、この一冊に掲載されている商品は、なんと二万三千点を大きく超えていると表記されていた。

また今回も点数が増えている……胸の内でつぶやいた元突聘は、記憶を確かめるために書棚に向かった。そして二冊を手にすると、最新号が積まれた卓に戻った。

前回の一八九九年度版では二万二千点と明記されていた。その数だけでも途方もない数だった。外国の在外公館のある北京にあっても、見たこともなく、使い道も分からない商品が二万点以上も掲載されていた。

最新号では、その数がさらに千点以上も増えていたのだ。表紙を閉じた元突聘は、初めて一八九八年度版の表紙をめくったときの驚きを思い出した。

あのときの元突聘は、何にも増して商品一覧誌の分厚さに肝を潰した。驚きが引いたあとは、口惜(くちお)しさが込み上げてきて、座していられなくなった。

あのときはいきなり立ち上がり、私邸の周りを全力で走った。身体にきつい負荷をかけることで、湧き上がってくる口惜しさを弾(はじ)き返したかったのだ。

二年が過ぎたいま、また口惜しさが込み上げていた。が、今年は椅子に座したまま、気持ちを落ち着けることができていた。

息遣いを整えた元突聘は目を閉じて、おのれが学んできた知識をなぞり返し始めた。

こんな途方もなく分厚い本が印刷できるのも、つまりは用紙が発明されたからだ。

紙は紀元前二世紀の頃、中国で発明された。そしてシルクロードを経由して西アジア方面へと広まった。

紙が発明されたことで、水草の茎を板状に貼り合わせた「パピルス」や羊皮紙を記録媒体としていた文明が、激烈な変化を遂げた。

中国が紙を発明し、そこに文字を印刷する技術を発達させていたからこそ、十五世紀の欧州で初めて活字の印刷物が仕上がった。

さらにはいま目の前にある、これら三冊の商品一覧誌も世に出ることができたのだ。

それなのにいまは紙を発明した偉大な先人たちの末裔（まつえい）である我々が、はるばる太平洋の彼方から紙で出来た本を輸入している！

　あのときに覚えた落胆・怒りは、いまも元突聘の身体の内でめらめらと燃え盛っていた。

　かくなるうえは……

　深呼吸した元突聘は、気持ちを静めて血の巡りをよくした。丁仁さんたち四人の若き頭脳を結集してもらえれば、再び文化文明の先頭を走る発明・発見を為（な）してもらえる。

　知恵を柔軟に巡らせてもらうための呼び水となるのが、この一九〇〇年度版の商品一覧誌と、内に挟まれたＫＯＤＡＫカメラ発売予告広告であるのは間違いない。

　好奇心の塊（かたまり）も同然のあの四人に託せば、かならずや後世に役に立つ文化的大発見を成し遂げてもらえよう。

　気は静まって息遣いも穏やかになっていた。にもかかわらず、元突聘は全身に熱い力がみなぎり始めていた。

十七

元突聘に九月九日（新暦十月十三日）の朝、ひとつの報せが届いた。

「今朝の八時前から范維卿の店に、二十人もの男たちが次々と入っていっただよう」

報せてきたのは骨董店近くの池畔で、客待ちをしていた車夫である。元突聘が雇っている車夫で、骨董店に変わったことが生じたら報せるようにと言いつけてあった。

竜骨買い集めのうわさを耳にした日のうちに、元突聘はこの車夫を耳代わりに雇っていた。

「二十人とも駱駝や驢馬に乗ってきて、揃いの背嚢を背負っててよう。今朝もまだ暑さで地べたは焦げてたで……」

長旅で汗に汚れた身なりの面々が、背嚢に詰めてなにかを運んできたらしいと、車夫は見当を伝えてきた。

聞き終えた元突聘は、あることを確信した。

いま范維卿が二十人もの男に背嚢で運ばせたのは、丁仁がひどく興味を抱いている竜骨に違いないと。

前回、商品一覧誌新刊を見ていたとき、丁仁たちに次代の文化的発見を託したいと、強く思った。

元突聘は范維卿が、高級官吏で金石学の権威でもある王懿栄を得意先としているのは承知していた。背嚢で運び入れた品は、王懿栄の注文、もしくは王懿栄に高値で売りつけるための竜骨だ。

その品々はかなりの価値を秘めているはずだと、元突聘は丁仁の熱心さを思い浮かべて断じた。

ならば、いまこそ行動を起こすべきだ！

意を決するために、元突聘はおのれの頬を両手で挟み、パシッと張りのある音を立てた。

いまの元突聘は金儲けなど一顧だにしていなかった。

もしも王懿栄の注文で竜骨を運び入れているなら、丁仁にも最新の正しい情報を教えてやるべきだ。

それを知るには、范維卿と直談判するのが一番だろう。

肚を決めた元突聘は、范維卿への格好の手土産を持参できると確信していた。商品一覧誌の最新号である。

范維卿とは……上海で入手した咕咕鐘（鳩時計）を、新規顧客呼び寄せの道具にし、大成功を収めたほどに才覚ある男だ。

一九〇〇年度版商品一覧誌と、内に挟まれたＫＯＤＡＫカメラ販売予告広告には、丁仁にも勝るほどに気を惹かれるのは間違いないだろう。

この商品一覧誌を桑港から取り寄せているのは、清国広しといえども自分だけだとの、自負も自信もあった。

「十日間、商品一覧誌を貸すことと引き替えに、運び込まれた竜骨の素性を明かしてもらうぞ」

声に出してこれを言い、決意の固さを自分に言い聞かせた。

＊

身支度を調えた元突聘が手土産をカバンに収めて人力車に乗ったのは、九月九日（新暦十月十三日）午前十時。

范維卿は咕咕鐘の鳴き声を聞きながら、店の応接椅子に身を沈めていた。顔がほころんでいるのは、待ちわびていた背嚢が、やっと届いたからだ。

駱駝や驢馬に乗って背負ってきたのは、道具屋と取り交わした約定(やくじょう)通り二十人だった。直ちに店員総掛かりで数を確かめて検品した。

数は九百七十三片で、千片には欠けていた。

しかし道具屋の指示が行き届いていたらしい。破損したもの、刻みなしののっぺらな品のどちらも、一片もなかった。

男たちが差し出した請書(うけしょ)に受取数を記入し、骨董店の朱印を押印した。男たちにはこの請書に基づき、道具屋から金銀が支払われる段取りである。

范維卿は届く品数の歩留(ぶど)まりを七割から、良くても八割と踏んでいた。

九百七十三片は、予想を大きく超えた成果だった。

「それにつけても、わたしともあろうものが、あのときは……」

背嚢部隊の到着を喜んでいた范維卿が、不意に苦い顔つきになった。過日のあの、こころならずながら面談した、足場職人とのやり取りを思い出したがゆえの苦い顔だった。

相手は名乗らなかったにもかかわらず、店員がつないできたがための面談だった。

「知人から手に入れた竜骨一片を持参しているそうです」

いつもは落ち着いている店員が、言葉をもつれさせた。

「幾らで買い取ってくれるのかと、わたしに見せました」

范維卿から竜骨の吟味方法を教わっていた店員は、間違いなく教わった通りの本物だと請け合った。

「分かった。わたしが会おう」

店内での立ち話の形で応対した相手が、張新得だった。

「店の者から聞きましたが、あなたは竜骨をお売りになりたいのですかな」

老舗(しにせ)骨董店店主ならではの、鷹揚(おうよう)な物言いで問いかけた。きちんとした物言いながら、店主は応接椅子は勧めなかった。

張新得は資財運びに使う布袋から、今し方、店員に見せた竜骨を取り出した。ていねいな仕草だったのは、七月の面談での丁仁が、そのように扱っていたからだ。

張新得の扱い方を見た范維卿は、つい応接椅子を勧めた。そして卓を挟んで向かい合わせに座った。

「この竜骨の売り値は、いかほどなのでしょうか」

吟味したあと、范維卿は交渉に入った。ところが相手は、売る気がないと言い切った。その横柄な物言いに、范維卿はつい店主の立場を忘れた。

「売る気のないあんたが、なんのために来たのだ」

思わず声を荒らげた。いまだ背嚢部隊が到着しないがため、范維卿は焦っていた。そんなとき、手に入れたいと思うほどの竜骨を職人風の男が持参してきた。

もしや竜骨をじかに掘り出した男かと思い、店の客でもない現場職人風の男に、大事な応接椅子を勧めてしまった。

その男は、売る気はないと言い放ったのだ。言葉を荒らげた自分を落ち着かせようとして、相手を見詰めた。

「河南省の竜骨を探してんだろ」

いきなり地名を口にした張新得は、そう言って、口を閉じた。范維卿の顔つきを確かめようとしたのだ。

范維卿は顔色が変わることを抑えられなかった。それを見極めてから、張新得はあとを続けた。

「河南省の片田舎じゃ、こんな竜骨いくらでもあるそうだ」

「あんた、何者だ！」

店主の大声に驚いて、店員ふたりが寄ってきた。

「おれにこれをくれた男は、そう言い残して飯場から出て行った」

こう言って張新得は立ち上がった。

「来てよかった。ありがとさん」

呆気にとられた顔の店員たちに背を向けて、張新得は骨董店から出て行った。

あとで思い返したとき、あの職人は竜骨の出所を確かめに来たのだと察した。

が、すぐさま職人のことはあたまから追い出した。

あの職人の素性をあれこれ考えることより、背嚢部隊の到着を願うことが先だと考え直したのだ。なんとしても千片を手に入れられなければ、王懿栄に顔向けができない。

しかも王懿栄には、手強い劉鉄雲がついている……ここまで思いを進めたとき、いきなり職人の顔が浮かんだ。

「まさか……」

范維卿の動悸が激しく速くなった。

「あの職人は、劉鉄雲が差し向けた男かもしれない」

一向に届かぬ竜骨に業を煮やした劉鉄雲は、職人に仕立てた男を様子見に差し向けてきたのだ。

男が持参した竜骨が上質なのは当然だ。うちから売り渡したなかの一片だったと考えても不自然ではない。

もし本当にそうだとしたら……

思い巡らせる范維卿の息が上がった。

王懿栄先生たちはすでに、竜骨の出所を突き止めている。それゆえ河南省の地名を出したのだ。

あの男は、わたしに対する警告に違いないと、范維卿は思案を閉じた。こう考えを結んだとき、間のわるいことに咕咕鐘が鳴き始めた。

いつも聞き慣れた鳴き声が、ひどくかんに障った。しかし自制心が働き、腹立ちまぎれに鐘表（時計）を壊すには至らなかった。

即刻、詫びに向かおうと思ったが、踏みとどまった。

いまは、とにかく背嚢部隊の到着を待とう、と。

劉鉄雲からねじ込まれたら、そこで謝ることにしよう。いま大事なのは道具屋を信じて、到着を待つことだ。

縮こまっていた身体に伸びをくれたら、気が楽になった。

*

毎時三十分を告げる、鳴き声が一度鳴った。椅子の背もたれに預けていた背中を起こして咕咕鐘を見た。

思いのほか、長い思い返しをしていたことになる。

威勢よく立ち上がった范維卿は、このあとの段取りをいま一度、なぞり返した。

正午に馬車を言いつけてあった。いまが十時半、あと一時間半の間があった。王懿栄邸訪問の支度には、充分の間がある。

「みんな、ここに集まりなさい」

店員を呼び集めた范維卿は、遠路運ばれてきた竜骨九百七十三片の箱詰め指示を始めた。

「亀甲と獣骨は別々の箱に収めなさい」

一段あたり二十片を並べて、白布をかぶせるようにと指図を続けている最中に、店先に人力車がつけられた。客を下車させたあと、車夫が骨董店の戸を開いた。

「お客さんを連れてきただよおう」

強い訛り（なま）の車夫が、大声で訪い（おとな）を入れた。

革カバンを提げた元突聘が、車夫の後ろに立っていた。

十八

王懿栄邸（おういえい）に届けるための、竜骨（りゅうこつ）の仕分けを急いでいるさなかである。骨董店（こっとうてん）の入り口を閉じていなかったことを、范維卿は強く後悔した。

が、すでに大柄な男が入店し、車夫の背後に立っていた。いまさら居留守を使うこともできず、
范維卿は名乗らぬまま、相手と向き合った。

「外で待っていなさい」

車夫に言い置いた客は范維卿との間合いを詰めて、相手の目を正面から見た。

「雑貨商の元突聘と申します」

名乗ったあとは、初対面のあいさつをした。

「店主の范維卿です」

范維卿も名乗らざるを得なかった。というのも、互いに相手の素性は知っていたからだ。

清王朝のお膝元である広い北京だが、ふたりとも時代を先取りする商いぶりを高く評価されていた。

この評価評判を得ている商人は、北京でもきわめて少数だ。

ましてや元突聘も范維卿も、上海にも商いの片方の軸足を置いているのだ。面談したことはなかったが、各所で相手の名を耳にするたびに、互いにその名を記憶に留めていた。

元突聘と范維卿の類似点は、もうひとつある。ふたりとも大柄だったのだ。

同じ目の高さで初対面のあいさつを交わした。

「ご覧の通り……」

范維卿は店員たちの仕分け姿を右手で示した。

「先様へのお届物の準備に追われているさなかです」

緊急の用向きでなければ出直していただきたいと、出直しての部分に力を込めた。

「今朝方、駱駝や驢馬に乗った二十人が背嚢に詰めて運び込んだ、あの品々の仕分けですかな？」

相手から目を逸らさず、車夫から聞かされたことを告げると、范維卿は両目をしばたたかせた。が、黙したままだった。

元突聘は立ったままで抱え持ったカバンを開いた。そして持参した商品一覧誌（通信販売のカタログ）を取り出した。カバンを床に置いたあと、表紙を范維卿に見せた。

「１９００」の年号表記がはっきりと見えるように、表紙を相手に向けて胸元に抱いた。

「范維卿さんが大量に仕入れておいでの竜骨も大事でしょうが、わたしが持参したこの本にも、あなたは大いに興味をそそられるものと確信しております」

言いながら元突聘が相手との間合いを詰めて、商品一覧誌を差し出そうとしたとき。

グワン、グワン、グワンと凄まじいドラの音が、店の外の通りで轟いた。轟きがまだ続いているうちに、元突聘が待たせていた車夫が戸を開いて飛び込んできた。

「また今日も義和団の連中が、池の周りに集まってるだ」

車夫の声を押し潰すかのように、乱打されるドラの音がまた轟いた。ドラより高い調子でジャラジャラッと鳴る、別の音も加わっていた。

元突聘は驚いたが車夫も范維卿も店員たちも、格別に驚いた様子は見せていない。車夫が飛び込んできたのは、元突聘に報せるためだった。

「報せてくれたのはありがたいが」

元突聘は車夫に振り返って先を続けた。

「義和団の面々はあんたらに、わるさを仕掛けてきたわけではないのか」

「なんもさ」

車夫の短い返答のあと、范維卿が口を開いた。

「この数日、義和団だと名乗る面々が、池の周りに集まっていますが、ただそれだけのことです」

聞いていた車夫もうなずいた。

「ならば外で待っていなさい」

再び車夫を外に出してから、元突聘はあらためて商品一覧誌の表紙を范維卿に見せた。そして言葉を続けた。

「もしも義和団を名乗る連中が本物だとすれば、憂国の士という一面もあるようにわたしは思っています」

元突聘が話を始めたあと、ドラの騒音は静まっていた。

「お出かけ前の忙しいときを承知で言います」

相手を見詰める眼光が強さを増していた。

「三十分で結構です。いまここで、わたしに時間を割いていただきたい」

范維卿の両目を射ている元突聘の眼光は、頼みを拒ませぬほどに強くなっていた。

*

「わたしは断じて義和団を支持はしません」

范維卿と向き合ってあの沙発（ソファー）に座すなり、元突聘はこれを明言した。范維卿の信条は分からぬが、おのれの立ち位置を明確にしておきたかったのだ。

「しかしその一方で、我が国に進駐している列強と称する各国に与する気など、毛頭ありません」

本題に入ろうとせず、長々と前置きを言う元突聘に、違和感をおぼえたのだろう。

「顧客訪問の予定が迫っているいま、初対面のあなたから政治信条をうかがっている暇はありません」

范維卿は醒めた口調でこれを告げた。

「前置きは結構。本題を聞かせてください」

抑えた物言いだが、元突聘には突き刺さったようだ。

「予期せぬ形で義和団を名乗る一団に出くわしたものですから、つい話が横道に逸れましたことをお詫びします」

謝罪のあと、元突聘は商品一覧誌を卓に置き、本の中央部の頁を開いた。

見開き全体に、時計が二十個も並んでいた。頁の見出しは英語で「ＰＯＣＫＥＴ ＷＡＴＣＨ（懐中時計）」と表記されていた。

「失礼して、こちらに向けます」

范維卿は自分のほうに本の向きを直した。

咕咕鐘《グーグージョン》（鳩時計）を買いつけた上海の店にも、数個の懐表《ホワイビアオ》（懐中時計）は陳列されていた。しかしあの折に見た品には、本に掲載されているような、装飾性に富んだ鐘表《ジョンビアオ》（時計）は皆無だった。

范維卿は見開き頁の鐘表を一個ずつ、食い入るようにして見続けた。最後まで見たところで顔を上げた。

「頁をめくってもよろしいか？」

「ご随意に」

元突聘の返事を聞くなり、范維卿はていねいな手つきで頁をめくった。なんと、さらに二十個が掲載されていた。吐息を漏らした范維卿は、続けて頁をめくった。

実に四見開き合計八頁に、八十種類もの懐表が網羅されていた。

懐表ごとに金額が表示されている。価格は二二ドルから三六ドルまで多彩だった（当時の一ドルは約二八〇〇円）。

価格を見比べたあと、元突聘に問いかけた。

「二二ドルとは、我が国でどれほどの価値でしょうか」

問いかける物言いには、本を持参した元突聘への敬いが感じられた。

「失礼します」

元突聘は本を自分向きに直し、本書後半部分の見開きを開いた。ここから先にも八頁にわたり、最新式の歩槍（ブーチアン）（ライフル銃）と手槍（ショウチアン）（拳銃）が、十六種類も掲載されていた。

「最新式のこの八連発の来福槍が」

商品一覧誌を精読していた元突聘は、気になる商品については子細を読み込んでいた。

「鉛子（チエンズー）（弾丸）は別ですが、一八ドル五〇セントです」

最安値の懐表でも、歩槍よりも高いと教えた。

「歩槍も手槍も、あの国では暮らしの必需品でしょうが、懐表はぜいたく品です」

しかも細工が大変で高値は仕方がないと元突聘は断じた。

深くうなずいて感心した范維卿は、顔つきをあらためた。

「美国（メイグオ）（アメリカ）の暮らしが透けて見えてくるような、素晴らしい本ですが、ご用向きはこれとかかわりがありますか？」

問われた元突聘は深く座り直し、背筋を伸ばして相手を見た。

「確かに今の美国は大した国です。建国からまだ百二十年を超える程度というのに」

元突聘は商品一覧誌を閉じて手に持った。

「五百頁を超えるこの一冊には、じつに二万三千点もの商品が掲載されております」

本の記載によれば、自宅あてに配達される仕組みまで整っているそうです……聞いている范維卿が、また吐息を漏らした。

「わたしが范維卿さんに強く申し上げたいのは、この本の源となった、紙のことです」

言ったあと元突聘は本を閉じて卓に落とした。ドスンと音がした。

「紙がなければ本はできません。我が国でも多数の書籍が印刷されていますが、美国のこの本は頁も印刷部数も桁違いに大量です」

口を閉じた元突聘は、范維卿に当てた眼光をまた強めた。

「紙を発明した我が国に、発明の恩恵を受けている美国が、いまでは進駐しています」

このことが口惜（くちお）しいと言った元突聘は、右手をこぶしにして卓を叩いた。乗っていた分厚い商品一覧誌が動いた。

「我々には世界に誇る文明があります。しかもそれは我が国独自の一次文明です」

我が国は古代から世界に誇れる発明を幾つも誕生させてきた。紙はその最たるものの一だと言い切った。

次の言葉を口にする前、元突聘はしばし口を閉じた。が、相手を見詰める両目には力が込もっていた。

沈黙に焦れた范維卿は、咳払いで相手を促した。

「今朝早く、こちらに運び込まれた背嚢には、いずこかの地で手に入れた竜骨が詰まっていたはずです」

元突聘は上体を乗り出して続けた。

「その竜骨には我が国がまた世界に誇ることのできる、新たな発見の端緒となるような何かがあるように思えてならないのです」

そう言って、元突聘はさらに続けた。

「あなたがそれらの竜骨を届ける先は王府（現在の故宮）の役人・王懿栄先生の貴府（尊宅）ですね」

元突聘はまた口を閉じて相手を見詰めた。

范維卿は答えずに立ち上がった。息を殺しながら、店員たちは仕分けを続けていた。

近寄った范維卿は、店員のひとりに言いつけた。

「客人とわたしに、茶を用意しなさい」

范維卿の指図と同時に咕咕鐘の窓が開き、午前十一時を告げ始めた。

十九

王懿栄の邸に出向く刻限は、先方と決めていたわけではなかった。それどころか、今日出向くことすら、相手には伝えてはいなかった。

なにしろ道具屋からの竜骨は、背嚢部隊によって前触れもなしに今朝早くに届いたのだ。

店員に茶の支度を言いつけたのは、元突聘といま少し、話をしたいと思ったからだ。今朝、店で会うまでの范維卿は、元突聘をしたたかな雑貨商人だと理解していた。

上海にも出張所を構えており、美国西海岸の桑港（サンフランシスコ）とは定期的に輸出入を繰り返していることも聞き及んでいた。

したたかさにおいては、范維卿当人にも自負があった。競合相手を出し抜くことにも何ら痛痒を感ずることなく、幾度も重ねていた。

しかし范維卿は金儲けよりも信用を重んずる男である。

今朝、初めて向き合っただけなのに、元突聘には自分と同じ信条を抱いた男だと感じていた。

国が育んできた文明・文化に対し、元突聘が衷心からの敬いを抱いているのが察せられたからだ。

互いに黙したまま茶をすすった。そのあと口を開いたのは范維卿だった。

「あなたが言われた通り、いま店の者が仕分けを続けている品々は、王懿栄先生からご注文をいただいた竜骨類です」

得心のうなずきを見せている元突聘に、范維卿は問いかけた。

「あなたは竜骨に関して格別の興味、もしくは知識をお持ちですか?」

「まったくありません」

即答してから、元突聘は返答内容の先を続けた。

「杭州の文人丁家は、古くからわたしの大事な顧客のひとつで、いまは丁仁さんがご当主を継いでおいでです」

両手を卓に置き、前のめりの姿勢で話を続けた。

「今年でまだ二十一歳(満二十歳)の若さですが、篆刻分野では北京でも名を知られている若き傑物です」

范維卿は深く座って、元突聘の話に聞き入っていた。その姿勢に背中を押されたのだろう、丁仁を語る元突聘の物言いには熱が込もっていた。

丁家には八千巻楼と呼ばれる蔵書蔵がある。宋代の先祖が蔵書した八千巻に因んで名付けられたものだ。現在、蔵書は二十万巻を超えて、『史記』も宋元明代の全巻が所蔵されている。

「蔵書を落雷が原因となる火災から守るために、八千巻楼には避雷針が取り付けられました」

個人の邸宅に避雷針が設置されていると聞かされて、范維卿は身体を起こした。

この骨董店にも避雷針設置を勧められていた。しかし工事費用が高額なこと、設置効果がさほど期待できないとの声を聞き、避雷針設置工事の検討をやめていた。

「丁家では、そんなに早くから避雷針取り付けを実行していたのですか」

問われた元突聘は深くうなずき、答えを続けた。

「おそらく杭州では一番最初に取り付けたはずです」

「蔵書を守るだけのために、ですか?」

設置工事の見積書を受け取っている范維卿は、いかに高額であるかを承知していた。

「すでに申し上げたことですが、丁家は杭州で名を知られた文人一族です」

とりわけ篆刻では丁家代々が大きな業績を遺していますと説いたあと、元突聘が話を自分のほうに引き取った。

「これもすでに言いましたが、当主丁仁さんはまだ二十一歳ながら篆刻では、杭州では一頭地を抜く存在です」

「その歳で、まこと大したものだ」

范維卿の得心顔を見て、元突聘はさらに前のめりになった。

「丁仁さんには若い仲間が三人いて、都合四人が毎月一日と十五日に歓談会の例会を催しております」

「歓談会とは……篆刻についての会ですか？」

「違います」

元突聘は首を左右に振り、例会の説明を始めた。

「杭州在住の二十代、三十代の若き文人たちが八千巻楼に集い、我が国の古(いにしえ)よりの歴史から、当節の世界情勢まで、四人が収集した資料や、当人が見聞した出来事などを、自由闊達(かったつ)に話し合う例会だそうです」

元突聘は参加したことはない。すべて丁仁から聞かされたことを、なにも付け加えず范維卿に聞かせた。

「世が騒然とするなかでも、我が国の来し方に思いを馳せ、議論を交わす。そんな頼もしい若者たちが、日本租界のある杭州にいるとは羨(うらや)ましい」

范維卿は正味の口調で羨ましがった。そして元突聘を前にしながら目を閉じて物思いを始めた。

元突聘も口を閉じた。いまは放っておくときと判じたらしい。

五十路(いそじ)がすぐ先の范維卿だが、いまだ好奇心はすこぶる旺盛だ。時間を作っては上海に出向くのも、その好奇心ゆえだった。

ひとり息子は今年で十九、丁仁とほぼ同い年だ。体型は父親に似て大柄だが、家業である書画骨董にはまるで興味を示さないでいた。

去年の晩春、避雷針設置検討を范維卿が始めたとき、反対したのが息子だった。

「そんなもの取り付けても、効き目はないらしいよ」

息子の遊び仲間の父親が、取り付け職人だった。その仲間に相談したら。

「避雷針は何階もある高い建物のためで、普通の民家には無駄だってさ」

息子が聞き込んできた言い分を、范維卿も鵜呑みにしていた。

もしも息子が、家業の書画骨董を守ろうと考えていてくれたら、避雷針も違う検討ができたかもしれない……

丁家のあらましを聞きながら、范維卿はこんな思いを噛み締めていた。

不意にまた、ドラが轟き始めた。池の畔(ほとり)での集会のお開きを告げるドラだった。

「つい、物思いにひたってしまって」

范維卿の詫びを受けて、元突聘は話に戻った。

「ここまでお話ししてきた丁仁さんたち四人が、竜骨に深い関心を抱いています」

丁仁の名を挙げると、元突聘の声が大きくなった。

「なかでも篆刻が専門の丁仁さんは、竜骨に刻まれた図形や文字のようなものに何かを感じているようです」

ここで元突聘は居住まいを正して范維卿を見詰めた。

「あなたが手に入れられた背嚢二十もの竜骨が、どこで見つけられたのか、その土地の名を教えてください」

范維卿より二歳年下の元突聘は、両手を膝に載せて頼みを口にした。

「王懿栄先生は、これがどこから出たのかをご存知でしょうか」

問われても范維卿は答えなかった。

その無言を、元突聘は「王懿栄は知らない」と受け止めた。

「王懿栄先生は篆刻で我が国の第一人者であることを、わたしは丁仁さんから聞かされました」

話し始めたら、また元突聘が前のめりになっていた。

「丁仁さんは王懿栄先生を深く尊敬しています」

居住まいを正して、これを口にしたあと、元突聘は声を潜めた。

「しかし王懿栄先生は……」

またドラが轟いた。これが打ち止めとばかりに、轟き方が一段と激しかった。

「ドラを叩いているあの連中は義和団ではなく、義和団に共感している若者たちです。ですが、日を追って義和団の動きが烈(はげ)しさを増しているのは事実です」

そうだとばかりに、范維卿もうなずきで応じた。

「王府の高級官吏でもあられる王懿栄先生も、いまは義和団対処に追われて、竜骨どころではないと思われますが、いかがでしょうか」

「わたしは何も存じません」

つれない返事だったが、それしか言えぬだろうと元突聘には理解できた。

元突聘は、口を開く前に深呼吸をして気を落ち着けて続けた。

「わたしは近く北京を発って、杭州の丁家に向かいます」

范維卿と元突聘の目線が絡まり合った。

「王懿栄先生からお許しをいただけたら、これらの竜骨がどこで得られたのか、その地名を教えてください」

相手の目を見詰めて、元突聘は再び頼み込んだ。

「丁仁さんたちの若い力が、王懿栄先生の知識と重なり合ったら、かならず王先生のお役に立てるはずです」

元突聘の語調が、ひときわ熱を帯びていた。

「なにとぞ、あなたの力を貸してください」

あとの言葉を呑み込んだ元突聘は、まだ言い足りていないことを、両目の光に詰めて訴えかけていた。

二十

あらかじめ車夫に強く言いつけておいたのが、効き目があったようだ。元突聘を乗せて細道を走る人力車は、駆け足ほどのゆるい速さで進んでいた。

人力車は速い走りが売り物である。並び駆けてきた人力車に抜かれたら、憤慨する客も少なくなかった。

客以上に、車夫は抜かれるのを嫌った。走り方を侮られるのも同然で、車夫の面子が丸つぶれだったからだ。

ところが元突聘を乗せた人力車は仕方なく大路に出たとき、次々と脇を抜き去られながら平気な顔で進んでいた。多額の心付けが前払いされており、車夫は抜かれることにも知らぬ顔をしていた。

元突聘はカバンを膝に載せ、目を閉じていた。つい今し方までの面談を思い返すには、ゆるい走りが欠かせなかった。

まったく大した男だ……

目を閉じたまま、元突聘は小声のつぶやきを漏らした。

＊

元突聘の頼みには返答せぬまま、范維卿との面談は終わった。

「あなたはさぞ、喉が渇いたことでしょう」

面談の終了した元突聘を沙発に座らせたまま、范維卿は立ち上がった。が、終わったからと追い立てるのではなく、逆に店員に茶の代わりを言いつけた。

「喉を湿してからお帰りいただくのが、わたしの流儀です」

言い置いて、范維卿はその場から離れた。

ひとりで沙発に座したことで、元突聘の昂ぶっていた気持ちが、ゆるやかに落ち着いた。そこに茶が運ばれてきた。

「どうぞ、ごゆっくりお召し上がりください」

茶を供したあとの店員は、仕分け作業に戻って行った。

ひとりで茶を味わう元突聘は、卓の端に移した商品一覧誌を見た。范維卿との談判に使う小道具だったのだが、交渉の糸口にするだけで、その後はまったく使わず仕舞いとなった。

范維卿とのやり取りを通じて、人物評価を元突聘は逆転させていた。

訪問前に思い描いていたのは、北京一のしたたかな骨董商人という人物像だった。客のふところを素早く読み取り、財力に相対した値付けをする、気の抜けない男。

こう思い込んでいたのだが、見事に外れた。

丁仁の話を気を入れて聞いていた姿には、骨董に対する尊敬と愛情を感じた。そう感じたのは元突聘当人が、自分で扱う雑貨には、深い愛情を抱いて商いに臨んでいたからだ。

そんな男に対して、商品一覧誌を貸与することを餌にして釣り上げを企てるなど、無礼な思い上がりだったとおのれを恥じた。

結果、商品一覧誌はその後は話題にしなかった。

茶の代わりを言いつけたあと、范維卿は場を離れた。が、元突聘はその振舞いに不快感は覚えなかった。むしろ逆で、頼み事を口にして昂ぶっている気持ちを、落ち着かせるための配慮だろうとすら考えていたら……

あっ、と声を漏らした。茶碗の内で茶も揺れた。

いかに厚かましいことを頼み込んだのかを、元突聘はいま初めて自覚していた。

丁仁が知りたがっているであろう竜骨の出土場所。それを聞き出したいが一心で、范維卿に頼み込んでいた。

不惑をとうに過ぎ、商いでは円熟期に入った元突聘である。雑貨の目利きにも、ひととの交渉にも、おれはできるとの自負があった。

ところが今朝は、相手の立場を考えることを失念していた。

王懿栄は竜骨を買い集めるために、桁違いの費用を投じていたはずだ。駱駝や驢馬に乗った背嚢部隊二十人が、どこから来たのかは不明だ。が、北京近郊とは思えなかったし、運びの費えもかさむだろう。

さらに膨大な数の竜骨買い取り代金が加わる。

それほどの費えを投じた結果、竜骨が入手できた。そして発掘地も知り得たのだ。

その貴重な成果である発掘地名。それを脇からただ取りしようとしたのだ。

范維卿が返答しなかったのも当然だと、元突聘は理解できた。得心するなり、恥ずかしさが一気に湧きあがってきた。

茶碗を卓に戻し、立ち上がった。そして卓の隅に移していた本を手に取った。カバンを開き、分厚い本を詰めた。

日を改めて店を訪れたとき、今回の非礼へのつぐないとして商品一覧誌を贈呈しようと、肚を決めた。

カバンに詰める姿を、范維卿はどこからかで見ていたのだろう。閉じたカバンを手に提げたとき、奥から出てきた。

「お忙しいなか、長居をしたことをお詫びします」

こうべを垂れたあと、元突聘は戸口に向かった。待ちかねていた車夫が、急ぎ人力車を調えた。

范維卿は外の人力車まで見送りに出てきた。

「ありがとうございました」

さまざまな思いを込めて礼を言い、もう一度こうべを垂れてから背を向けた。

人力車の踏み台に片足を乗せると、車夫は梶棒を摑んで揺れを抑えた。

踏み台に乗せた片足に元突聘が力を込めたとき、范維卿は背後から声をかけた。

「あなたから申し出のあった一件は、このあとで王懿栄先生の貴府に出向いたとき、かならず先生に伝えます」

言われた元突聘は、乗り込もうとしていた動きを止めた。大きな動作で振り返ると、カバンを提げたまま相手を見詰めた。

「ありがとうございます」

この短い謝辞しか口にできなかった。范維卿が口にした言葉の重さに打ちのめされたがためだった。

范維卿は表情を硬くしたまま、さらに続けた。

「明日の朝八時から九時の間なら、時間が割けます」

「かならず明朝、おうかがいします」

范維卿の硬い表情に向かって、声を抑えて礼を言った。范維卿は静かにうなずき、明朝の面談を承知した。

元突聘が乗り込むと人力車が威勢よく走り出した。四つ辻を曲がったところで、元突聘は車を停めさせた。そして車夫が目を見開いた額の心付けを握らせた。

「急がず、ゆるい走りで帰ってくれ」

「へっ……」

車夫は口ごもった。が、指図に従うだけの心付けが手渡されていたのだ。

無言のまま梶棒を握り、ゆるゆる走り始めた。

*

ゆるく走るのは車夫には身を切られるほどの苦痛らしい。車が行き交う大路・中路は極力避けて、人と野良犬しか歩いていない路地裏を選んで進み続けた。

人力車・荷馬車が行き交う、往来の喧騒(けんそう)とは無縁である。元突聘は目を閉じて、今後の成り行きを思い描くことができた。

まずは明朝の面談への対処をどうするか、を思案した。

あれほど明瞭に、王懿栄に許可を願い出ると約束してくれたのだ。しかも明朝なら時間が割けるとまで言い足した。

しかし、これほどの大事を教えてもらうのだ。対価の支払いなしでは、先々、こちらが負い目となる。

元突聘は膝に載せているカバンの中身を差し出そうと、あらためて思い定めた。到着したばかりの来年版商品一覧誌など、清国のどこにもない。

この一冊を贈呈すれば、今後とも范維卿とは佳き付き合いができそうに思えた。

しかし贈呈する本をどう工面するか……思案を続けているとき、人力車が路地で止まった。凄まじい声の夫婦喧嘩が、路地の先で起きていたからだ。

女房は手に丸太を握り、応じる亭主は麺棒を握っていた。北京の町ではめずらしい光景に興味をそそられたのか、あるいは女房の金切り声に驚いたのか、方々から野次馬が集まっていた。

「今日も懲りずに、またガラクタばっかり買い集めて、うちの暮らしをどうする気なのさ」

見物人の多さに刺激されたのか、女房はさらに激しく声を叫び上げた。

「付き合いで買うしかねえんだって、なんべん言ったらおめえは分かるんでえ」

亭主が負けずに言い返したのを聞いて、元突聘に妙案が浮かんだ。商品一覧誌の購読客のなかには、元突聘への義理で高い代金を払っている者もいるのではないか、ということだった。

目星はすぐについた。新刊を受け取るとき、笑みが浮かばないまま代金を払う客がいたのだ。

贈呈する一冊の目処ができたと、元突聘が安堵したとき。

路地の夫婦喧嘩は、さらに盛り上がりを見せていた。

二十一

元突聘（げんとつへい）の乗った人力車は見送りの范維卿（はんいけい）がみている前で、まさに疾走を始めていた。

九月も中旬になると（新暦では十月中旬）、車夫の上半身は馬掛（マーグワ）と呼ばれる丈の短い上着に、下は褲（クー）（中国式のズボン）と呼ばれる綿入れのズボンを穿（は）いていた。決して上質な物ではないが、車夫は誰もが上客に指名されるために、質素ではあったが小綺麗（ぎれい）な格好をしていた。

そんな車夫たちが費（つい）えを惜しまないのが大型の両輪である。乗り心地のよさと、他車より先に走る速度を確保するには、日々の手入れが不可欠だ。

元突聘を乗せた人力車も、すこぶる手入れは良かった。

走り出すなり出くわした四つ辻も、速度を保ったまま西に曲がった。四つ辻から消えたところで、范維卿は店に戻ろうとした。

つい今し方までの范維卿は、元突聘に対して正味の友好的な態度を示していた。仕事への取組姿勢に、強く共感できる部分を感じていたからだ。

しかし元突聘の乗った車が見えなくなるなり、おのれのうかつさにひどく落胆を覚えていた。

こんな表情を店の者に見せることはできない。おのれに覚えている苛立ちを落ち着かせるために、范維卿は池の畔へと向かった。

そこは客待ち車夫たちの溜まり場だが、范維卿は地元の骨董店当主だ。車を頼むのも茶飯事である。

池畔の石柵に寄りかかる范維卿を見ても、奇異に捉える車夫は皆無だった。

相変わらず季節を忘れ夏のような陽が池を照らしていた。眩い水面から目を逸らさず、身体を石柵に寄せた。上背豊かな范維卿には、石柵は低い。石に肘を載せて、前屈みになった。

物事を思案するとき、范維卿はこの姿勢が一番の気に入りだった。

昼どきの眩い光を顔に浴びて、両目をしばたたかせた。

ふうっ……

顔を他人に向けていない安心感から、范維卿は深い吐息を漏らした。ひとに見られていたら、吐息を漏らすなどあり得ない。

それほどに、范維卿はひとの目を気にして、隙を見せぬことを第一としていた。

元突聘から激しく愛国心を揺さぶられたがため、うかつにも竜骨の出所について言い及んでもよいのではという気になってしまった。

とはいえ、その場で一切明かさなかったのは、さすが范維卿といえた。

場の空気がいかほど熱く盛り上がっていたとて、談判に臨む折のしたたかさを失うことはなかった。

竜骨収集に大金を投じているのは、王懿栄のみではなかった。

いや、王懿栄がたとえ全数を買い取ったとしても、そのカネは国庫からでる官費だ。たとえ目論みが外れても、王懿栄のふところは痛まずである。

范維卿はすでに多額の自費を投じていた。前金を渡さぬことには、道具屋は動かなかった。駱駝や驢馬に乗った二十人の背嚢部隊が到着するまで、どれほど気を揉んだことか。

しかも店員たちの前でも、家族の前でも范維卿は平然と振る舞う日々を強いられていた。

竜骨のありかは、秘中の秘の大事である。毎日を共にしている店員たちにも、道具屋の子細は教えていなかった。

竜骨の発掘場所は、金鉱そのものだ。今日、このあとで訪れる王懿栄にも、まだ正直に明かす気はなかった。

おれも、まだまだ甘い！

池の眩い照り返しを顔に浴びたまま、范維卿は石柵から身体を起こした。そして……

パシッと音を立てて、両手で頬を挟んで甘かったおのれに気合いを入れた。

＊

「これほどの数が集まったとは！」

大きな欅の一枚板でつくられた机を埋め尽くした量の、竜骨と呼ばれる亀甲や獣骨。それを目の当たりにした王懿栄は量に驚嘆し、深い満足感を示した。

范維卿との面談で、気に染まない返答、あいまいな見当を聞かされると、露骨に不快感を示してきた劉鉄雲までが、驚きを隠さなかった。

が、発掘場所を質す段になると、眼の鋭さが一気に増した。もはや、あいまいな返答は受け付けないぞと、劉鉄雲の両目が范維卿に迫っていた。

「まことに申しわけございませんが、場所についてはわたしも聞き出せておりません」

王懿栄ではなく、手強い劉鉄雲を見詰め返してこれを答えた。当然ながら劉鉄雲は……

「そんなたわごとが、通用すると思うてか！」

発注者の王懿栄を差し置いて、劉鉄雲は執務室に怒声を轟かせた。王懿栄は劉鉄雲に場を預けていた。

「あんた、竜骨のありかは金鉱だと、したたかな計算をしているのだろうが」

「まさに、その通りです」

范維卿があっさり認めると、怒りの頂点まで上り詰めていた劉鉄雲が、あ然とした表情になった。

王懿栄の目も范維卿に釘付けになっていた。

「まこと劉鉄雲さんが言われた通りのことを、わたしも背嚢部隊を引率してきた男に投げつけました」

いまの劉鉄雲さん以上の大声で、と付け足した。

「どういうことかね、范維卿さん」

王懿栄が割り込み、問いを発した。

「運んできた男の言い分によれば、竜骨はまだ多数残っているそうです」

邸宅を訪れる馬車の道中で組み立てた話を、范維卿は王懿栄に聞かせ始めていた。

「竜骨のありかを教えろと迫りましたら、男は鼻先で笑って、わたしをいなしました」

どこに竜骨といわれる亀甲や獣骨があるのか、その場所こそ、おれの金鉱だと男はうそぶいた。

「竜骨はあんたと取り決めた値で、この先も売ってもいいが、ありかを教えるのは別料金だと、その男に、もう一度笑われました」

込み上げる怒りを抑え込んでいるという表情を拵(こしら)えて、范維卿はさらに続けた。

「怒りのまま、男との関係を断絶してしまうと」

范維卿は劉鉄雲に目を移した。劉鉄雲は相変わらずきつい目で范維卿を睨(にら)み返している。しかし王懿栄は先を続けよと、目で范維卿を強く促していた。

深呼吸をくれてから、范維卿は話に戻った。

「新たな竜骨も入手できなくなりますし、発掘場所を知る手立てが失せてしまいます」

もう一度の深呼吸のあと、范維卿は王懿栄を見詰めた。

「お腹立ちとは存じますが、いま大事な札は、河南省が在所だというあの男が握っています」

まさにそうだと、王懿栄はうなずいた。

范維卿の物言いに力が込もった。

「いましばし相手の言い分に従いつつ、折を見て発掘場所を妥当な値で買い取るということで、いかがでしょうか」

范維卿が口にした思案に、劉鉄雲は得心していなかった。が、王懿栄はまた、うなずき、諒とした。

「業腹至極だが、その思案しかあるまい」

思いのほか、あっさりと話が調った。いまの王懿栄には竜骨以上に、義和団の動きが気がかりだったのだろう。

劉鉄雲には竜骨が一番である。范維卿の申し出には承服できないことも多々あっただろう。しかし発注者である王懿栄が承知していたし、劉鉄雲は食客の身なのだ。

ありかの詳細報告は先延ばしがかない、范維卿は大量の竜骨の納品ができた。

＊

九月十日（新暦十月十四日）午前七時前。

元突聘の耳目ともなっているあの人力車夫を、范維卿が元突聘の店に差し向けた。

「八時前にはかならず連れてきなさい」

並以上の心付けを弾んでの差し向けだった。

前日、九日の別れ際のやり取りから、元突聘は今朝八時の訪問を決めていた。そのために昨日のうちに、七時半の迎えを言いつけていた。

ところが人力車は七時前に横着けされた。

「あなた……もう人力車が来ていますけど」

内儀（夫人）が戸惑い顔で、迎えが来たと告げた。

今朝は大事な面談になると決めていた元突聘は、いつも以上に早起きした。なじみの床屋を家に呼び、ていねいに髪と髭をそろえ、身繕いも七時前には調えていた。

車夫には七時半の迎えを言いつけていた。

「明日は骨董店まで十五分で行き着けるように、命がけで奔ってくれ」

相応の酒手は払うぞとも告げていた。

縁起担ぎの元突聘である。車夫が命がけで奔ってくれれば、面談も上首尾に運ぶと決めていたからだ。

ところが迎えは七時前に横着けされた。支度はすでに調っていたがゆえ、直ちに玄関から出た。

「ずいぶん早いじゃないか」

いぶかしむ物言いで問うたら。

「骨董店の旦那から、早く迎えに行けといわれて、酒手までもらいやしたもんで」

答えを聞いて元突聘の顔つきが変わった。

吉報に間違いないと判じたからだ。

こちらが車を調えているのを承知で、その車夫を差し向けてきたのだ。そうまでしたことの、答えはひとつ。

一刻も早く、吉報を伝えようとしてくれたのだ。

乗り込んだ元突聘は、存分に深く座った。そして目を閉じた。疾走を始めた揺れが、なんとも心地よかった。

二十二

数日の後、元突聘は予定通り丁仁(ていじん)邸を訪れるために、杭州(こうしゅう)港に到着した。

出発時の北京(ペキン)も今日の杭州も、あいにくの雨降りとなった。自宅から北京の港までは、小型の馬車が利用できた。

人力車のように小回りは利かない。しかし丁仁に納める図書と雑貨を詰めた大型カバンを、雨に濡らしたくはなかった。

杭州でも、いつもは馬車を利用していた。ところが今回は、大人数の団体客が、客待ちをしていた馬車の大半を先取りしてしまった。

残り数台の馬車は雨降りを嫌った客が、これまた先取りしてしまった。いつもなら人力車を使う客が、本降りとなった雨を嫌い、我先にと馬車に突進した。

大型カバンを両手に持っていた元突聘は、馬車に向かう客の群れから大きく遅れた。なんとか乗り場に着いたときには、一台の馬車もいなかった。

仕方なく人力車の乗り場に向かったら、空車の帰りを待つ客が、長蛇の列を作っていた。重たいカバンを提げた元突聘は、列の最後尾に並ぶしかなかった。

北京〜杭州を行き来する旅人の大半は、京杭大運河を航行する船を使った。北と南を結ぶ大動脈の船旅である。

年々、乗船客が増えており、港から町中に向かう旅人のために、人力車と馬車の溜まり場も整備されていた。

雨脚は次第に強くなっているが、乗り物を待つ客のために、屋根つきの待合通路が用意されていた。

大型カバン二つを持った元突聘には、この通路はとてもありがたかった。

丁仁邸には午前十一時の訪問だ。元突聘は銀の鎖で結んだ懐表（懐中時計）で時間を確かめた。まだ九時過ぎだ。

人力車に乗るまでに長らく待たされたとしても、遅刻の心配はなかった。

時刻を確かめたことで、気持ちにゆとりができた。元突聘は自分の前に並んでいるふたり連れの会話に耳を傾ける気のゆとりができた。

まだ三十代と思える男ふたりだ。ひとりは雨の愚痴をこぼし続けていた。

「せっかく高いカネを払って杭州に来たというのに、船に乗っていたときよりも、雨脚が強くなっている」

旅が台無しだと愚痴る相手に、連れの男は穏やかな物言いでとりなしを言い始めた。

「雨が降るからこそ作物は育つし、大河の流れも涸れずにすむ」

ひと息をおいたあと、男は船で奔ってきた京杭大運河について言い及んだ。

「あの大運河を船で行き来できるのも、つまりは運河の水が豊かだからだ。雨がなければ運河も涸れる」

背後で聞いている元突聘は、それは乱暴な論理の飛躍だと思った。が、話の先を聞きたいとも思った。

「なんだっておまえは急に、大運河の話を始めたんだ」

よほど雨に肚を立てているらしい。食ってかかる男は、通路の屋根を叩く雨音の強さに舌打ちをした。

「おれが大運河の話を始めた理由はひとつだ」

「なんだ、その理由は」

連れの男が、さらに声を尖らせたら。

「おまえは自分たちの国を、凄いとは思わないのか」

大運河に言い及んだ男の語気が強まった。元突聘はふたり連れとの間合いを詰めて、耳を澄ませた。

「凄いとは、なにが凄いんだよ」

「北京から杭州まで、黄河も長江も横断して、南北のふたつの都市を結んだことだ」

ここまで言われても、雨嫌い男は聞く耳を持とうとはしなかった。さすがに焦れたのか、説明男は相手の肩に手を置いた。

「いまから千三百年も昔に、人力だけで大運河を切り開いたんだぞ。こんなどでかいことは、世界中を探しても、ふたつとないのは分かりきっている」

説明男は、自分の言葉に気を昂ぶらせたようだ。話し声は熱を帯びて大きくなっている。

男たちの前に並んでいる旅人たちも、聞き入っているのが気配で察せられた。

「おれたちの国は大運河のほかにも、長城（万里の長城）という、桁違いに長い城壁を持っている」

こんなことができた国は絶対にほかにはないと、強い口調で言い切った。

十日の朝、元突聘は范維卿から、竜骨の発掘場所については色よい返事をもらえなかった。

丁仁との面談で、相手を喜ばせることができなくなったと、落ち込んでいた。

いま、説明男の言い分を聞けたことで、気持ちがすっきりと切り替えられた。

いまカバンの中には、美国（アメリカ）の出版物が収まっている。これはいまの時代の先端を走っている、ひとつの文明だ。

しかし我が国は三千年以上の昔から、当代の世界が仰天する文化や文明を持っている。

いずれまた我が国が世界を驚かせる日が来るにちがいない……

これに思い至った元突聘には、もはや男ふたり連れの会話は耳に入らなくなっていた。

＊

大型カバン二個を両手に提げた元突聘は、丁仁邸の正門前で人力車から下りた。傘をさして待っていた麗華の案内で八千巻楼に入ると、すでに丁仁は卓に着いていた。

「雨で大変だったでしょう」

そんなことはありませんとばかりに、元突聘は首を左右に振り、席に着いた。そして港での出来事を話し始めた。

「北京からの旅人ふたりが、人力車待ちの列で、わたしの前に並んでおりました」

ふたりがやり取りした会話の肝の部分を、丁仁に話した。

「我が国が有する悠久の歴史が育んだ文化や文明を誇りとする若者は、丁仁さんたちのほかにもいると知り、嬉しくなりました」

前置きのあと元突聘は、カバンは開かぬまま范維卿との交渉の顚末を聞かせた。

「王懿栄先生の貴府（尊宅）への出入りを、北京の骨董店当主・范維卿氏は許されています」

このたび大量の竜骨である亀甲や獣骨を、范維卿は王懿栄のもとに納めた。が、どこで発掘されたのかは范維卿当人もおそらく分かってはいないだろう。

「いずれ判明するときが来るのは必定です。場所の詳細が判明したのちは、王懿栄先生の許可が得られれば、丁仁さんにも明かしてくれるよう范維卿氏にお願いしました」

元突聘の話が区切りとなるなり、丁仁が問いかけた。

「王懿栄先生ほどの高名な方が、一面識もないわたしなどに、そんな大事を明かしてくれるとは思えません」

丁仁の言い分はもっともだが、元突聘はそのための答えを用意していた。

「范維卿氏は王懿栄先生に、八千巻楼の持ち主である丁家のことを話してくれるそうです」

「あの王懿栄先生に、丁家のことをですか」

丁仁の声が大きく弾んでいた。

「これは范維卿氏と話したことですが、上海、天津、北京などには、列強と呼ばれている外国勢力が多数集まっています」

他方、義和団も時を同じくするかのように、活動を激化させていますと続けた。

「王懿栄先生は高名な金石学者であり、清王朝の高級官吏でもあられます」

義和団の動き次第では、王懿栄先生は列強諸国との折衝、場合によっては団練（自警団）の監督が任務となるやもしれない。

「官吏としての業務が多忙となれば、竜骨研究に割ける時間の工面は困難になる可能性が大きいと、范維卿氏は見ています」

ここで元突聘は背筋を伸ばして語調を変えた。

「港で聞いた若者の話にもありましたが、我が国の歴史が生み出した産物は膨大であり、多種多様なものばかりです」

元突聘が丁仁を見詰める眼光が光り方を強めた。

「こちらの八千巻楼には、『四庫全書』をはじめ貴重きわまりない魏源の『海国図志』や四書五経などの他に『史記』を始めとする史書の類いも全巻蔵書となっておいでです」

元突聘に見詰められて、丁仁もうなずいた。

「丁仁さんが強く興味を持っておいでの、竜骨の図形や文字のような刻みは、もしかしたら……」

元突聘はここで口を閉じた。図形や文字のような刻みのある竜骨を貴重な文化財と言うには、分からないことだらけだったからだ。

「ぜひにも丁仁さんたちの歓談会の次の例会で、竜骨の一件を話題にしてください」

「かならず議題にします」

丁仁の確約に安堵した元突聘は、持参した商品一覧誌（通信販売のカタログ）をカバンから取り出した。

表紙裏にはKODAK（コダック）カメラの広告印刷物が挟まれていた。

今年の一月、話だけは聞かされていた本と広告の現物を、丁仁はいま手にしていた。

商品の精密画は、印刷物というよりも、現物が目の前に置かれているかに思えた。

商品一覧誌は、パラパラとめくったどの頁にも目を奪われた。元突聘との会話を続けるのも忘れて、丁仁は夢中になって分厚い商品一覧誌に見入っていた。

初めてこの本を見たときは、元突聘もまったく同じだったと、丁仁にあのときの自分を重ねていた。

二十三

九月十五日（新暦十月十九日）の例会は、始まるなり丁仁のひとり舞台となった。竜骨の話題と、元突聘から入手できた商品一覧誌（通信販売のカタログ）が全員の興味、好奇心をかき立てたからだ。

「王懿栄先生といえば、金石学の第一人者じゃないか」

いつもは聞き役が自分の役目とばかりに、あまり発言をしてこなかった呉隠が、最初に口を開いた。

「北京の元突聘さんは王懿栄先生と、それほどに深い交誼を得られるほどの人物だったのか」

よほどに気を昂ぶらせたのだろう。呉隠は丁仁が口にしたことを、誤って呑み込んでいた。

「それは違います、呉兄」

丁仁は直ちに誤りを正しにかかった。

「わたしの説明がまずかったようです、ごめんなさい」

丁仁はまず詫びた。これで呉隠の面子を保ってから、話の先を続けた。

「元突聘さんは雑貨商としては有力者ですが、金石学の学界要人たちに顔が広いわけではありません」

呉隠を見詰めて続ける丁仁の話に、他のふたりは黙したまま聞き入っていた。

「王懿栄先生の貴符（尊宅）に出入りしているのは、北京の骨董店店主の范維卿さんです」

范維卿の名を聞くなり。

「骨董店の范維卿と言ったのか？」

腰掛けに背を預けていた葉為銘が、身を起こして丁仁に問いかけた。

「その通りですが、范維卿さんがどうかしましたか」

逆に問いかけた丁仁の目を、葉為銘は見詰めた。なぜそんな人物とかかわりを持っているのかと、葉為銘の目が質していた。

「おれには北京に多数の知人がいるのは、丁仁もみんなも承知のはずだ」

三人が同時にうなずくのを確かめた葉為銘は、卓に両手を載せてあとを続けた。

「范維卿氏の骨董店は北京でも名が通っており、まさに王懿栄先生の周りの学界や清朝政府に仕える官僚たちにも深く食い込んでいると聞いている」

葉為銘は北京事情に通じていた。多数の北京在住の名士（文化人）と交流があり、葉為銘当人も何度も北京を訪れていた。

そんな葉為銘が口にする話である。丁仁もすっかり聞き役に回っていた。

「ところで丁仁……」

葉為銘は丁仁に問いかけた。

「その范維卿氏が、おまえを王懿栄先生に引き合わせてくれると言ったのか？」

「違います」

丁仁は強く首を横に振った。

「機会をみて王懿栄先生に、丁家のことを話してくれると范維卿さんが元突聘さんに答えてくれたそうです」

ここまでの話を聞き取った呉隠は、王懿栄との窓口が范維卿なのだと得心したようだ。丁仁の話を誤って聞いたことも自覚した。

「あの王懿栄先生なら杭州に丁家ありは、すでにご存じであっても何ら不思議はない」

丁家が多数の業績を遺している篆刻にも、王懿栄は深く通じていた。

「その丁家一族のおまえが」

元突聘が北京から持参してきた竜骨を、呉隠は手にとり、目の前まで持ち上げた。

「この緻密で神秘的な図形や文字らしきものの刻みに、大いに気を惹かれているとお知りになられたら」

呉隠は竜骨をそっと卓に戻して、まだ続けた。

「面談を承知なさることもあると期待できそうだ」

すっかり上気していた呉隠は、顔が朱色に染まっていた。聞いていた葉為銘も、呉隠に同意してうなずいた。が、そのあとで表情を引き締めて丁仁を見た。

「おまえと元突聘氏との付き合いの深いことは、十分に承知しているつもりだ」

丁仁の目に、いぶかしさが浮かんでいた。

葉為銘の話が、この先で否定的な方向に進みそうだと、感じ取ったのだろう。案の定、葉為銘の語調が変わった。

「元突聘氏と范維卿氏とは、まだ付き合いの日は浅いと思うがそれに間違いはないか」

「元突聘さんから、そう聞いています」

竜骨がきっかけの付き合いの始まりだと、丁仁は聞かされていた。

「元突聘氏と丁家との交誼は長くて深い。あのひとの人柄には、おれもいささかの疑念も抱いてはいない」

葉為銘はきっぱりと元突聘を評価したあとで、声の調子を変えた。

「しかし丁仁、范維卿氏は別だ」

これもまた、葉為銘は強く言い切った。

「おれが耳にしている范維卿氏も、取り扱う書画骨董についても、世間の評価は毀誉褒貶(きよほうへん)相半ばするものだ」

聞いている丁仁の表情が曇(くも)った。

葉為銘は元突聘を悪く言ってはいない。しかし元突聘が付き合っている相手・范維卿には疑問符を打っていたからだ。

そんな丁仁の気持ちを承知で、葉為銘は続けた。

「范維卿氏は、商いにおいては底知れぬしたたかさを発揮すると言われている御仁だ」

骨董品を扱いながら范維卿の目は、一世代も先を見て商いしていると言われていた。

金儲けにつながりそうなネタを敏感に察知する触角を、范維卿は有していた。

「范維卿が政府高官の王懿栄先生に、深く取り入っているであろうことには、なんら疑問の余地はない」

言っているうちに、口調は鋭さを増していた。

「政府の資金を使って骨董品、文献(ぶんけん)等を収集なされる王懿栄先生は、重要至極な得意先に違いない」

しかし……と、葉為銘はさらに口調を変えた。

「范維卿氏がどこまで王懿栄先生に、竜骨の出所などを正直に話しているかは、おれには疑問だ」

葉為銘が口を閉じるのを待ちかねた様子で、丁仁が問いかけた。年長者が話しているとき、口を挟んではならぬと、丁仁はきつくしつけられていた。

「葉兄はどうして、范維卿さんが竜骨の出所を正直には王懿栄先生に明かしていないと思うのですか」

丁仁の問いかけには、最年少の王福庵も同じ疑問を抱いたらしい。王福庵は身を乗り出して葉為銘を見詰めた。

「もしもこの竜骨が」

今度は葉為銘が、卓に置かれた竜骨を手に持った。

「ここに刻まれた図形か文字のようなものは、どうみても誰かが意図をもって刻みつけたものとしか、おれには思えない」

「わたしも同じです」

丁仁はすぐさま同意した。

「おまえやおれが思いつくことなど、王懿栄先生には先刻、お気づきになられたはずだ」

丁仁はまた深くうなずき、葉為銘が口にする先を待った。

「どんな意図のもとに刻まれたものだろうと、王懿栄先生は考えられたがこそ」

葉為銘の語気が強まった。

「范維卿氏から、手に入る限りの竜骨を買い求められたのだと、おれは思う」

口を閉じたあと、深呼吸してからさらに続けた。

「王懿栄先生が竜骨の刻みに、まだ知られていない何かを感じ取られたのだとすれば」

丁仁を見詰めている目の光を、葉為銘はここでひときわ強くした。

「他のなにより知りたいと思われたのは……おまえは、何だと思うか？」

「出所です」

丁仁は即答した。もしも自分なら、それを知りたいと思ったからだ。葉為銘はうなずいた。

「ここにあるのは四片だけだが、数多くの亀甲や獣骨には、それぞれまったく別の刻みがあるのだろうと、おれは思う」

限りをつけずに買い取ると、王懿栄先生が范維卿に告げたのも、つまりはどこから掘り出したものかを突き止めようとされたからではないかと、葉為銘は見当を口にした。

「いま葉兄に言われてみて、まさにその通りだろうと得心できました」

丁仁の返答に諒（りょう）とばかりにうなずいたあと、葉為銘はまた問いかけた。

「おまえが范維卿氏だったら、この先どうするんだ？」

丁仁がすぐには答えられずにいたら、王福庵が割って入ってきた。

「出所は金のタマゴです」

絶対に教えるはずがないと、王福庵は断言した。

「教えてしまったら、もう竜骨を言い値では買ってもらえなくなりますから」

王福庵が強い口調で言い終えた。

丁仁はめずらしく気色（けしき）ばんだ顔を王福庵に向けた。

「元突聘さんは范維卿さんのことを、そんなひとだとは言っていないぞ」

文人一族のなかで育った丁仁には、商人のしたたかさは理解の外だった。深い付き合いのある元突聘も、長い付き合いの書店・金高堂も、丁仁にあこぎな振舞いなど、一度も見せたことなどなかった。

「しかも范維卿さんは、折を見て王懿栄先生との面談まで、調えてくれる気でいるひとだ」

竜骨の出所を隠す気など、あるはずがないと、声を張って反論した。

しかし丁仁のこの言い分には、常に味方でいたはずの呉隠までもが、賛同しなかった。

「こうなったからには」

呉隠は丁仁にではなく、葉為銘に目を向けた。

「今後は竜骨を例会の重要課題として、毎回、取り上げて議論するのがよくないか」

呉隠と葉為銘はほぼ同い年だ。物言いも砕けていた。

「それがいいと、おれも思う」

葉為銘の同意を得た呉隠は、丁仁に目を移した。

「竜骨のことを言い出したのはおまえだ」

年長者の呉隠は、穏やかな物言いで続けた。

「元突聘氏からなにか新しいことを聞かされたときは、例会の日を待たずに報せてくれ」

これでいいかと、呉隠は全員に質した。

「異議なし」

葉為銘と王福庵が声を張って賛同した。

丁仁も深いうなずきで答えていた。

二十四

西湖（せいこ）に浮かぶ小島・孤山（こざん）。

町と孤山とは石造りの小橋・西冷橋（せいれいばし）で結ばれている。

この橋の低い欄干（らんかん）に九月十六日（新暦十月二十日）午前九時どき、丁仁が腰を下ろしていた。

すでに九月も半ばを過ぎ、暦の上では晩秋だというのに、今年の杭州ではまだ秋の足音が聞こえてこなかった。

小柄な丁仁でも腰を下ろせば、橋の石床に足が着くほどに欄干は低い造りだった。

深い思案にふけるときの丁仁には、ふたつの場所があった。

ひとつは八千巻楼（はっせんかんろう）一階もしくは二階の板の間である。床板と古書が重なり合った香りは、瞑想（めいそう）にふける場所として丁仁は大事にしていた。

いまひとつが西冷橋の欄干である。晩春から晩秋にかけての午前中は、この場所を好んでいた。

威勢のいい陽光が湖面で弾き返され、欄干に腰を下ろした丁仁の顔を照らす。

九月中旬過ぎは、朝の九時から十時過ぎまでのほぼ一時間が、望みのかなう刻限だった。

今朝の丁仁は仕立てのよい綿の長袍を着ていた。私邸から羽織ってきた麻の馬掛（上着）は欄干に置いていた。湖面を渡ってくる風の心地よさを満喫せんがためである。

長袍に合わせて綿の褲（中国式のズボン）で、履き物は布鞋だ。暑い日の外出は、ほとんどこの格好を通してきた。

天秤棒の両端に油桶を吊して通りがかった人足は、わざわざ丁仁に近寄ってきた。そして黙ったまま長袍から布鞋まで、目で舐めてから行き過ぎた。

丁仁は懐表（懐中時計）を褲に鏈（チェーン）で結んでいた。懐表は九時十分を示していた。

王福庵との待ち合わせ時刻は午前十時で、まだ五十分の間があった。

昨日の例会終了後、丁仁は王福庵を今朝の面談に誘った。

「ゆっくりふたりで話したいことがあるんだけど……」

これを言っただけで、王福庵は即座に承知した。

「この八千巻楼でいいんですか？」

「西冷橋で、朝十時でどうだろうか」

王福庵は、これも承知した。

昨日の例会では范維卿の人となりについて、王福庵と丁仁とは理解に隔たりがあった。葉為銘も呉隠も、王福庵の考えに近かったことで、それ以上は范維卿を話題にはしなかった。

そのときのわだかまりのようなものを、王福庵は感じていたのかもしれない。それをほぐす機会と思ったのか、丁仁の呼びかけには無条件で応じてきた。

そんなこと以上に王福庵は、一歳しか離れていない丁仁を慕っていた。その想いは、王福庵の身なりに出ていた。

仕立ての良い綿の長袍に上着は麻の馬掛、長袍に合わせた綿の褲に布鞋。丁仁より上背のある王福庵には、よく似合っていた。

「丁仁さんの真似がしたくて、長袍も馬掛も布鞋も、同じようなものを買ってもらいました」

素直な物言いをする王福庵を、丁仁も大事な友と考えていた。

丁仁は西冷橋の欄干で朝日を顔に浴びたかった。王福庵邸は西湖湖畔の別名豪宅（屋敷）小路にあることも、西冷橋を落ち合い場所に決めた理由である。

王福庵の屋敷から橋までは、ゆっくり歩いてきても五分で充分だ。そんな王福庵が来るまでには、まだ半時間以上も間があった。

丁仁は湖面から顔を上げて、深呼吸をした。物思いに臨むとき、丁仁はいつも深呼吸から始めた。

いま気がかりなことのひとつは、義和団の動静だった。

「王懿栄先生は昨年お母さまがお亡くなりになられた。その喪が明けたか明けないうちに国子監祭酒（最高学府の総長にあたる）の三度目の復帰を命じられた。五十五歳というお年での復帰は、それほど先生が政府にとって不可欠な人物であるということと同時に、義和団の動きが政府にとっても深刻ということのようです」

元突聘からこれを聞かされていた丁仁は、義和団の動静をもっと調べて、自分なりの判断を下さなければならないと考え始めた。詳細は金高堂が届けてくれた。

束の間、蒸し暑い日の秋の青空を見詰めたあと、丁仁は義和団のことに思いを巡らせていた。どうか王懿栄先生の学術研鑽の障害にはなりませんようにと、丁仁は遠くの湖面に目を移して願った。

王懿栄は文人で、世俗の揉め事対処は苦手のはず……昨日の例会を思うにつけ、丁仁は王懿栄を案じた。

生粋の文人子弟の我が身では、年下の王福庵が為した人物評はできなかった。ゆえに丁仁は尊敬する王懿栄を案じたし、義和団の動静が気がかりだったのだ。

王懿栄も文人であると理解していたゆえである。

もう一度の深呼吸のあと丁仁は目を閉じて、文人ならではの考え事の海へと身を漕ぎ出した。

＊

丁仁は一八七九年（光緒五年）、浙江省杭州市で生まれた。

丁家の先祖は山東済陽出身で、文物・古籍・印譜・印章・書画を好んで収集するという、根っからの文人だった。

丁仁は丁立誠の二男で、丁家第十二代である。

外祖父に著名な篆刻家・魏稼孫がいる。丁家は代々書画篆刻を好み、その関連の図書を収集してきた。

それら膨大な蔵書の書庫が八千巻楼である。

幼少時から古書・骨董書画のなかで育った丁仁には、商人のしたたかさを実感できる機会がなかった。

北京から出向いてくる元突聘、古書・文献を適宜納品してくれる金高堂のいずれも、父からの申し送りである。

そんな丁仁だけに、昨日の范維卿の一件は若者の骨身にこたえた。そのとき、咄嗟に王懿栄を案じたのが、まさに文人一家で育った丁仁ならではのことと言えた。

丁仁が動静を気にしている義和団とは。

古来から存在してきた「拳法」で、神通力を得るための修行を続ける団体が義和団である。

幾年も襲来する天候異変での凶作や、自然災害。

それらに遭遇した結果、暮らしが成り立たなくなった村人たちを組織したことで、力を得てきた。

一八九九年（光緒二十五年）のいま、義和団は政治的な大義を掲げた。

「扶清滅洋（清を扶け洋を滅ぼす）」が、その大義だ。上海や北京などに駐留する外国勢力の活動を苦々しく思っていた民衆は、義和団を熱狂的に支援した。

山東省各地に広がった暴動ともいえる動きは、いまでは北京にまで迫る勢いを見せていた。

清朝政府内では、義和団を支持する勢力と反対勢力とが、日を重ねるごとに対立を深めていた。

王懿栄が賛成派・反対派のいずれに属しているのか、丁仁は元突聘から聞かされてはいなかった。

しかし賛成・反対のどちらに属していても、清王朝の高官として対処せざるを得ないだろう。

莫大な公費で范維卿に命じて膨大な数量の竜骨の収集をされている王先生のことだから、これは私利私欲ではないはずだ。

すでに竜骨のはかり知れない価値を感じ取っておられるのも確かだ。外国勢力に持っていかれるのを案じて、収集を急いでおられるのかもしれない。

これは清王朝のためではなく、中国のためを考えての振舞いではないか――と弱輩の丁仁にも想像できた。

なんとしても王先生の力になりたい、手伝いをしたい、との思いが募る丁仁であったが、

「史料収集に際しては、断じて紐付き資金を利用してはならぬ。丁一族の資金に限るべし」

丁仁はこれを丁家家訓として、父からきつく申し渡されていた。王懿栄が置かれている難儀な立場を思うにつけ、父から厳命された言葉の重みを実感していた。

＊

丁仁の思い返しに一段落がついたとき。

「お待たせして、ごめんなさい」

詫びてはいても、王福庵は呼び出してもらえた喜びを、身体での動きで示していた。

お待たせしたわけではない。

丁仁の懐表は、十時十分前を示していた。

二十五

西冷橋で落ち合ったあと、王福庵は橋を渡って孤山に向かうものと思っていた。ところが丁仁は、その場から動こうとはしなかった。

なにかわけがあると考えた王福庵はなにも言わず、丁仁と並んで橋に立っていた。上背は大きく違っていたが、服装は瓜二つである。

ふたりとも麻の馬掛は脱ぎ、右手で持っていた。綿の長袍と褲は色違いでも、行き違うひとには同じに見えたらしい。

丁仁がひとりで腰をおろしていたとき、わざわざ近寄ってきたあの油運びの人足が……

「あんたら、同じようなもん着とるが、兄弟かね?」

力仕事の人足ならではの大声で問いかけてきた。油を納めてカラになった前後の桶が、声に合わせて揺れた。

「兄弟かって……嬉しいことを言ってくれますね」

王家でも、しつけは行き届いているようだ。袖なしの内衣(ネイイー)(肌着)で天秤棒を担いでいる人足が相手でも、年長者への物言いはていねいだった。

王福庵の話し方には、人足のほうが面食らったらしい。

「おら、悪気で言うたわけじゃねっから」

慌ててふたりから離れようとしたとき、一台の人力車が止まった。車夫が置いた踏み台から下りてきたのは麗華(れいか)だった。

薄い桃色の長袍をまとい、籐の籠(かご)を手に下げている。服と籠、そして麗華の黒髪が十時過ぎの陽光を浴びていた。

身繕い（みづくろ）を見て、王福庵は目を見開いた。麗華も自分や丁仁と同じ布鞋を履いていたからだ。

「どうしたんですか、麗華さん……」

驚き声を発した王福庵が、麗華に近寄った。

三人の身なりを見た人足は「身分違いの相手に軽口をきいてしもうた」と、思い知ったようだ。

口をぎゅっと閉じ合わせると麗華が加わった三人には目もくれず、桶を揺らして橋から離れて行った。

「あそこに行くのですね？」

王福庵は前方に見えている山を指さした。

そうだと、丁仁は目で答えていた。

島の名は孤山であったが、小さな島でも小山が連なっていた。そのひとつは、丁家先祖が墓地に使うつもりで手に入れていた。

「西湖を正面に望めるとは、望外の墓地だ」

初代が手に入れてから長い歳月を経てはいたが、未だ造成はされずにいた。

「時が満ちたとき、当主が造成と向き合えばいい」

丁仁の父・丁立誠は、第十二代となるべき息子に、この言葉を遺していた。

「墓地造成は焦らず、満足できる山造りを目指しなさい」

父の言葉を、二十歳になったのを境に幾度も考えてきた。

昨日の例会で丁仁はひとつ、深く思い知った。

篆刻を軸とする学問においては、年長者にも気後れすることはないとの自負を抱いてきた。

しかし人物評価においては、あまりに自分はひとを知らない、分かっていないと思い知らされた。

そのかたわら今でも丁仁には、同世代の誰にも負けぬ『史記』の深い読み手であるとの自負があった。

先祖が遺してくれた『史記』は、全巻すべてが八千巻楼に納まっている。

その始まりの『五帝本紀』『夏本紀』『殷本紀』は、丁仁はすでに精読していた。「夏」「殷」ともに、その存在はたしかめられておらず、編者である司馬遷の創作ではないかとも言われていた。

だが、丁仁はそうは思わなかった。

その根拠は、丁家に伝わる『史記』にあった。丁家所蔵の『史記』は、司馬遷の本文にその後の著名な歴史家たちが注を付したものであった。

後漢時代きっての学者・馬融や正史の『三国志』にも登場する鄭玄、そして徐広（東晋時代の学者）などが名を連ねていた。

さらに先祖が欄外に墨で書きこんだ数々の注も付してあった。そして、みずからもここにあらたな注を加えたいとも考えていた。

八千巻楼にはいつでも、丁仁が望むがままに、手にして開くことができる『史記』がすべて揃っていた。

もしも王福庵と一緒に、あらためて『史記』を始まりの巻から読み下していったら……と、例会終了時に思いついた。

もしも呉隠、葉為銘と一緒に読んだとすれば。

年長者の視点と理解に基づく解説を、受けられるのは間違いなかった。が、丁仁の気持ちは弾まなかった。

王福庵は一歳年下だ。その若者が感じ取る人物像こそ、丁仁が胸を躍らせるほど知りたいことだった。

ふたりで精読後、麗華の父親が秘しているあの技に乗って、その存在すら証明されていない時代を訪れてみたい……

これを昨日不意に、そして強烈に思ったのだ。

ふたりで過去に遡行（そこう）しようとする計画。これを話し合うには、丁仁が胸の内で名付けていた、山の上に設けられた「西泠画廊（がろう）」が最適だと思われた。

画廊と言ってもただの平らな原っぱに、円卓と六脚の椅子が置かれているだけである。雨よけの屋根すらできてはいなかった。

が、先祖はここからの西湖の眺めを気に入り、山をまるごと手に入れたのだ。

幼い時分から丁仁は、この円卓と椅子だけが置かれた原っぱが大のお気に入りだった。

円卓の向こうに広がる西湖は、季節や天候次第で、幾らでも景観を変えた。あたかも画廊で絵画を鑑賞するかのように丁仁には思えた。それゆえの名付けだった。

王福庵にあらましを聞かせたうえ、遡行の「夢紀行」に誘うには、ここから西湖を眺めながらが一番と決めていた。

先祖が手に入れた小山は、竹と鉄とが入り交じった高い柵で囲まれていた。

王福庵には西泠画廊のことを話したことはある。が、門扉を開いて内に案内するのは、今日が初だった。

門扉の錠前は麗華が解いた。急ぎ麻の馬掛を羽織った丁仁は、門扉の前で手招きの仕草を見せた。

「絶景至極の西泠画廊へ、ようこそ」

＊

小山の頂上まで、石段の道は遠い昔から設けられていた。が、急な昇りを避けるために、石段は曲がりくねっていた。石段の高さもまちまちである。

「麗華さんの布鞋のわけが、いま分かりました」

息切れもせずに王福庵が言い終えたとき、三人は西泠画廊の原っぱまで登り切っていた。

褲に鏈で結わえた懐表まで、王福庵は丁仁の真似をしていた。原っぱの端に立てば、正面が西湖だ。

「まだ十時四十七分です」

懐表と湖面とを交互に見ながら、王福庵は声を弾ませた。思ったよりも早かったことを喜んでいた。

「西湖を見ながらの茉莉花茶（ジャスミン）の美味（うま）さを知ったら、やみつきになるぞ」

丁仁は円卓に王福庵を誘った。正面には陽を浴びて輝いている、湖面が見える位置に、である。

丁仁は王福庵の左脇に座った。

麗華が運んできた籐籠には、毛布に包まれた水筒と、白磁（はくじ）の茶器・蓋碗（がいわん）までが収まっていた。

一杯の茶を王福庵が、喉をゴクンと鳴らせて飲み終えたところで、丁仁が切り出した。

「王君は『史記』を読んだことはあるか？」

「全巻はまだ読んでいません」

即答した王福庵を麗華が見詰めていた。真っ直ぐに見詰められた王福庵は、うろたえ気味に丁仁に問うた。

「『史記』を読んでいるかどうかが」

察しのいい王福庵は、蓋碗を手に持った。

「この画廊での茶に、かかわりがあるのですか？」

「その通り。大いにある」

丁仁は蓋碗の茶を一気に飲み干し、円卓に戻した。

「『史記』に書かれている時代を古い順に言えば『五帝』『夏』『殷』『周』……と続く」

「わたしも父から教わりました」

麗華が茶の給仕で同席している。彼女を意識したのだろう、王福庵の物言いはよそ行きだった。

「でも丁仁さん……」

王福庵は横を向き、丁仁を正面から見詰めた。

「五帝はともかく、夏と殷は、王朝が存在していたとは証明されていないと父から教えられましたが」

「お父上の教えは正しい」

相手の言い分を受け入れたあとで、丁仁は本題に進んだ。

「『史記』の編者である司馬遷の空想上の王朝だという人もいる」

王福庵を見詰め返している丁仁の眼光が強さを得た。

「ふたりで『史記』を熟読したうえで、確かめに行ってみないか」

丁仁の唐突(とうとつ)な誘いの意味が、王福庵には呑み込めなかった。

「確かめに行くって……何処(どこ)にどうやって行くんですか」

時代を遡行する旅だと、理解できていなかった。

「麗華の父上は夢のなかで、行きたい時代の行きたい場所に旅をさせてくれる秘術をお持ちだ」

その力を借りて、ふたりで数千年の昔へ時空を超えて旅をしてみないかと、誘った。

王福庵はまだ呑み込めず、口が半開きになっていた。

二十六

麗華の父であり、丁仁たちに夢紀行の秘術を授ける呉源則は郷土歴史家の血筋だ。丁家初代に請われて、呉源則の先祖も山東済陽から杭州へと随行してきていた。

呉一族は代々、史書全般に精通していた。丁家当主の指示で、八千巻楼に収蔵する史書の収集を受け持ってきた。

丁家代々の当主が収集の全権を委ねたほどに、呉一族は史書の吟味眼力に抜きん出ていた。

丁仁は十三歳から呉源則を老師（先生）と仰ぎ、『史記』など史書の読み方と解説を受けていた。

二十一歳となったいまも丁仁は呉源則を「老師」と呼び、呉源則は「少爺（若旦那）」と応じていた。

丁家の持ち山の山頂に設えた西冷画廊に登った三日後の九月十九日（新暦十月二十三日）午前十時。

丁仁と王福庵は八千巻楼の一階にいた。

夢紀行の実行も、呉一族が代々一子相伝で受け継いできた秘術である。

丁仁と王福庵は秘術実行に先立ち、呉源則からさまざま手ほどきと注意を受けるため八千巻楼にいた。

丁仁は王福庵から同行承知の言質を得るなり、一日も早く、とりわけ次の十月一日（新暦十一月三日）の例会手前での実行を切望していた。

そのため西冷画廊に登った当日、もしくは遅くとも二日以内には呉源則から手ほどきを受けたいと考えていた。

が、九月十七日、十八日はあいにく呉源則も王福庵も、すでに予定を抱えていた。ゆえに十九日の十時となった。

王福庵は呉源則とは初対面である。しかもこのときまで想像したこともなかった夢紀行なる秘術を施してくれるという師なのだ。

例会では全員が王福庵よりも年長者だ。そんななかでも物怖じせずを通してきた王福庵が、この朝は肩に力みが入っていた。

「夢紀行を成就させられるや否やは」

呉源則に見詰められるなり、王福庵の肩が固まった。そんな王福庵を見詰めたまま、先を続けた。

「旅を望む少爺とそなたとが、どれほど深く旅先に通じているかで決まります」

丁仁と王福庵は同時に深く、きっぱりとうなずいた。

「旅先は周よりも前の空想上の王朝ともいわれている夏・殷代でよろしいか？」

「そうです、老師」

丁仁の返答に迷いはなかった。

「夏・殷代を少爺が望まれるのは」

呉源則は丁仁の手元に目を向けた。白布には四片の竜骨と呼ばれる骨片が載せられていた。

「竜骨にかかわる子細を、ご自分の目で確かめたいということですか？」

「まさに、その通りです」

呉源則の目を見詰めたまま、短く答えた。

「しかし少爺、あなたの手元にある竜骨が、なぜ実在したかもわからぬ夏・殷代にありと考えられるのですか」

呉源則の問い質す口調は、愛弟子の知識と理解度を確かめるかのようだった。

「老師から『殷本紀』や『亀策列伝』についてご教示いただきました折に、わたしの記憶に違いがなければ」

師匠を見る丁仁の眼光が強くなった。記憶違いではないはずだと、丁仁は眼光で訴えていた。

「獣骨(じゅうこつ)や亀甲(きっこう)を占いに用いていたというような説明を、先生からいただいたと覚えております」

「そなたの記憶は正しい」

呉源則は丁仁をそなたと呼んだ。

「それゆえに、夏か殷の時代に旅をしたいのですね」

「ぜひ、なにとぞわたしと王福庵を、夏・殷代までときを遡行(そこう)させてください」

師匠を見詰めて、丁仁は頼みの言葉を重ねた。

「夏も殷も王朝が実在したかどうかわかっておりません。王朝が実在しないならば旅も当然できないということになりますが、それでもよろしいか」

丁仁も王福庵も眼光を強くして、呉源則を見詰めてうなずいた。

「そこまでふたりが強く望んでおいでなら、わたしも麗華も命を賭(と)して施術と向き合います」

麗華は同席していなかったが、呉源則は承知した。

「ただし、ひとつ条件があります」

呉源則は丁仁と王福庵を等分に見たあと、目を丁仁に移してさらに続けた。

「少爺が『史記』を精読しておいでなのは、つい今し方の受け答えからでも察せられます」

しかし……と、呉源則は王福庵に言い及んだ。が、目は丁仁に当てられたままだった。

「旅を同行する王君は、今日まで『史記』の『夏本紀(かほんぎ)』『殷本紀』も読み込んだことがないはずだ」

「はい、ありません」

王福庵は即座に応じた。呉源則が王福庵に目を移した。

「ここに書かれていることを神話などと侮(あなど)っては熟読したことにはならぬ」

王福庵に話しかけながら呉源則の眼光は強さを増した。

「されど王君、わたしが諒(りょう)とできるまでの読み込みができていることが、夢紀行施術の絶対条件だ」

まずは今日から五日間、丁仁とともに『史記』の関連箇所精読に励むことを約束せよと迫った。これは同時に、丁仁にも宣告していた。丁仁がわがこととしてうなずく脇で、王福庵が口を開いた。

「もちろん約束したいですが、いまはできません」

王福庵の物言いには、いつもの調子、物怖じしない二十歳の若さが戻っていた。

「なぜ、約束できないのかね」

質す呉源則の声には、ここまでにはなかった硬さが含まれていた。丁仁も戸惑い顔を王福庵に向けた。

「『史記』を書いたのは司馬遷(しばせん)で、二千年も昔だということぐらいは、わたしも知っています」

呉源則はそうだと言い分を受け入れて、目で王福庵に先を促した。

「古人が書き残した史書を読むには、深い知識を必要とするはずです」

ひと息をおいてから、王福庵は結論に入った。

「司馬遷が書き残した遠い昔の書物を、わたしには読みこなすなど到底できるとは思えません」

王福庵が言い終えると、呉源則の表情がゆるんだ。

「それが、王君が約束できないという理由なのか？」

「そうです」

王福庵の返答を受けた呉源則は、丁仁に目配せをした。静かに立ち上がった丁仁は書棚に向かい、一冊の蔵書を手にして戻ってきて、王福庵の前に置いた。

表紙に筆で『史記』と書かれ、その下に小さく「自一～至五」の記述があった。

「王君の前にあるのが、いま話をしている『史記』のなかの『夏本紀』第二や『殷本紀』第三が入っている一冊だ」

本を開きなさいと王福庵に告げた。

丁仁が書棚から取り出してきたのは、分冊になっている『史記』のなかの第一冊だった。版本ではあっても、年代物の古書だ。

本の右端が糸で綴じられた、明朝綴じと呼ばれる一冊だった。

王福庵は深呼吸をしてから、表紙に手をかけた。本への衷心からの敬いが、所作に出ていた。

「拝見します」

王福庵が開いた中ほどの見開き頁は、どちらも芳名録を縮小したかのような罫線が引かれていた。そして罫線と罫線の間には、大小の漢字が一行か二行に分かれて整然と並んでいた。

「どうだね、王君。書いてあることは、きみにもそのまま読めるだろう」

「はい……」

返事をしたあとは、記述の音読を始めた。そのまま数行を読み続けて、文章の区切りで音読を止めた。

呉源則を見た王福庵の表情は、大きく上気していた。

「これならわたしでも読めます！」

呉源則に答えた声まで、上気して弾んでいた。

「これこそが我が文明が世界に胸を張って誇れる、最大かつ真似のできない利点だ」

『史記』を書き記した司馬遷も、いまに生きる我々も、同じ漢字を用いている。

「もしも司馬遷が記した通りに、周より前に王朝があったならば、この『史記』の文化的価値は、天井知らずまでに高まる」

王福庵に説く呉源則の口調は丁仁に対するとき同様の、愛弟子と接する老師のものとなっていた。

『史記』に接する王福庵の素直さを、呉源則は諒と受け入れたようだった。

「これで王君も、『史記』の精読が約束できるかね」

「はい、どこを精読したらよいかお教えください」

王福庵は呉源則を見詰めて胸を張った。

「ひたすら読み進めます」

こう答えたあと、口調を変えてあとを続けた。

「読んでいて生じた疑問は、一緒に旅をする丁仁さんにぶつけていいですね」

王福庵は途中から丁仁に目を移していた。

「その通りだ、王君。旅での指揮官は少爺だ」

明確に言い切ってから、補足に言い及んだ。

「もしも少爺の手に余る疑問が生じたとなれば、王君からではなく、指揮官たる少爺を通してわたしに聞きなさい」

夢紀行開始前のいま、呉源則は丁仁と王福庵の立ち位置を明確にした。

旅では丁仁が絶対的上位であると、両名に示した。

「精読は今日から始めていいですね？」

問われた丁仁はもちろんとばかりに、深くうなずいた。

二十七

丁仁、王福庵の精読は、宣言通りさっそく始まった。ふたりは八千巻楼に籠もり、寸暇を惜しんで『史記』の関連箇所を精読しつづけた。

「これで三度目の読み返しになりますが……」

卓の向かい側にいて王福庵とは別の箇所に目を通していた丁仁は、本を開いたまま目を向けた。見開いた頁の中ほどを、王福庵は人差し指で示した。

「やはり紂王は、誕生からすでに別格ですね」

別格との言い方には親しさも、敬いもなかった。王福庵が示している箇所は、紂王誕生からの記述だった。

王福庵はその箇所の音読を始めた。

「帝乙が崩じて、その子の辛が立った」

『史記』はここから、紂王誕生を記し始めた。

「これが帝辛であるが、天下の人々はこれを紂と呼んだ。帝紂は弁舌さわやかで動作もすばやく、見聞きしたものごとの本質を摑むことが敏く、才能も腕力も人よりすぐれており」

ここまで音読したところで、丁仁に目を向けた。

「手で猛獣をうち斃すこともできた……と書かれていますが、これはまことでしょうか？」

「司馬遷はそう書いている」

丁仁は個人解釈を口にはしなかった。

得心したわけではなさそうながら、王福庵はまた『史記』の音読に戻った。

丁仁は読みかけの本を閉じて、王福庵の音読に耳を傾けた。

「知恵は臣下の諫言をふさいでしまうほどよくまわり、言葉はおのれの非行を飾りたてるに十分にうまかった。臣下に対してはおのれの才能をほこり、天下に対しては名声があるものとして傲然とのぞみ、世間の人々はみな自分以下だと思っていた」

吐息を漏らして顔を上げた王福庵は、右手で『史記』を脇にずらした。その手つきはすこぶるていねいで、古書に対する敬いが感じられた。

「猛獣を素手で斃すほどの腕力を持っている王は、この記述を読む限り……」

次の言葉を口にする前に、王福庵はもう一度吐息を漏らして丁仁を見た。

「『項羽本紀』には、項羽は身長八尺、腕力は鼎を持ち上げるほど強くとあるが、才気のあるところが紂王と違う。紂王は鼻持ちならない王で、わたしは嫌いです」

王福庵はきっぱりと言い切った。

「おれも王君と同じだ」

丁仁の同意が得られて、王福庵は安堵したらしい。

「でしたら……」

王福庵は卓に手を置き、上体を乗り出した。

「どうして丁仁さんは、そんな紂王の時代に夢紀行をしたがるのですか」

紂王など、遠くから見るのも不快ですと、王福庵は遠慮のないことを口にした。そしてもう一度、『史記』を手元に引き寄せて続きの箇所の音読を始めた。

「酒を好んで淫楽し、女ずきで妲己を寵愛し、妲己のいうことにはなんでも従った」

吐き捨てるような口調で音読を止めた。丁仁に向けた目には、『史記』に記述された紂王への嫌悪が宿されていた。

「こんな王に仕える官吏は、たまったものじゃない」

王福庵の言い分にうなずいてから、丁仁が口を開いた。

「官吏だけではないぞ、王君。民衆も大変だったはずだ」

王福庵がうなずくのを見て、丁仁はあとを続けた。

「とは言いながら……」

丁仁はひと呼吸をおいた。あとに続ける言い分を、胸の内で吟味していたのだ。考えがまとまったところで続けた。

「殷王朝が実在していたことは、まだ証明されていない」

王福庵が深くうなずくのを見て、丁仁は続けた。

「すべては司馬遷の創作かもしれない」

丁仁は思い切ったことを口にした。これを言ったものかどうかと、束の間黙して考えていたのだ。

「呉老師は一子相伝の秘術を使い、おれたちが望む時代へと遡行させてくださる」

王福庵を見詰める丁仁の眼光は、まさに夢紀行の指揮官としての光を宿していた。

「『殷本紀』や『亀策列伝』に記されている亀甲を使った占いは、紂王の統治時代にもあてはまるはずだ」

丁仁はここで口調を和らげた。

「おれは紂王に会いたいわけじゃない。記述がまことだとすれば、おれは王君以上にこんな暴君は御免だ」

紂王は嫌いだという丁仁の言葉で、王福庵は顔に貼り付いていたこわばりを消し去った。

「紂王のことはこれ以上は深く読み込まず、亀甲について書かれる箇所の前後を、しっかり読み込んでくれ」

「承知しました」

弾んだ声で答えた王福庵は、座したまま背筋に伸びをくれた。そしてまた、『史記』の精読に戻った。

＊

すでに三度、『史記』を読み通していた王福庵である。丁仁に指示された亀甲に関する記述箇所は、複数あったがいずれも苦もなく開けた。迷いのない所作を、丁仁は満足げな表情で見ていた。

「音読してもいいですか？」

「無論だ。おれもここで聞いている」

丁仁の返事を得て、王福庵は音読を始めた。

「天はすでにわが殷にくだし賜(たも)うた大命を……」

読み始めてすぐに中断した王福庵は、丁仁を見た。

「この箇所で間違いないですね？」

問われた丁仁はうなずき、先を促した。王福庵は深呼吸のあと、音読に戻った。

「お絶ちになられた。賢人の観察によるも、亀甲を焼いての占いによっても、吉を認めることはできなかった」

王福庵はここで大きく息継ぎをした。記述の肝(きも)があとに控えていたからだ。

再度の深呼吸をくれて、音読を再開した。

「これは、わが先王がわれら後世のものをたすけないからではない。わが君が淫虐(いんぎゃく)のため、みずから天命をお絶ちになられたのだ」

さほどに長い記述ではなかった。しかし読み終えた王福庵は、幾度も深い呼吸を繰り返した。

紂王に対しての著者・司馬遷の嫌悪感を、『殷本紀』から感じたがゆえだった。

亀甲の該当箇所を読み終えたところで、王福庵は丁仁に問いを発した。

「初めてこの『殷本紀』を、最後まで読み通したときから気になっていたのですが……」

王福庵が問いかけてくる内容がなにかを、丁仁は察していた。丁仁自身が同じ疑問を抱いたことがあったからだ。

察していながら丁仁は、王福庵が言おうとすることを待った。目で促すと、王福庵は問いを口にし始めた。

「『史記』は貴重な史料であることは、わたしも十分に理解しているつもりです」

丁仁は口を挟まず、王福庵に先へと話をさせた。

「そんな貴重な史料の本文に、さまざまな人の注釈が加えられています」

丁仁に問いかける語調が強くなった。

「おれも初めて『史記』を読んだときは、王君とまったく同じことを思った」

王福庵に向けた丁仁の顔は、目元がゆるんでいた。

＊

丁仁が『史記』を読み始めたのは、まだ十三歳の春だった。場所はこの八千巻楼で、呉源則から手ほどきを受けながらだった。

まず、呉老師が本文の一節をきれいな北京語で音読した。丁仁はその発音を聞きながら書き留め黙読していく。次に丁仁が復誦（ふくしょう）する。これが終わると呉老師が通釈、重要な単語の解釈を行う。そして最後に丁仁からの質問を受けるという流れになっていた。

二千年も昔の記述なのに、丁仁はつっかえながらも読むことができた。漢字は七歳から呉源則に教わっていたからだ。

＊

「呉源則先生に、さまざま伺いたいこともある。注釈については先生から説明していただこう」

丁仁が先に立ち上がった。時刻は正午で、昼餉（ひるげ）の支度が調（ととの）っている時分である。

「注釈のことを気に留めた王君のことを、老師は喜ばれるはずだし、おれも嬉しい」

『史記』への王福庵の理解力が、一段と深まったようだ。夢紀行が近くなったと感じた丁仁は、声が弾んでいた。

二十八

「注釈を気に留めたとあっては」

昼餉のあとで八千巻楼に戻ってきた丁仁と王福庵と向き合った呉源則の話す声は、満足感ゆえに和らいでいた。

「もはや王君の読み込みは、にわかではない」

これを前置きしたあと、本文に付された注釈について話し始めた。

「八千巻楼には『史記』は宋元明代の全巻収蔵されているが二人が読んでいるのは、約三百年続いた明代の万暦年間（一五七三〜一六二〇）のものだ」

丁家当主に収集の全権を託されていた、呉源則の先祖が吟味のうえで購入した『史記』だった。

「我が先祖が当時のご当主にこの『史記』購入を進言申し上げた根拠こそ、まさに貴君が指摘した注釈にあったのだ」

呉源則は王福庵が開いている『殷本紀』の亀甲に関する注釈を指さして続けた。

〈馬融曰 元龜大龜也長尺二寸〉（馬融曰く　占いに用いる亀は一尺二寸［約二八センチ、前漢の一尺は二三・一センチ］の大亀である）

「その注釈はいつの時代のものだと、貴君は思うかね」

質されると思ってはいなかった王福庵は、返答に詰まった。呉源則は答えをせかすことなく黙していた。

「老師はこの『史記』が明代の万暦年間の版本とおっしゃいましたので……」

王福庵は注釈部分を凝視しているうちに、ひとつの答えを思いついたらしい。

「万暦年代よりも古い注釈だったのでしょうか」

注釈の文字は、本文より小さくなっている。

「佳き答えだ」

王福庵の返答を諒としたうえで、呉源則は解説を始めた。

「その注釈は後漢時代（二五～二二〇）の学者・馬融による解釈を書き加えたものだ」

呉源則が後漢時代と告げても、刊行された明代とは時代がかけ離れていて、王福庵には呑み込みがいまひとつだった。

「『史記』を著した司馬遷（前一四五頃～前八六頃）は、前漢時代の人とされている」

馬融による解釈は、司馬遷没後からさほどに歳月を経ぬなかでなされたものだと説明した。

「ゆえに馬融の解釈は信憑性があるものと、呉一族の先祖は判じてきた。もちろん、わたしもだ」

説明を呑み込めた王福庵は、深くうなずいた。

「『史記』の読み込みは十分だと、わたしは判定した」

短い時間で、王福庵は合格を得られた。

「貴君の並外れた好奇心の強さと、秀でた観察力があれば、少爺の夢紀行同伴者としては合格だ」

呉源則が宣した合格の声を合図として、麗華が八千巻楼に入ってきた。

「夢紀行は来る十月十日（新暦十一月十二日）午前十時十分に決行するが、それでよろしいか」

問われた丁仁と王福庵は、即座に「お願いします」と明瞭な声で答えた。

「それではいまから、秘術を行うに際しての決まりを説明する」

両人とも、すべてをあたまに書き留めなさいと告げた。呉源則の物言いには、もはや当主丁仁への遠慮はなかった。

同席している麗華は、秘術実行の助手である。いつもの柔らかな表情が、いまは硬く引き締まっていた。

その麗華に向かって呉源則が目配せをした。

「うけたまわりました」

静かに立ち上がると、八千巻楼から出た。麗華が中座している間、呉源則は口を閉ざしていた。

丁仁も王福庵も背筋を伸ばして無言を続けた。

五分が過ぎたとき、麗華は手押し車を押して戻ってきた。八千巻楼の床を傷めぬよう、車輪は革巻きだった。

麗華が最初に車から降ろしたのは、巨大な燭台だった。ロウソクを立てる皿は差し渡し六寸（約一九センチ）の特大である。皿から突き出しているロウソク立ての鉄針は、鉄火箸ほどに太かった。

燭台を据え置いたところで呉源則が立った。そして車からロウソクを抱え持ち、燭台の皿に載せた。

突き立てた鉄針に、ぴたりと嵌まった。

燭台とロウソクが用意できたところで、呉源則は椅子に戻った。麗華も脇に並んだ。

「この特大ロウソクは高さが四尺七寸（約一・五メートル）。今回の夢紀行に備えて誂えた、特別品です」

その場から見てもよいと、許しが出た。

丁仁と王福庵は座したまま、ロウソクに目を向けた。

呉源則と麗華が支度を進めていたとき、丁仁と王福庵は目を伏せていた。

見ていてもよいとの許しを、得ていなかったからだ。夢紀行の支度が始まったいま、呉源則の許しなしには動けなかった。

いま初めて見た巨大さに驚き顔を浮かべたが、すぐさまふたりは呉源則に目を戻した。

「ロウソクは燃え尽きるまで丸二日間、灯（とも）されています」

夢紀行が続けられるのも、その二日間だと告げて、さらなる子細説明を続けた。

「夢紀行は、丁仁と王福庵は一心同体として動きます」

身体は別々でも、動きは常に同一だと付け加えて、よろしいなと確かめた。

「承知しました」

返答はすべて「承知しました」と答えよと命じられていた。

「訪れた先では景色も色付きで見えるし、物音も話し声も貴君らには明瞭に聞こえます」

行きたい場所へと軽々と、空を舞うかの如くに移動できる。が、何にも触ることはできない。

「貴君らが触ろうとしたところで、それが物でもひとでも突き抜けてしまう。つまり貴君らは相手には見えていない。そこに存在はしていないと心得なさい」

「承知しました」

ふたりの返事に迷いはなかった。が、どこまで呑み込めているかを、呉源則は疑っていた。

「夢紀行本番旅立ち前に、三度まで稽古（けいこ）ができます」

その稽古を通じて、あたまに叩き込むようにと言い足した。

「承知しました」

返事の声に力が込もっていた。

「これが一番大事なことだが」

呉源則の口調も、顔つきも変わった。

「旅の間、互いの話は厳禁と叩き込みなさい」

もしも夢紀行の途中で声を発したときは、その刹那、術が失われる。

「貴君らがどこにいるのかは、わたしには見えない。旅は貴君たちだけのものだ」

術が失せれば、貴君らを引き戻すすべを失う。その結果、目覚めることができなくなる。

「こちら側の世界でただ息をして眠っているだけのふたりを、夢の世界から連れ戻すことは、わたしにもできない」

呉源則の眼光が、さらに強さを増した。

「幸いにも、いままで旅の途中で声を発した丁家の方はおいでにならない」

そう言いながら、呉源則の目は鋭いままだった。

「なぜなら、どなたもひとり旅だったから」

これを聞いて丁仁と王福庵の顔つきがこわばった。

「くれぐれも油断なきように」

念押しをされたあとの両名の返事には、ひときわ力が込もっていた。

「すでに話したことだが、夢紀行できるのは特大ロウソク燈明の灯っている間で、二日間限りです」

ここで呉源則はまた、語気を強めた。

「もしも二日間が過ぎるまでに戻らなければ、目覚めなくなるやもしれない」

聞いているふたりの顔が、またこわばった。

『しれない』とあやふやなのは、いままで遅れたひとはいないからです」

呉源則の目が、ふたり旅を切望した丁仁に向けられた。

「承知しました」

呉源則の注意に、丁仁は全力の返事をした。

二十九

丁仁(ていじん)と王福庵(おうふくあん)がともに生まれて初めて臨(のぞ)む夢紀行。その旅の稽古である試験飛行を明日に控えた、九月二十一日(新暦十月二十五日)午後十時どき。

麗華(れいか)は父・呉源則(ごげんそく)と、居間の黒檀卓(こくたんたく)を挟んで向き合っていた。他の明かりはどれも落とされており、ほの暗い居間だ。

呉一族を大事としてきた丁家(ていけ)では、呉源則一家に広い居室と寝室三室を用意していた。いま父(おや)

娘が向き合っているのは七歩大（約一八平方メートル）の居間である。灯されているのは、燭台の小型ロウソク二本のみだった。

父を見る麗華の目には、強い決意の証が浮かんでいた。話しかける前に、麗華は息を吸い込んだ。部屋の気配が動き、ロウソクの明かりが揺れた。

「明日の飛行稽古は、まだ丁仁さんにも王福庵さんにも早すぎます」

麗華は息継ぎもせず、一気にこれを口にした。

この日まで呉源則の判断や指図に、麗華は異を唱えたことはなかった。従うことこそが助手の務めと心得ていたからだ。

ところがいまはロウソクの明かりを揺らして、尊敬してやまない父に初めて異を唱えた。しかもそれは、「早すぎてはいませんか」との問いかけではない。

「早すぎます」と、真正面から言い切っていた。

初めて娘から反論されても、呉源則は黙したまま言い分に耳を傾けていた。

麗華にはまだ言いたいことが残っている……

そう判じた呉源則は口を挟まず、娘に場を預けていた。

「爹爹（父親に対する尊称）……」

いつにない呼びかけをされて、さすがの呉源則もわずかに眉を動かした。

「爹爹」と発した麗華の呼びかけには父を深く敬愛する想いが強く込められていた。ゆえに呉源則の眉が動いたのだ。

それでも呉源則は口は開かず、あとの言葉を待った。

麗華は夢紀行実行の助手で、秘術の肝（きも）となるロウソクの担当である。先代（呉源則の父）が丁仁の祖父に秘術を行ったときは、呉源則が助手を務めた。

ロウソク番がいかほど重たい任務であるかを、呉源則は我が身で経験していた。

麗華には初の助手任務である。

試験飛行の前夜である今、任務の重さにのしかかられたことで、精神状態は極限まで張り詰めていようと、娘の胸中を察していた。

娘はなにか助けを求めたいのだろうと考えた。

遠い昔、呉源則が初の助手を務めたときは、いまの麗華同様に呉源則も張り詰めていた。それがため、まさに今夜の麗華同様に、呉源則も先代に「爹爹」と呼びかけたのだ。

昔を思い返しながら、呉源則は娘の言葉を待った。

ところが麗華はまるで違っていた。

「丁仁さんも王福庵さんも、夢紀行で本当はどこに行きたいのか、考えは未だ定まってはいないと思われます」

確かに行きたいと望む目的地……いつの時代のどこに行きたいのか。

「夢紀行に対する確かな心構え、決意を爹爹は確かめるべきではありませんか？」

麗華の言い分を聞いた呉源則は、胸の内で喜んだ。指摘されるまでもなく、呉源則自身が確認は必須と考えていた。

その大事を指摘されたことで、夢紀行に対する麗華の想いの深さを知ることができたのだ。

「よき指摘だ」

娘の言い分を呉源則は諒とした。

「明日の飛行稽古に先立ち、いま一度少爺（若旦那）と王君に、どこに、そしていつの時代に行きたいのかを確認する」

これで得心しただろうと、呉源則は娘を見詰めた。そして言葉で確かめた。

「これでよろしいか？」と。

ところが麗華は「うけたまわりました」とは言わず、「いまひとつ、さらなる大事がございます」と応じた。

「おまえが思っていることを、なにひとつ余すことなく、この場で聞かせなさい」

努めて穏やかな物言いで、娘の口を促した。

麗華もためらうことなく、父を見ながら口を開いた。

「夢紀行で知り得たことは、その一切が他言無用であることを、おふたりに厳命なさるべきかと存じます」

「うむ……」

呉源則が漏らしたつぶやきを聞いて、麗華は口を閉じた。言葉にはなっていないからこそ、つぶやきの重たさを感じ取ったがためだった。

口を閉じた娘に向けられた眼光は、麗華が見たことのない鋭さをはらんでいた。

「先の指摘には感心したが、他言無用の厳命をわしに言うのは、助手の分から逸脱した愚挙だ」

父から叱責を受けるのは、久しくなかったことだ。麗華は居住まいを正して父の視線を受け止めた。

そしてあとに続く叱責を一言たりとも聞き漏らすまいと、両耳を澄ませた。

「いまさら言うことではないが……」

呉源則はいまは穏やかな物言いとなっていた。声を荒らげずとも、麗華は聞き漏らすことはないと確信していた。

「夢紀行において見聞したすべてを、誰に対しても一言たりとも漏らしてはならぬという決めは」

言葉を区切り、娘を凝視した。

麗華は父が放つ眼光を、背筋を張って上体で受け止めた。

「肝のなかの肝だ」

麗華は瞬きもせず、深くうなずいた。

「このことを少爺と王君に言わなかったのは、断じて言い漏らしたのではない」

物言いは同じ穏やかさだった。しかし娘を見据える眼光は、一段と鋭さを増した。

「言うべき時はいまではないと判じたからだ」

麗華は身じろぎもせずに聞き入っていた。

「周(しゅう)の武王(ぶおう)よりも前に、もしも『史記』に記された通りに夏(か)や殷(いん)が実在していたならば」

もしもの部分に、呉源則は力を込めた。丁仁が目指そうとしている夏や殷の存在は、まだ証明されていないのだ。

「誰もまだ、存在を知らない時代にまで遡行(そこう)して、実体を見聞したことになる」

理解できた麗華は、吐息を漏らしてうなずいた。

「そんなことになれば、それを話したくなるのはひとの業(ごう)、欲望だ」

誰も見たことのない光景、事物を目(ま)の当たりにしたならば、口外できぬのは一番の苦痛だと、呉源則は口にした。

麗華の得心を見極めて、さらに続けた。

「厳しさの極みである縛(しば)りを事前に告げたりしては、萎縮(いしゅく)して夢紀行の取り止めにつながるやも知れぬ」

稽古に臨む直前に告げるのが良策とした先代に倣(なら)い、あえて言わずにいたと、呉源則は明かした。

「爹爹の深いお考えに思い至らず、浅慮(せんりょ)で僭越(せんえつ)な振舞いに及びましたことをお許しください」

衷心より詫びる麗華の脇で、ロウソクの炎も揺れることでともに詫びていた。

三十

九月二十二日（新暦十月二十六日）午前九時半過ぎ。幾日も続いていた晴天が、この日は朝から暴風雨となった。

しかし荒天など王福庵にも丁仁にもなんら障りではなかった。八千巻楼の大型の鐘表（大型時計）はまだ九時三十五分だったが、すでに全員が揃っていた。

横殴りの暴風が八千巻楼の窓にぶつかり、激しい音を立てていた。傘では雨を防げない。王福庵は自家用人力車に上下の合羽姿で乗ってきていた。

「こんな嵐を突いてどこに行くのかと媽媽（母親）に咎められましたが、八千巻楼に行くと分かって安心したようです」

王福庵の弾んだ声は、雨音にも負けてはいなかった。

生まれて初めての夢紀行の試験飛行である。どれほど嵐が激しかろうが、二十歳の若者は興奮気味だった。

それは丁仁とて同じである。昨日、丁仁と王福庵は話し合い、身なりも履き物も同じに揃えていた。

「今朝が夢紀行の試験飛行かと思うと……」

正面の老師（先生・呉源則）を見詰めて話す丁仁の声には、緊張と期待の思いとが入り交じっていた。

「何度も目覚める浅い眠りとなってしまいました」

隣の王福庵も同様だとばかりに、強くうなずいた。

「試験飛行に臨む心構えは調っておいでですか」

まだ稽古の開始前である。呉源則の丁仁に対する物言いはていねいだった。

「はいっ、老師。できております」

答えたのは丁仁で、王福庵はうなずくのみだった。旅の指揮官は丁仁とのわきまえが、王福庵にはできていた。

「ならば支度を始めましょうぞ」

麗華に目で指図を与えたら、凄まじい暴風と雨とが八千巻楼に吹き付けた。麗華は落ち着いた所作で燭台に近寄った。そして小型ロウソクを燭台の鉄針に刺した。

麗華が支度を始めたことで、丁仁と王福庵は一気に気が張り詰め始めたらしい。気を落ち着けようとして、ふたりとも背筋を伸ばして深呼吸を始めた。

八千巻楼の建屋内では暴風雨の板壁を叩く音が、我が物顔で暴れていた。

*

昨夜、呉源則と麗華は「明日の試験飛行はまだ早い」ことで考えは一致していた。

理由は指揮官・丁仁にあった。

亀甲獣骨に深い関心を寄せていることは、呉源則には分かっていた。

『殷本紀』に記された紂王については、丁仁も王福庵も唾棄すべき帝だと嫌悪しているのも承知していた。

とはいえ丁仁が遡行したい先は、亀甲に関する司馬遷の記述はあるが、空想上の王朝であるかもしれない殷であろうことも承知だった。わけても紂王の統治時代である。

それらを承知していながらも呉源則は、果たしていまでも少爺の目的地は紂王の時代でいいのかと疑問を抱いていた。

唾棄すべき帝とまで、丁仁は紂王を嫌悪していたからだ。

さらにもうひとつ、丁仁の遡行先についての大きな気がかりがあった。

丁仁たちへの「夢紀行で見聞したことの他言無用」の厳命がまだだったことである。これはしかし丁仁の気性を思えば、守られるかどうか、確信できぬのも仕方のないことだった。

丁仁は北京の王懿栄を深く尊敬していた。そして王懿栄が亀甲獣骨の出所を判ずるために大金を使い、大量の亀甲獣骨を北京の骨董商から購入していると元突聘から聞かされていた。

丁仁は学究の徒なれど、功名心にはやる青年ではない。

今回の夢紀行で亀甲が『史記』の通りに、占いに使われていた現場に遭遇したならば、殷という王朝が実在したことになる……

丁仁は惜しまずその事実詳細を、王懿栄に話そうとするのは間違いないと、呉源則は考えていた。丁家とは個人の誉れよりも、学究の助に資する道を選ぶ一族であるからだ。

清の帝といえども知ることはできないほどの大発見を、丁仁は王懿栄に話そうとする。たとえ面談がかなわなかったとしても、文書にして提供するだろう。

呉源則は丁仁のこの気性を、否、丁一族が信念とする生き方を承知していた。

これが、まだ他言無用を言ってはいなかった理由である。

と同時に、丁仁が望む遡行先にも、いまだ確かな見当がつけられないでいる理由だった。

他言無用は丁仁のすべての口を厳封する。それでもなお紂王の時代に遡行したいか否かを、呉源則は判じられずにいた。

ところが今朝の暴風雨に接したことで、呉源則は考え方を変えた。

稽古の旅でどこに行くのも丁仁次第だ。旅先の季節も天候も時間帯も丁仁は自在に選ぶことができる。

稽古はわずか三十分の旅だが、夢紀行の実際を体験できる。八千巻楼は暴風雨の襲来に遭っているが、夢紀行の旅先では快晴も望むがままだ。

夢紀行を実体験したあとでなら、他言無用も呑み込めるに違いないと呉源則は考えたのだ。

厳しい決めを受け入れるためにも、稽古で訪れる先は快晴の地であるようにと願っていた。

＊

小型ロウソクが置かれた燭台二基が、運び込まれた寝台二台のそれぞれあたま側に置かれていた。

八千巻楼の窓すべてには百葉窓（バイイエチャン）（雨よけ）が造作されている。今日のような荒天や、不審者の侵入を防ぐためである。

呉源則の指示で丁家奉公人たちが敏捷（びんしょう）に動いた。すべての百葉窓が閉じられたことで、建屋にぶつかる嵐の音が遮音されていた。暗い室内を照らしているのはランプである。

ロウソクが灯されるなり、ランプは消される段取りだ。

寝台を背にして丁仁と王福庵は椅子に座っていた。

ふたりの正面には錦の式服を着た呉源則がいた。脇には熾（お）きた炭火がいけられた、巨大な火鉢が置かれていた。

火気厳禁の八千巻楼だが、夢紀行に限り別だった。

「これより始める稽古の飛行も、行き先は指揮官たる少爺が決めます」

行き先の季節、天候、時刻を決めているかと丁仁に質(ただ)した。

「行き先の詳細は王君と相談して決めましたが、それでよろしいですね」

「うむ」

つぶやきとともに呉源則はうなずき、先を続けた。

「ひとたび稽古が始まるや、無言の厳守です」

いままでは丁家先祖の単独旅だったがゆえ、この注意はしたことがなかったと、呉源則は再び念を押した。

「今後は一切、稽古の旅から戻るまでは無言厳守ですぞ」

見詰められたふたりは声は出さず、強くうなずいた。

「それでは寝台に移り、正座で座りなさい」

ついに稽古の旅の始まりである。呉源則の物言いが変わった。

正座した丁仁に近寄った麗華は、白磁(はくじ)の湯呑みを差し出した。透明な飲料が注がれていた。

「老師の指示があるまで、飲んではなりません。飲み干したあとの湯呑みは、枕元に置いてください。わたしがあとで片付けます」

長い注意に丁仁は確かなうなずきで応えた。得心(とくしん)したのを見極めてから、麗華は王福庵にも同じ湯呑みを差し出し、同じ注意を与えた。

麗華は丁仁側の燭台脇の椅子に戻った。そして種火(たねび)も兼ねたランプの炎を確かめた。老師の指図で、ロウソクを灯す備えは万全だった。

「旅の間、少爺と王君ができる会話は、目だけだ」

老師は厳しい口調で告げた。

「断じて言葉を交わすべからずを、肝に銘じられたい」

正座のふたりはきっぱりとうなずいた。

「霊茶(れいちゃ)を飲用したあとは湯呑みを脇に置き、あたまをロウソク側にして横になるように」

また両名がうなずくと、呉源則は立ち上がった。麗華はランプの火屋(ほや)を取り外して裸火(はだかび)を剝き出しにした。

ひとつまみの火薬を摘まんだ呉源則が声を張った。

「一気に飲み干して、横になりなさい」

指図と同時に、ふたりは湯呑みを口にした。そして指示通りに一気に呑み干した。湯呑みを脇に置いたふたりは、同時に寝台に横になった。

丁仁のあたまが枕に置かれたと同時に、呉源則は手にしていた火薬を火鉢にくべた。

ボンッ。

音とともに火鉢から火薬のにおいと煙が立ち上った。

麗華は二本のロウソクを手に持ち、瞬時に火を灯した。そして丁仁の側、王福庵の側の順に、火の灯された小型ロウソクを燭台の鉄針に刺した。

麗華が椅子に戻ったときには、丁仁も王福庵もいびきをかき始めていた。

しっかりと閉じられた百葉窓をも突き破って、建屋にぶつかる雨音が侵入してきた。

雨音に重なったふたりのいびきが、試験飛行が始まったことを告げていた。

三十一

八千巻楼一階に設置された大型の鐘表が、午前十時半を打ち鳴らし始めたとき。

対に置かれた燭台ロウソクの炎が、大きく揺れ始めた。嵐が烈しさを増していたが、百葉窓はすべて閉じられている。

大型の鐘表が鐘声（チャイム）を打ち始めるまでの無風の室内では、ロウソクの炎も揺れずにいた。

稽古の旅は三十分が限りだ。二本のロウソクはまだ、たっぷり長さがあった。しかし二本とも、揺れはぐんぐんと烈しさを増すばかりだ。

椅子から立ち上がった呉源則はロウソクの揺れを見詰めた。そして頃合いやよしと判じたとき、火薬ひとつまみを火鉢にくべた。

またボンッと音が立ち、煙が立ち上った。

音と同時に、ロウソクの揺れが瞬時に止まった。

ううう……の声が丁仁と王福庵から同時に漏れた。そのあと間をおかず、両人が同時に目を開いた。

しかしふたりは横になった身体を、自分では起こせずにいる。動かせるのは瞼（まぶた）だけらしい。

丁仁も王福庵も瞬きを繰り返した。

「慌てることはない」

火鉢の脇に立ったまま、呉源則はふたりに声を投げた。

「無理に瞬きはせず、いましばし、そのままでいなさい」

呉源則の穏やかな声に、ふたりは安心したらしい。瞬きを止めて、息遣いも落ち着きを取り戻していた。

呉源則は小さな盃二個の載った盆を手にして、丁仁の寝台に近寄った。

麗華は父の真後ろに立ち、揺れが収まったロウソクの炎を注視していた。そのさまは炎の番人に見えた。

「身体を起こしなさい」

動かなかった身体に力が戻っていた。ふたりは敏捷な動きで身体を起こした。

呉源則は丁仁、王福庵の順に盃を差し出した。器には透き通った茶色の霊水が注がれていた。

呉源則は娘に振り返った。

炎を見詰めていた麗華は、父に目を移した。そして「問題ありません」と目で答えた。

呉源則は寝台の脚側へと移り、盃を手にした丁仁と王福庵を等分に見て声を発した。

「ひと息で飲み干しなさい」と。

ふたりは息を合わせたかのように、同時に盃を口にあてた。そして指図された通り、ひと息で飲み干した。

その刹那（せつな）、ロウソクの炎が消えた。が、いつの間にやら麗華はランプに火を灯していた。

消えたロウソクはランプに明かりを譲っていた。

「おかえりなさい、少爺」

ランプ一灯の薄明かりのなかで、呉源則は丁仁にこれを言った。口調はいつもの呉源則に戻っていた。

「寝台から下りて、卓に移りましょう」

「承知しました、老師」

丁仁の声も、いつもの調子に戻っていた。隣の寝台の王福庵に目配せをして、ふたりは同時に寝台から下りた。

八千巻楼の外では、いまも嵐が吹き荒れていた。

＊

丁仁も王福庵も、首には懐表（懐中時計）を吊していた。いつもの卓に移り呉源則と向き合ったとき、懐表は十時三十八分を示していた。

呉源則は丁仁ではなく、王福庵の顔を見て口を開いた。

「夢紀行は楽しめたか？」

「もちろんです、老師」

体調も元通りとなっていた王福庵は、若者ならではの力のみなぎった声で答えた。

「外はこんな暴風なのに……」

弾んだ声で先を続けようとした王福庵の口を、呉源則は右手を突き出して押さえつけた。

「試験飛行といえども、少爺と王君は夢紀行の体験者だ」

呉源則は丁仁に目を移した。丁仁は瞬きすらせず、老師の視線を受け止めていた。

「今後は貴君らの生涯を通じて、夢紀行で見聞したことは一切、他言してはならない」

老師の口調が、再び硬くなっていた。

「たとえ同じ旅を体験した諸君らの間であっても、旅について話し合ってはならない」

よろしいかと念押しされると。

「承知しました」

指揮官だった丁仁は、即座に答えた。が、王福庵は返答はせず、老師に問いかけた。

「試験飛行だけでも、身体の芯から震えたほど感激……いや、仰天しました」

聞いている丁仁も深くうなずいた。王福庵同様に、身体に震えを覚えていたからだ。

「あんな凄いことが夢ではなく本当だったとは、口で言っても誰も信じてはくれないでしょう」

ここで王福庵の口調が変わった。

「わたしの父は金石学者ですが、科学も学んでいますし、わたしは父を深く尊敬しています」

父にだけでも話すことを許していただけませんかと、王福庵は老師に懇願した。

「問答無用だ、王福庵」

呉源則の厳しい声は、嵐の雨音をも押さえつけていた。

「きみがもしも他言したときには王君のみならず、少爺にも命にかかわる災厄が及ぶことになる」

これは脅しではないと、呉源則は乾いた声で結んだ。

「分かりました」

渋々ながらの物言いで応じたら、麗華が割って入った。

「返答が違います。うけたまわりましたと答えなさい」

王福庵を見る麗華の目は、ランプだけの薄明かりのなかでも分かるほどに眼光が強く鋭くなっていた。

「うけたまわりました」

麗華の眼光を浴びた王福庵の返答は、声がかすれていた。

そんな返答でも諒とした老師は、今後の日程を話し始めた。

「夢紀行の旅立ちは十月十日（新暦十一月十二日）、午前十時十分から十月十二日（同十一月十四日）午前十時十分までとするが、よろしいか」

丁仁と王福庵は顔を見合わせた。そして互いに日程に障りなしと分かった。

「なにとぞよろしくお願い申し上げます」

丁仁とともに、王福庵もこうべを垂れた。

「ならば十月七日（新暦十一月九日）より九日（同十一日）までの三日間、旅に備えての『史記』の勉強会を実施する」

午前十時から午後五時までの講義だと申し渡した。

「うけたまわりました」

王福庵も衷心から返答していた。

＊

十月一日（新暦十一月三日）の例会に先立ち、丁仁は王福庵と話し合いを重ねていた。亀甲獣骨については格別の進展なしとすることで、互いに承知しあえていた。

「嵐のなかでの晴天なんて……」

「だめだぞ、王君」

つい試験飛行の驚愕体験に言い及びそうになる王福庵を、丁仁は穏やかな物言いで諫めた。が、丁仁当人とて、あの日の驚きは数日が過ぎたいまでも、まったく失せてはいなかった。

試験飛行で向かったのは、孤山の丁家持ち山である。頂上の、平らな草地では初冬の陽光を草花が浴びていた。

まったく人影のない原っぱの先には、西湖が見えた。

何十回も見てきた眺めだったのに、丁仁が驚嘆したのは身体を自在に、野鳥のように空に浮かべられたからだ。

目の高さが変わったことで、見慣れたはずの西湖がまったく違って見えた。草地の端から遠望するだけだった西湖の対岸。丁仁と王福庵は空を飛び、眼下に西湖の湖面を見ながら対岸まで飛び渡った。

そして、孤山を遠望しながらの帰り道。

鳥の目で見た島の全景のなかでも、丁家の山はすぐに分かった。湖を真正面から望める山の頂は、ほかにはなかった。

先祖の墓地を早く調えなければと、孤山に戻る空のうえで丁仁は意を定めていた。

王福庵が何度もあの旅のことに言い及ぼうとするのは、丁仁にも理解できた。丁仁自身、一日のなかで何度もあの景観を思い出していたからだ。

他言無用の定めの厳しきことを、丁仁は痛感していた。

*

十月一日の例会は格別の話もなく、定刻に終了した。

『史記』の勉強会は予定通り、七日午前十時から始まった。

「あらためて『史記』を読み返していたら……」

呉源則は『史記』の『亀策列伝(きさくれつでん)』第六十八が収まった巻を卓に置いた。

「少爺の旅本番で訪れようとされているやもしれぬ殷王朝での、亀甲占いの子細が記された列伝がありました」

呉源則はその該当箇所を開いた。

「亀甲と言われていますが、少爺は亀甲とは亀のどの部分を指しているとお考えですか？」

授業は丁仁への質問から始まった。

「亀甲というのですから、亀の甲羅だと思います」

丁仁の答えを聞いたあと、呉源則は王福庵にも同じことを質した。そして丁仁と同じ返答を得た。

そのあとで話を始めた呉源則の口調は、大きく調子が変わっていた。

「この八千巻楼に所蔵されている『史記』は、ほぼすべてを精読しているとの自負を持っていましたが……」

呉源則は椅子に深く座り直して、『亀策列伝』に目を落として音読を始めた。

丁仁と王福庵は居住まいを正して聞き耳を立てた。

「古来、聖王が建国し、天命を受けて王業を興して何事かを為すとき、卜筮（占い）を行わぬことはなかった」

ここで区切り、丁仁に理解できたかを確かめた。

「その占いに亀甲を用いたということですね？」

「そうです」

返答を諒としたあとは列伝の音読ではなく、呉源則が列伝を読んで理解したことを話した。

「占いに用いた亀は、前もっての用意はしていなかったと書かれています」

亀甲を長らく保存しておいたのでは、霊妙（れいみょう）を失うことになると考えられていた。

「占いに使ったあとの亀甲は捨てていました。古いものを使い回したりしては、亀甲に宿っている霊妙の失せたものを使うことになると考えたのでしょう」

しかし周代になると、あらかじめ用意しておくようになった。

「蓄（たくわ）えがなければ困るほどに、占いが増えたのでしょう」

呉源則の推察に丁仁は深くうなずいた。周代の文献を読んでいた丁仁には老師の推察に得心できたからだ。

「ここからが、わたしが少爺に訊（たず）ねたことにつながります」

列伝を開いたまま、呉源則は丁仁を見た。

「占いの亀は、一から八までの等級分けがされていました」

等級分けされる亀は「名亀（めいき）」と呼ばれた。

一は北斗（ほくと）亀、二に南辰（なんしん）亀、三に五星（ごせい）亀、四に八風（はっぷう）亀、五に二十八宿（しゅく）亀、六に日月（じつげつ）亀、七に九（きゅう）州（しゅう）亀、八に玉（ぎょく）亀。

等級は腹の下にある紋様（もんよう）に従って分けられた。

「つまり占いに用いる亀甲とは、甲羅（こうら）ではなく、腹の下を使っていたのです」

聴き終えた丁仁は「目からうろこが落ちた思いです」と、思い込みを恥じた。

「思い込みは、誤った道にひとをいざなってしまいます」

腹の下だった亀甲を、亀の甲羅と信じて疑わなかった二人である。

「こころを真っ新にして、今後の講義に臨みます」

丁仁とともに王福庵もこうべを垂れた。そして八日と九日も時間の限りまで講義に没頭した。

三日目の講義を終えて、ついに明日は夢紀行本番となった九日午後五時過ぎ。

「話を聞いてもらいたいのですが……」

丁仁に向けた王福庵の表情がこわばっていた。

老師と麗華の耳目のない場所で話したい……ただごとではないと判じた丁仁は、すでに陽の落ちた庭に出た。

古木の下で向き合うなり、王福庵が低い声で。

「わたし、明日の夢紀行には行きません」

流れてきた風を浴びて、木の葉がざわざわと音を立てた。

三十二

八千巻楼から出て行ったときの、ふたりの様子に、麗華は強い違和感を覚えていた。

さりとて古木を背にして話を始めた丁仁と王福庵を、盗み見する無作法など、麗華は持ち合わせてはいない。

いつ声をかけられても応じられるように、麗華は母屋には戻らず、八千巻楼の内で待っていた。ふたりの話は、優に一時間を超えていた。大型の鐘表（時計）が午後六時半を告げ始めたとき、丁仁は王福庵を伴わずにひとりで八千巻楼の扉に手をかけた。

麗華は明かりを灯さずに待っていた。当主もいないのに、明かりは無用だった。

扉が開かれるなり、麗華は立ち上がった。

「お帰りなさい」

迎えの言葉と同時に、ランプに明かりを灯して卓に置いた。すでに宵闇に包まれていた一階だったが、卓の周りしか明るさはなかった。ランプ一灯の明かりだ。ちらされた明かりはたかが知れていた。

麗華を見た丁仁の目は、いままで一度も見せたことのない苦悩を宿しているかに見えた。

「老師（先生）をいますぐ、ここに呼び戻してください」

長らく司書役を務める自分に対しての、ていねいな物言いに驚いた麗華だ。しかし顔には出さず辞儀で応えて、戸口に向かった。

そして八千巻楼には、呉源則と連れ立って戻ってきた。

なんと丁仁は卓の椅子ではなく、戸口で待っていた。思い詰めたような表情は、さらに苦悩を深めていた。

「老師に申しわけのできない事態が生じました」

呉源則を見詰める丁仁の目は、薄明かりのなかでも分かるほどに慚愧の色に満ちていた。

その目としばし向きあったあと、呉源則が口を開いた。

「王福庵君のことでしょうか……」

丁仁を見詰めたまま、呉源則は考えを巡らせた。

丁仁は黙したままである。老師の次なる言葉を待っているかのようだった。

「もしや……」

考えのまとまった呉源則は、丁仁との間合いを詰めた。

「王君は、この期に及んで、明日の旅立ちへの断りを、少爺（若旦那）に告げたということでしょうか？」

まさかと思ったのか、麗華は父に目を向けた。

「老師のお見通しの通りです」

丁仁はこう答えたあと、深い吐息を漏らした。

＊

急ぎ母屋に戻った麗華は、ほどよく温い茶を調えて八千巻楼に戻ってきた。

丁仁の話を聞くには、茶が必要と判じてのことだった。

老師、丁仁の順に茶を供した。

八千巻楼は丁家の書庫で、当主は丁仁だ。しかし八千巻楼は学問の館でもある。

この建屋にあっては老師のほうが上席だった。

「まずは茶をいただきましょう」

湯呑みを手にした呉源則は、丁仁にも勧めた。口を湿らせた丁仁は、問いかけることで口を開いた。

「わたしの話も聞かずにいながら、なぜ老師は王君が旅を断ると判ぜられたのでしょうか」

「今日一日の、王君の様子からです」

呉源則の目に映っていた今日の王福庵は、昨日までとはまるで様子が違っていた。

『史記』の精読にも気が乗っていなかった。

質問も然りで、丁仁が問うのみの授業だった。

「明日がいよいよ旅立ちだというのに、明らかに気もそぞろという様子でした」

それでも呉源則は、王福庵の様子を好意的に解釈していた。明日の旅立ちを控えた今日ゆえに、あれこれ思い悩んでいるのだろうと。

その呉源則が、もしや……と、よくない疑いを抱いたのは、帰り際の王福庵の表情に、深い影を見たときだった。

「昨日までの王君は、旅に対する期待の大きさが質問する口調にも出ていたようでしたが」

今日はまるで違っていて、もはや旅に関心がなさそうに見えたと、呉源則は感じていたことを明かした。

「あの王君が、まさか怖じ気づいたとも思えないのだが」

子細を聞かせてほしいと、丁仁に話を譲った。

「老師のご推察通り、王君は旅立ちを恐れたわけではありません。それどころか明日十時過ぎの旅立ちは、行きたいとの思いがさらに強まっていました」

「ならば、なぜ断りを？」

あの老師が、考えつかないという口調で質した。

「他言無用を、生きている限り守り続ける自信がないからというのが、理由でした」

話す丁仁から吐息が漏れた。

『史記』を読めば読むほどに、丁仁も王福庵も紂王に対するおぞましさ、嫌悪感を募らせていた。

同時に、そんな『殷本紀』に描かれた時代、とりわけ紂王が占いをしていたという時代に行ってみたいとの思いを募らせた。

「王君とわたしは、毎日のように夢紀行で訪れたいと願う殷王朝について、まさに夢を話し合ってきました」

それは昨日も同じだった。

「今夜と明日を寝た先には、十月十日（新暦十一月十二日）の夢紀行があると、昨日の王君は熱い思いを話してくれたのですが……」

今日の王福庵はまるで逆だった。

「もしも伝説上の王朝といわれている殷王朝が本当に存在していたのなら、歴史的大発見となります。それを生涯、誰にも話さないというきつい縛りを、自分は守り通す自信がないと、思いを明かしました」

なかでも一番の苦痛は……

「ただ一人の旅の同行者であるわたしとも、ひとことも話ができないということだそうです」

他人に対して無言を約束させられても、旅をしたふたりの間で話ができるなら、なんとか無言を続けられる。しかし……

「わたしとの間でも他言無用では、守り通すのは無理だと、王君から言われたときには、返事ができませんでした」

王福庵の悩みは、丁仁も同じように抱え持っていた。

「それでもわたしは行くと決めたのは」

口を閉じた丁仁は、まっすぐな目で老師を見た。

「自分の両目と身体とで、確かに見るべきものがなにかを知ったからです」

丁仁は老師を見詰めた。

相手は瞬きもせず、その目を受け止めた。いささかも表情は動かさず、に。

否定も肯定もせず、微動だにしない老師と向きあったことで、丁仁は自分の正しきことを確信した。

「父上やご祖父がいかなる旅をされたかは、当然ながら承知していません。また先祖から伝わる『史記』の欄外に書き込まれた注に一語もないのは、老師もご承知の通りです」

老師は初めて瞬きをしたが、無言を続けた。

王福庵と同じ悩みは抱え持っていても、自分には丁家の血が流れていますと、丁仁は言い切った。

「たとえひとりでも、わたしは明日、旅に出ます」

断言して老師を見ている、丁仁の強き目の光。一灯だけのランプが、その目を照らし出していた。

呉源則と丁仁は、しばしの間、見詰め合った。麗華も息を詰めて陪席(ばいせき)していた。

静かに息を吐いたあと、老師が口を開いた。

「少爺の求めでありましたがため、わたしは王福庵君の同行を承知しました」

呉源則に夢紀行の秘術奥義(おうぎ)を伝授したのは、呉源則の実父である。奥義はそのなかで、同行者にも言い及んでいた。

「同行者は一名に限り許されるが、後継者の同行は許されないと定められております」

父にも祖父にも同行者はいなかったと、これだけ呉源則が教えてくれた。

「我が父の教えでは、もしも同行者を連れて行きたいと言われたときは、一切それを拒んではならぬと言われました」

ただし他言無用は、本番旅立ちの前に隠さず話しておくようにとも言われておりましたと続けた。

「老師はことの最初から、王君のことを案じておいでだったのですか」

「いや、考えてはおりませんでした」

呉源則は迷いのない言葉で応じた。

「『史記』を学ぶ熱意ある王君の姿勢に接して、さすが少爺が連れに選んだ若者だと感心もしました」

旅立ち前日の断りは、呉源則にも意外だったようだ。

「しかしいまでは、少爺のためには王君が断ってくれてよかったと考えています」

「それはまた、どういうわけでしょうか」

無礼を承知で、丁仁はこわばった口調で問うた。

王福庵は例会の大事な一員である。旅はできなくなったが、王福庵は特別な友だ。断られてよかったと言われたのを、丁仁は承服しかねた。

「王君のためにも、断ったのはよかったのです」

老師は静かな口調のまま、あとを続けた。

「旅を終えたあと、王君は自分の生涯を通じて、他言してはいないかと案じ続けることになります」

もしも『殷本紀』に書かれた通りの王朝が存在していたならば、記録に残すことも含めて他言できぬ苦悩は、歳を重ねるにつれて強さと深さを増すばかりだ。

「しかも唯一、体験を同じにした少爺とも話せません」

ここで呉源則の口調が変わった。

「つい今し方、少爺がご自分で言われた通り、丁家の者ならば先祖に対する責務が、他言無用を貫かせましょう。しかし、王君に他言無用を生涯かけて強いるのは、まことに酷なことです」

断ってくれたことで、王福庵はみずからを助けたのですと、呉源則は口を閉じて丁仁を見詰めた。

間をおかず、丁仁は椅子から立ち上がった。

「老師のおこころに深く感謝いたします」

辞儀とともに礼を言うと、老師はうなずき、そして表情をあらためた。

「明日の旅立ちまでに、おさえておくべき『史記』の記述はまだ多数あります」

呉源則は旅立ちの時刻変更を口にした。

「十月十日午後十時十分とすれば、明日が使えます」

丁仁と麗華が同時に居住まいを正した。

「今夜は熟睡していただき、明日の朝から仕上げの読み込みに臨みますぞ」

「よろしくお願い申し上げます」

卓に手を載せて、丁仁は答えた。

一斉(いっせい)に蟋蟀(こおろぎ)が鳴き始めた。

三十三

「今夜は早く床に就き、明日からの旅に備えて充分に睡眠をとっておきなさい」

夕餉(ゆうげ)のあと、これを丁仁に申し渡したときの呉源則は、身振りも口調もまさに老師であった。

「そのように努めます」

これが精一杯の丁仁の返答だった。いまも眠気はまったくなかったし、果たして今夜は眠られるのかと案じていたからだ。

「わたしは今夜は、八千巻楼の一階で横になります」

丁仁の言い分を呉源則は承知した。旅立ちは明日だが、当初予定から半日、出発は繰り下げられていた。

明日の日中は時間を気にすることなく、『史記』の読み込みに充てることができるのだ。今夜、丁仁が一階を寝室に使っても、明日の支度に障ることはなかった。

「明かりの用意は調えていますので、八千巻楼までご一緒にお持ちします」

麗華が言うと、丁仁は目元を大きくゆるめた。

丁仁の気性を知り尽くしている麗華だ。八千巻楼に泊まると言い出すこともあろうかと、ランプの準備は済ませていた。油は明日の朝まで、継ぎ足すこと無用だった。

「それでは老師、先に失礼いたします」

呉源則にあいさつした丁仁は、火を灯したランプを持つ麗華と連れ立って八千巻楼に向かった。

空には隙間なく、星が散っていた。

立ち止まった丁仁は、星空を見上げた。

麗華はランプを足元に置き、丁仁と並んで空を見た。

「明日訪れるはずの古の夜空にも……」

丁仁は空のてっぺんに群れている星を指さした。

「いま見ているような星空を見ることができるだろうか」

「できますとも」

麗華は即座に、きっぱりと答えた。思えば麗華は呉源則から、月星についての手ほどきを受けていた。

「丁仁さんがいまと同じ季節に訪れたいと強く願えば、旅先でも同じ星が見られます」

麗華は明日の夢紀行がかならず成就すると、気持ちを込めて請け合った。

「『殷本紀』に司馬遷が書いたことは、きっとその通りに存在しているとわたしは強く信じています」

麗華は星空から丁仁に目を移して、さらに続けた。

「そのことをご自分の目で確かめられる丁仁さんを、心底うらやましく思います」

ひと区切りのあと、さらに続けた。

「おひとりで、誰も見たことのない時代を訪ねようとなさるのは、勇気と信念に裏打ちされた行動です」

こう言ったあと麗華はしゃがみ、ランプを手に持った。そして間合いを詰めて向きあった。

「そんな丁仁さまを心底敬い、お慕い申し上げます」

麗華の目が潤んでいた。ランプ向こうの丁仁も同じ目になっていたが、麗華には逆光で見えてはいなかった。

＊

やはり気が昂ぶっているのだろう。大型の鐘表が午後十時を報せても、丁仁の目もあたまも冴えきっていた。

書棚から取り出したのは過日も存分に老師から教授された、『亀策列伝』第六十八が収まっている『史記』最後の巻である。

ランプを手元に引き寄せたあと、丁仁は『亀策列伝』の頁を開き、声を上げて冒頭箇所を読み始めた。

「古来、聖王が建国し、天命を受けて王業を興して何事かを為すとき、卜筮（占い）を行わぬことはなかった」

王福庵とともに、すでに老師から学んだことを、丁仁はいま再び声に出して読み返していた。

老師からこの『亀策列伝』第六十八の講義を受けたときは、王福庵が同行することを確信していた。そして王福庵が『史記』の読み込みにことさら熱心なのも感じていた。

それゆえあのときの丁仁は、読み込みの密度に精疎があったと、いまそれを実感し、深く反省もしていた。

『亀策列伝』の冒頭から音読したのは、書かれている一言一句たりとも読み飛ばすことのないようにとの反省からだった。

「夏・殷・周が興ってからは、それぞれト筮に瑞兆があり、それによって国が定まった」

前の講義でも感じたことを、あらためて音読したいま、より強く意識した。

もしも『亀策列伝』に記載された通りだったとすれば、王朝の政の大半の判断および決定は、ト筮に頼っていたのだということを、である。

まだ冒頭の部分を音読しただけだ。それなのに丁仁は、『亀策列伝』を開いたまま、目を閉じて黙考を始めた。

ト筮は誰が、どんな形で執り行ったのか？

みずから立てた問いの答えを、丁仁は目の閉じ方をゆるめて求め始めた。ひとにより、黙考の動作は異なる。

丁仁は、薄目を開けている形が一番深く考えることができた。

丁仁は薄く目を開けたまま、今し方読み終えた箇所を、なぞり返した。音読した文書等を正確に記憶するのは、丁仁の特技の一だった。

そして記憶は自在に引き出すこともできた。

聖王が建国し、天命を受けて王業を興して……

なぞり返すなり、丁仁は『亀策列伝』が記したことの大事を再認識した。

「殷の紂王は暴虐を行ったので、元亀（大亀）は吉兆を示さなかった」

夢紀行で訪れたい場所が、いま丁仁のあたまの内で明確に定まった。

司馬遷は夏・殷・周の三王朝を記している。そのなかの夏と殷は、存在するかしないのか分からない。

が、『殷本紀』での紂王の暴君ぶりの記載には、見聞きしたかのような迫真性があり、『周本紀』に出てくる紂王との連続性も感じられる。

司馬遷が『史記』の執筆にあたり取材旅行を行ったことは知られている。

つまり膨大なる聞き取りと、著作時点では埋もれず朽ち果ててもいなかった資料などを駆使して書いたことを確信することができた。

そうと決まれば、もはや訪問先の選定に迷いはなかった。

いや、殷王朝を訪れることには、いままでも迷いはなかった。王福庵との話し合いでも、夢紀行の行き先は決まっていた。

いま再度、『亀策列伝』を読み返したことで、未知の殷王朝に向かう理由が明確になったと丁仁は実感した。

「そうだと決まれば……」

ランプの調節ネジを回して、明かりを強くした。

午前一時まで、音読を続けると決めて、丁仁は椅子への座り方を深くした。

*

十月十日は夜明けから青空が底なしに高く晴れ渡った。

丁仁は朝餉（あさげ）のあと午前八時半から三十分の、食後の散策を始めた。頬を撫（な）でる冷気に冬の気配を感じる今朝は、落葉古木の枝に群れた葉も、色づきを一層深めていた。

なかの一本の幹の前で立ち止まった。昨夕、この古木の下で王福庵から夢紀行には行きませんと告げられていた。

同じ庭にいながら暮れ始めた昨夕と、朝日が木立を照らしているいまとでは、まるで眺めが違っていた。

丁仁は木の幹に寄りかかり、深呼吸を続けた。古木の枝葉ともつれあった空気を、丁仁は存分に吸い込んだ。

美味（うま）い！　と、言葉が漏れ出た。

王福庵と向きあっていた昨夕も、いまと同じ空気を吸っていたはずだ。なのにこの美味さを、感ずることができずにいた。

それに思い当たった丁仁は幹から身体を離し、さらに深く息を吸い込んだ。やはり美味さは格別だった。

丁仁は色づき始めた枝を見上げた。葉が茂った太い枝のせいで、梢は見えなかった。見えない梢を見上げながら、ふと思った。

これから向かう殷王朝で、おれは何を感じるのだろうと。

訪れる季節については、はっきり決めていた。昨夜、麗華とともに見上げた、十月初旬である。

昨夜と同じ星空を、果たして実在しているかも知れぬ殷王朝のどこかから見上げてみたいと、丁仁はいまも思っていた。

見たい場面も昨夜の『亀策列伝』読み返しで明瞭になっていた。

殷王朝末期に降り立ち、卜筮が執り行われている現場を見たいとの思いは固まっていた。

しかし卜筮がいかなる手順で行われるのか、その支度から卜筮までの子細も知りたいと願った。

よろず物事が成し遂げられるまでの道筋を、余さず知ることを丁仁は大事にしていた。

微風が流れてきたらしい。葉ずれの音を感じたことで、丁仁は昨夜再読した箇所を思い出した。

「殷の紂王は暴虐を行ったので、元亀(大亀)は吉兆を示さなかった」

梢は見えぬが、そこに梢は確かに聳えている。

夢紀行もまた、見えぬものを見させてくれると、木の下で丁仁は期待を膨らませていた。

三十四

いよいよ今夜が旅立ちとなった、十月十日（新暦十一月十二日）。ひとり旅となったことで、いまの丁仁（ていじん）は気負いも一入（ひとしお）だった。

庭の古木に触れ、梢（こずえ）を見上げたことで、はやる気持ちも、為さねばならぬという気負いも収まり穏やかさを取り戻していた。

夢紀行の目的地は、はっきり定まっていた。旅立ちまで半日の間があったが、学ぶべきことに限りはなかった。

「よろしくご教授ください」

いつにもまして丁仁の講義に臨むあいさつは、ていねいな口調となっていた。

麗華（れいか）は八千巻楼（はっせんかんろう）の戸口に近い一隅に控えていた。いかなる用を言いつけられても即座に対処できるよう、敏捷（びんしょう）に動けるよう長い髪をひっつめ、褲（クー）（中国式のズボン）を穿（は）き身支度を調（ととの）えていた。

夢紀行に臨む式服に着替えるのは、まだ先である。

大型の鐘表（時計）が午前九時半を告げたとき。

来客を報せる鈴が麗華の頭上でチリリンッと鳴った。

八千巻楼の玄関には、太い紐が吊されている。八千巻楼を直接訪れる客はいなかった。来客は誰もが母屋を訪れるのが常だった。

が、まれに直接、八千巻楼の戸口に立つ客もあった。吊された太い紐を引くと、いま麗華が詰めている場所の頭上に吊された鈴を鳴らした。

今朝は来客の予定はなかった。いぶかしく思いながら、麗華は扉の内側へと向かった。

樫板の分厚い扉には、小さな覗き穴が設けられている。覗いた麗華は息を詰めた。

八千巻楼は五段の石段を登った場所に樫扉の玄関が構えられていた。来訪を告げる太い紐は、石段下から引くように垂らされている。

麗華が息を詰めたのは、来客がまさかの王福庵だったからだ。扉を開く前に、麗華は深い息を繰り返して気を静めた。

今日が旅立ちだと知っている、ただ一人の部外者だ。

三度の深呼吸のあと、麗華は扉を内に開いた。が、扉の外には出ず、内から石段下を見下ろした。

「おはようございます、麗華さん」

褌を穿いた麗華の姿に驚いたが、すぐに表情を戻した。

そして笑いかけようとしたようだ。が、扉の外に出てこない麗華の様子に、王福庵の声にはこわばりが強かった。

「なにかご用でも？」

冷淡さを隠さずに問いかけた。

そんな麗華に違和感を覚えることはあえてせず、王福庵は石段下から話しかけた。

「間もなく十時の旅立ちだから」

王福庵はあの試験飛行で首から提げていた、懐表（ホワイピアオ）（懐中時計）を麗華に見せて先を続けた。

「丁仁さんの旅立ちを、老師（ラオシー）（先生）や麗華さんと一緒に見送らせてもらいたいのです」

内に入れてもらいたいとばかりに、王福庵は五段の石段を上ってきた。そしていままで同様の動きで、扉の内に立ったままの麗華と向きあった。

玄関前の石段は、一段の高さが高くはない。建築当時、すでに高齢だった当主の上り下りを容易にするためだ。

王福庵はこの石段には慣れていた。麗華に向けた顔にも、こころ安さが貼り付いていた。

昨日までの麗華なら、笑顔で王福庵を招き入れていた。王福庵もそのつもりで麗華に顔を向けていた。

ところが相手は固い表情のまま、迎え入れようとはしてくれない。

「一緒に見送りたいから、入ってもいいですか」

麗華の冷たい表情に合点がいかないらしい。王福庵の口調がわずかに尖っていた。

「ご用がないのなら、どうぞお帰りください」

外に出た麗華は、後ろ手で扉を閉じた。

王福庵にしてみれば、麗華の応対にはまるで得心がいかないのだろう。

「ご用がなければって」

麗華との間合いを詰めた王福庵は、声を大きくした。が、名家の男児らしく、乱暴な物言いではなかった。

「丁仁さんの旅立ちを、老師や麗華さんと一緒に見送らせてもらいたいって、はっきりと言いましたよ」

一言も違えずに、王福庵はなぞり返した。

「それはうかがいましたが」

麗華の目が宿していたのは、向かい側から見詰めている王福庵を、凍えさせるほどに冷たい光だった。

「旅立ちとは、いったいなんのことでしょうか」

王福庵など知らないとばかりに、凍えた口調で相手を突き放した。

「麗華さんが言っているのは、なにかの冗談ですか」

王福庵は、まだ自制が効いていた。

「わたしは王福庵です」

王福庵は胸を張って名乗った。

「昨日までは丁仁さんと一緒に、この八千巻楼で」

王福庵は閉ざされた扉に右手を当てた。

「老師……麗華さんの父上から、『史記』を学んできました」

王福庵は半歩、間合いを詰めて話を続けた。

「そして今日、丁仁さんと一緒に夢紀行で」

「口を閉じなさい」

夢紀行を王福庵が口にするなり、麗華は相手の口を厳しい口調で押さえた。そして岩をも凍りつかせるあの目で、向かいの王福庵を見詰めたまま、先を続けた。

「夢紀行のことは生涯、誰にも他言してはならないという縛り(しば)を、あなたも承知したはずです」

「それはしましたが、でも……」

「お黙りなさい」

声の大きさは変えず、麗華はビシッと発した。王福庵は息を呑んだ顔で、口をつぐんだ。

「わたしが許さぬ限り、この先は口を開いてはなりません」

ゆるぎなき口調で命じたあと。

「お返事は？」

子をあやすような口調で質した。物言いが柔らかなだけに、質し方は厳しい。

「分かりました」

王福庵は衷心からこれを答えていた。

返答にうなずきで承知したあと、麗華は続けた。

「あなたは旅立ち前日になったのを承知で、今日の夢紀行を断ってきました」

いや、それは……と、王福庵は言いわけしそうな顔になった。が、麗華の冷たい眼を見て思い留まった。

「あなたは縛りを承知で、一緒の旅立ちを願い出ました。受け入れたこちらは、あなたと約束したことを、なにひとつ破ってはいません」

ゆえに交わした縛り、約束はすべて生きている。

「たとえ今日の旅を思い留まったとしても、あなたが受け入れた約束には、生きている限り縛られます」

話しながら麗華は正門と、敷地内の四方に目を配っていた。

王福庵の顔色が変わったほどに、麗華の声は厳しかった。来客、ひとの耳目なきを確かめながら、さらに続けた。

「あなたはまだ、あなたが受け入れた縛りの厳しさを呑み込めていません」

麗華はゆるみのない口調で断じた。

「あなたはもはや、生きている限り夢紀行を、言葉にすることはできません」

たとえ丁仁さんにも老師にも、そしてわたしにも、ひとことたりとも口にはできない。

「あなたは夢紀行など、なにも知らないのです」

麗華に見詰められた王福庵は、顔をこわばらせて唇を嚙み締めた。が、口は開かず、話に聞き入っていた。

「あの方の旅立ちを見送るなど」

麗華は個人名を口にしないまま、まだ先を続けた。

「あなたには、それを口にすることすらできません。もはや、あなたとは無縁のことです」

麗華はここで、みずから王福庵との間合いを詰めた。相手の吐く息を、肌に感ずる間合いだった。

「今朝のあなたの振舞いは、一度に限り許されるしくじりとして、見逃します」

王福庵はいまだ、今朝のこの来訪が縛り破りのしくじりだとは呑み込めていない顔つきである。

「あなたが得心されようがされまいが、それはあなたのご勝手です」

またも麗華は、相手を突き放す物言いをした。

「あなたが縛りを破っても、あなた以外には誰も仕置(しお)きを受けることはありません」

優しげな口調である。もしも傍目(はため)があったなら、くつろいだ会話をしているやに見えただろう。

向かい合って聞いている王福庵も、いまだ表情は引き締まってはいなかった。

麗華はそんな呑み込みのわるい王福庵を憐れみ、冷たい眼光のまま目を潤ませた。

その目を見詰めていた王福庵は、驚きで顔色が青ざめた。

「あなたはまだ二十です」

王福庵の歳を言うなり、麗華から涙が落ちた。

「これから先、丁仁さんを始めとする多くの方々と、夢と希望に満ちた人生をともに過ごせる、恵まれたかたです」

落ちているのは、心底、王福庵を思っての涙だった。

「あなたの不注意、我がまま、傲慢さのせいで、先の輝きに満ちた人生を切断させてはなりません」

麗華は涙を落としながらも笑顔を拵えた。

「ここから先は、あなたの生殺与奪のすべてが、あなた自身に託されています」

見詰められた王福庵は直立し、両目を見開いて答えた。

「二度としくじりません」

「二度目はないのですよ」

麗華の言葉を、王福庵は胸に刻みつけていた。

三十五

王福庵を八千巻楼に入れずに帰したあと、麗華は父である呉源則を手招きした。そして母屋への同行を頼んだ。

麗華が講義を中断させるのは、よくよくのことだ。

「『亀策列伝』を初めから読み返しておきなさい」

丁仁に指示をしたあと、麗華を従えて母屋に向かった。

「王福庵さんが出向いてきました」

呉源則は表情も動かさず、顛末すべてを聞き取った。

「王君は得心して帰ったのか」

「身体の芯にまで、縛りの大事なことは伝わりました」

娘が言い切ったままを、呉源則は受け入れた。

「茶の支度をしなさい。休憩をとるにはまだ早いが」

母屋の大型の鐘表が打つ音が、呉源則の声にかぶさった。

「茶でひと息をいれよう」

「うけたまわりました」

すぐさま麗華は茶の支度を始めた。母屋の厨（くりや）（調理場）には、常に湯が用意されていた。茶の支度が調ったところで、老師と麗華は八千巻楼に戻った。

丁仁は『亀策列伝』の精読を続けていた。老師が戻ったところで読むのを中断した。

「こちらで茶をいただきましょう」

一階の隅には丸い卓が置かれていた。『史記』などを広げる黒檀卓（こくたんたく）は、火気も水分も厳禁である。書を閉じた丁仁は丸卓に向かい老師の正面の椅子に座した。

すかさず麗華が、老師、丁仁の順に茶を供した。

先に茶に口をつけた老師は、湯呑みを卓に戻してから話し始めた。

「今朝の九時半に、王福庵君が訪ねてきた」

これは雑談ではない。老師の物言いが変わっていた。

思いもしていなかった名を聞かされた丁仁は、湯呑みに伸ばしかけていた手を引っ込めた。が、いらぬ口は開かず、老師が口にされる続きを待った。

「王君は今日の旅立ちが、夜に変更されたことは当然ながら知らぬ」

丁仁は背筋を張り、老師の話に聞き入っていた。

「午前十時十分だと思い込み、その時刻に間に合うよう九時半に出向いてきたのだが」

老師はひと息をあけて、丁仁に向けた目の光を強くした。

「すでに交わした約束、縛りを軽んずる、おろかで傲慢きわまりなき所業だ」

老師は怒りを隠さぬ厳しい口調で断じた。

丁仁は唇を閉じ合わせ、老師の眼光を受け止めていた。

「おろかなのは間際になって旅を拒んでおきながら、旅立ちの刻限は変わってはいないと決めつけていたことを指す」

夢紀行の同行を間際になって拒んだりしては、旅そのものが成り立たなくなるほどの一大事だ。

「たとえ夢紀行を続行するとしても、ふたり旅を単独の旅とするには、大きな変更は避けられぬ」

聞き入っている丁仁はしかし、老師のいわれた「変更は避けられぬ」については、なぜ避けられぬのかと、まだその意味を理解できてはいなかった。

丁仁の表情から、老師はさらなる説明を続けた。

「出発時刻、期日のふたつは、変更を必須とする最たるものだ」

ふたりで分担するはずの事柄すべてを、ひとりで受け持つには、細部を見直して周到な備えが欠かせない。

旅立ち前日になって、単独の旅やむなしとなったなら、当初の予定通りに進められるはずがない。

「実際、我々も旅立ち時刻を半日延ばすことになった」

老師の言葉に、丁仁は深くうなずいた。

「おのれが旅立ち前日になって言い出した、同行拒絶。これがいかなる難儀(なんぎ)を引き起こすかに思い至らず、九時半に出向いてくるとは、おろか者の所業のきわみだ」

そうか！……と、ここに至り、丁仁は老師の指摘を呑み込むことができた。

王福庵が訪ねてきたと聞かされた瞬間、丁仁は彼の友情を思って内心、嬉しく感じていた。そして、なぜ追い返したのかと、不満にすら思っていた。

王福庵は二十歳、自分もまだ二十一歳にすぎない。ともに若気の至らなさを深く恥(は)じた丁仁は、さらに続く老師の話を待った。

「傲慢きわまりなき所業と断じたのは、王福庵がのこのこと八千巻楼に出向いてきたことを指す」

老師の口調が厳しさを増していた。

「夢紀行を他言すること、生涯まかりならぬと、誤解のしようもなき言葉で通告したはずだ」

老師の眼光が丁仁に突き刺さってきた。

「肝(きも)に銘(めい)じております」

丁仁が答えると老師から叱責(しっせき)が飛んできた。

「わたしの許しなくして、返答は無用だ」

初めて耳にする、きつい叱責である。丁仁は深くうなずくことしかできなかった。

「他言無用は、そなたと王福庵の間も縛られることも、申し渡してある」

丁仁を敬称ではなく、そなたと呼んだ。丁仁と向きあった呉源則の、肚（はら）の括（くく）りのほどが察せられた。

「そなたと王福庵がいかほど相手を大事とする間柄であろうとも、夢紀行については、もはや知らぬ者同士にすぎぬ」

見送りに出向いてこられると思うところに、王福庵の傲慢さが顕（あらわ）れていると、老師は口調厳しきまま断じた。

王福庵に対して、麗華がいかほど厳しく接したのかを、呉源則はすでに聞き取っていた。

丁仁も王福庵も、先が大きく開けている若者だ。しかも丁仁は、これから単独で、旅に出る身である。

丁仁の身を案ずればこそ、そして旅の成就（じょうじゅ）を願えばこそ、呉源則の物言いも厳しくなった。

丁仁をそなたと呼んだことに、相手を大事に思う呉源則の誠心が込められていた。

「王福庵の一件、得心されたか？」

老師は丁仁に返答を求めた。

「王福庵と同じ過ちをしでかさぬよう、いま老師の前で、しっかり胸に刻みつけました」

相手の目を見詰めて、ゆるぎなき口調でこれを答えた。

「ならばまた、『亀策列伝』の読み込みに戻りましょう」

老師の物言いが和らいでいた。

「茶をいただきます」

丁仁は湯呑みに手を伸ばした。

一度も口をつけずにいた茶は、すっかり冷めていた。しかし喉が干上がっていた丁仁には美味だ。渇いた喉をしっとりと濡らして冷めた茶は滑り落ちていった。

*

元の場に戻った老師と丁仁は、『史記』の『亀策列伝』を再度、念入りに読み込み始めた。すでに丁仁が幾度も精読し、老師の解説もなされていた。

それでもあえて『亀策列伝』に特化し、旅立ちの直前の再読に選んだのは丁仁の強い要望があったからだ。

「わたしは、本当に実在しているのなら紂王は嫌いです」

老師の目を見詰めて、丁仁はきっぱりと言い切った。

夢紀行に臨む覚悟の甘かったことを、丁仁はつい今し方、口も喉も干上がったほどに老師から叱責されていた。

命を賭しての旅に出るのだと、身体の芯から自覚した丁仁である。物言いに、甘さもゆるさもなかった。

「嫌いですが、亀甲獣骨の原点を知りたくて、いまはまだ幻の王朝である殷を訪れたいと思ったのです」

丁仁は区切りで深呼吸をして、言おうとしていることを整理した。老師は黙したまま、丁仁の言い分を待っていた。

「わたしは亀甲獣骨に刻まれた神秘的な図形や文字らしきものの真実を知りたくて、紂王の時代を訪ねてみたいと思いました。紂王が暴君だったならば家臣の信認を得たい一心で、卜筮（占い）に頼っていただろうと推察します」

丁仁の言い分を、老師はうなずきで諒とした。

「老師にお訊ねしたいことがあります」

「なんなりと訊ねられよ」

老師は深みある低い声で応じた。

「紂王と接することなく、なおかつ卜筮の実際を目の当たりにする手立てはあるのでしょうか？」

老師は答えず、目を閉じて沈思を始めた。助手として陪席している麗華が、案じ顔を老師に向けた。

長い沈黙のあとで、老師は目を開いて丁仁を見た。

「殷や紂王が実在していることが前提になるが、紂王が卜筮を司(つかさど)る官（役人）に下命(かめい)している場に向かえばよろしい」

老師はまだ、考えをまとめながら聞かせていた。

いかに博識なる老師といえども、殷王朝が実在しているや否やは未知の領域である。

実在が証明されている周代以降の事例を基に、丁仁が問うたことに答えていた。

「玉座の紂王の前には、御簾(みす)が垂らされているであろう。そうであれば、少爺(シャオイエ)（若旦那）が官の背後から子細を見ていたとしても、紂王と向きあうことはない」

聞かせているうちに、老師の思案は明確に定まったようだ。結びでは、明瞭(めいりょう)に言い切っていた。

「ありがとうございます」

丁仁の声からは、大きな安堵(あんど)の思いが感じられた。

「いま老師が言われた官から離れずにいれば、あの時代の卜筮の子細を知ることができますね？」

「それは一部分において正しい」

一部分と限定した理由を、老師は話し始めた。

「もしも殷王朝が実在していれば」

老師は「もしも……」を、常に前置きした。

「占卜(せんぼく)を行うには、多くの職人の手が必要となる」

まずは亀甲や獣骨を用意する者がいる。『亀策列伝』では、卜筮に用いる亀についての子細が説明されていた。

卜筮は亀甲を火で炙る（あぶる）と書かれている。火を扱う職人も存在するわけだ。

さらには官が帝（みかど）の下知（げち）などを書き留めておく、竹簡（ちっかん）や木簡（もっかん）（細い短冊状の竹や木。紙の代わりにこれに記した）作りの職人も欠かせない。

「少爺が見ておいでの亀甲獣骨が、もしもかの殷の王朝に存在していたならば、ほかにも多数の職人集団が存在することになる」

聞かされた丁仁は、まさに卜筮を司る官は一部分だと呑み込んだ。

「少爺の旅を実り多きものとするためにも、旅立ちまでに残された時間を、一刻たりとも無駄にはできぬ」

丁仁は神妙な表情でうなずき、手元の『史記』に目を落とした。

一階の大型の鐘表が、はや正午を告げていた。

三十六

「少爺が望む目的地まで、いかほどに長き時間を要するやは、わたしにも察しようがない」

旅立ち直前の最終確認において、老師はこれを告げた。

「遡行の間がいかほどかかろうとも、少爺はなんら案ずることはない。目的地到着までの間、少爺は深き眠りと夢とを味わっていられる」

八千巻楼で学習した事柄のすべてを、夢のなかで反復していられると、老師は断言した。

「少爺の学びの成果のすべてが、夢にあらわれましょうぞ」

老師はていねいな物言いで締め括った。

「ありがとうございます」

丁仁は老師と、脇に座した麗華に礼を言った。

「見聞できたことを、ただの一言たりとも、ひとに話せないのは惜しいことですが」

丁仁はあらためて、おのれに言い聞かせていた。

「見聞できたすべてを、ここに」

丁仁は出発を前にきれいに剃り上げた辮髪（べんぱつ）の額（ひたい）の部分に右手の人差し指を当てた。

「ここにしっかりと刻みつけて帰ってきます」

初めて丁仁は旅から帰ることを口にした。

その刹那、麗華はうなずき、安堵（あんど）の吐息を漏らした。

*

旅本番のために、八千巻楼の大型の鐘表が寝台とともに一階から二階に運び上げられていた。十月十日（新暦十一月十二日）午後十時十分へと長針が移動したと同時に、音すら立てずに丁仁は夢紀行の旅人となった。

地球上に息づく人類のなかで、老師、丁仁、麗華のほかには誰ひとりとして知らぬ時空遡行の旅が、誰にも知られず、船出のドラも鳴らずに始まった。

旅立ちまでの手順も、横たわったまま旅に出た丁仁の形も、前回の孤山（こざん）への試験飛行とまったく同じだった。

大きく違っていたのは麗華の合図で目を閉じるなり、丁仁が深い眠りに落ちていたことだった。

試験飛行は短時間だったことで、一瞬にして丁仁と王福庵は孤山の小山の頂に行き着いていた。

本番の今夜は、もしそこに殷の王朝があるとすれば、あの三国時代よりも昔、三千年にも及ぶ長旅となるのだ。

旅立ち前、夢紀行を組み立てた老師とて、あるやなきやも分かっていない時空遡行である。

丁仁が夢紀行を安寧に続けていることは、老師も我が身で実感していた。さりとて丁仁がいずこにいるのかは、老師にも察しようがなかった。

丁仁の安寧のみを感じ取れるよう、老師は目を閉じて深い息遣いを繰り返していた。

麗華は巨大ロウソクの脇に座していた。旅本番のロウソクが燃えていられるのは試験飛行の灯とは異なり、二十四時間が限りである。

夢紀行の奥義までは伝授されていない麗華だ。まだ父のようには、丁仁の安否を身体で感ずることはできなかった。

が、ロウソクの灯火の揺れ方から、およその安否を察することは可能なまでに修行できていた。

丁仁が旅から帰るまでの二日間。

「場を離れても、ロウソクのもとには五分以内に戻ることをお許しください」

呉源則は娘の願いを受け入れた。

いかほど丁仁を慕ったとて、想いは成就せぬことは父も娘も承知していた。それでも麗華は身体を張って丁仁の安寧を念じていた。父もそんな娘を諒としていた。

巨大ロウソクの炎は小さいながら、真っ直ぐを保っている。揺らぎなき炎を、麗華は静かな息遣いで見守っていた。

＊

まこと旅立ち直前に、老師から聞かされた通りだった。

横たわり、麗華の指示で目を閉じるなり、丁仁は眠りに落ちた。しかもそれは眠い……などと感じる間すらない、まさしく瞬時に生じたことだった。

眠っている自覚がないため、見ている夢こそが現実の出来事に思えた。

丁仁は八千巻楼で、老師から『亀策列伝』の解説を拝聴していた。いずれも丁仁が老師に質問した事柄の解説だった。

「卜筮に用いる亀は、どこで手に入れるのでしょうか」

最初に発した問いである。すでに老師から説明されていたことを、夢が再び教えてくれた。

「殷の紂王は暴虐の限りを尽くし続けたがため、占いに用いられた元亀（大亀）の多くは、吉兆を示さなかった」

これに続き、老師は亀の入手先に言い及んだ。

「占卜に使われた神亀は」

『亀策列伝』は占いに使う亀を神亀と記していた。

「長江（揚子江）の水中に出現する」

これも『亀策列伝』に記載されていた。初めてこの記述を目にしたとき、丁仁は大いに驚いた。黄河文明発祥の地、黄河流域で捕獲された亀だと思い込んでいたからだ。その驚きが激しくて、老師に質問していた。

いま見ている夢は、あの場の再現だった。

「殷の紂王がいたとされる時代にも、黄河流域にも亀は生息していただろうが」

老師は言葉を区切り、丁仁を見た。まさに初の質問に答えたときの老師が夢の内で授業してくれていた。

「占卜に適した亀は長江流域に多く獲れたものと考えられる」

そのあとで老師は『亀策列伝』の記述を基にして、亀の大きさに言い及んだ。

「長江流域の集落のなかには、時期ごとに亀を捕獲し、王朝のしかるべき役人に納めに出向いたものもあるであろう」

老師はさらに具体的な大きさや納めた数も口にした。

「多数の捕獲された亀のなかから、大きさ一尺二寸（約二八センチ）の亀を選り分けた。そして毎年二十四を納めていた」

と。

いままた老師の解説を聞きながら、丁仁はいま向かっている旅先での動きを組み立てていた。

「『史記』を編纂（へんさん）した司馬遷（しばせん）も、『亀策列伝』の大部分を補った褚少孫（ちょしょうそん）も、それらを基にして説明してくださった老師も、いずれも一尺二寸の亀をご覧になられたわけではない」

と、夢の中で口に出した。

ところが……

おれはいま、その亀を見るために長い旅をしている。

大きさだけは分かっているが、果たしてどんな亀なのか。

はるばる陸路を運んできた亀は、果たしてまだ生きていたのだろうか……

ここに思いが及んだとき、丁仁はあることに思い当たった。占卜に使われる亀の様子についても、『亀策列伝』は書き及んでいたのを思い出したのだ。

夢紀行中のいま、丁仁は夢のなかにいた。そして旅立ち直後から夢を見続けていた。

いまの丁仁は、見たい夢を思うがままに見られると、呑み込んでいた。

何かを見たいと念ずれば、その夢を選び出せる。まさにいまの丁仁は、夢を所蔵した八千巻楼にいるも同然だった。そして八千巻楼の司書は老師であり麗華なのだ。

夢の内で深呼吸した丁仁は、麗華に話しかけた……

「麗華、卜筮に使う亀の子細を説明してくださった老師の講義を、もう一度見せてください」

頼むなり、夢の場面が変わった。

「亀卜（きぼく）では吉日を選んで、亀の腹の下の甲を剔出（てきしゅつ）して占いに用いる……」

老師が説明してくれているのは、占卜に用いる亀の甲羅の部位についてだった。

初めてこれを学んだときの驚きは、いまも忘れていない。その驚きが強かったがゆえ、この場面が出てきたのだろう。

「亀の寿命は千歳にも達するとされている。神亀の長き一尺二寸こそ、千年にも届く」

老師の説明の区切りで、丁仁は息継ぎをした。ここまで呼吸するのも忘れていた。

それほどにこの説明は丁仁には衝撃だったのだ。

いままた再び思い返しているが、あのときまで、亀甲とは亀の甲羅（こうら）だと思い込んでいた。

腹だと分かったときの仰天、思い込みの恐さを、丁仁は紂王の時代に向かっているいま、おのれへの戒め（いましめ）としていた。

なにも思い込みを持たず、見たことのみを受け入れる。

戒めを深く刻みつけていたら、目にしている夢の内の景色が変わった。

昨夜、麗華と見上げた夜空が広がっていた。

空を横切って星が流れた。

星空が丁仁に心地よき眠りを運んできてくれた。夢の中にいながら、さらに深い眠りへと落ちていた。

三十七

思いのほか丁仁は深く、ぐっすりと眠り込んでいたらしい。夢紀行のなかで眠りから目覚めて目にしたのは、地平線の彼方から朝日が昇りつつあるという眺めだった。

太陽の光がまだ届いていない背景の空は、青よりも群青色に近かった。濃い色味を背にしてじわじわと昇る巨大な太陽。

四方八方に放たれている太陽の光は、まだ若いがゆえに赤味が強かった。しかしその光の帯の色は、昇るにつれて赤からダイダイ色へとなめらかに変幻を続けた。

背にした空にはまだ光が行き渡らず、濃い色味を保っている。光の帯のダイダイ色を際立たせる、巨大な背景となる大道具だった。

まだ二十一年でしかない、丁仁の過ごしてきた時間。そのなかで、一度も見たことのなかった光景に、丁仁は圧倒されていた。

両腕をだらりと垂らし、深呼吸して身体に朝の空気を取り込んだ。土が乾いたような朝の香りが肺の隅々にまで行き渡った。

そして、はっきりと身体が目覚めた。

まるで知らぬ土の大地を踏みしめたことで、旅はすでに始まっているのだと、いまさらながら実感した。

旅立ち直前に老師（先生）とともに反復した夢紀行中の注意事項が、その細部まで思い返された。

*

「少爺（若旦那）の姿は誰にも見えず、触ることもできませんが、少爺は自在に動けます」

これが一番の大事で肝に銘じなさいと、老師は念押しをした。

丁仁の存在が見えない相手は、ぶつかったとしても、通り抜けてしまう。丁仁にはまったく影響はない。

しかし丁仁に見えている品、動物などにも触れることはできない。摑もうとしてもすり抜けてしまう。

「少爺が触れられるのは、身につけている物に限られます。首から提げている懐表（懐中時計）のネジを巻くこともできます」

丁仁が提げていた懐表を首から外させて、説明を続けた。

夢紀行中の懐表の扱い方についての説明は、これが初めてである。丁仁は気を張り詰めて聞き入った。

「少爺のその懐表は、いっぱいまで巻けば一日動くはずですな?」

「その通りです」

「ならば、いまこの場で、いっぱいまで発条(ファーティアオ)(ぜんまい)を巻きなさい」

老師が命令口調で指図した。丁仁は直ちに発条を巻き切った。

「懐表については、あとでまた触れます」

元の物言いに戻して、老師は先を続けた。

「地べたを踏みつけることも自在にできますが、足裏で土を感ずることはできません。足跡もつきません」

夢紀行中、どこにいても丁仁はそこに存在しないのだ。

「場所を移るには、身体を浮かせて飛び移るのが一番と思われますが」

老師の口調が、初めて自信なさげになった。

「体験者から聞いたことがないので、実際にはどう動くのが一番いいのかは分かりません」

丁一族の家長は代々命がけの縛(しば)りを負っている。旅の子細はなにひとつ、他人に話してはいけなかった。

老師が口にしていることは、あくまでも先代から教わったことでしかなかった。

「行きたい場所には少爺が願う場所に、時代を遡(さかのぼ)ってどこにでも行けます」

老師は口調を改めて、念入りに再確認を続けた。

「到着した場所での時間は、少爺が提げている懐表の針を進めることで、時を先へと進められますが、後戻りは不可能です」

老師があとで話すと言っていた懐表の扱い方である。

「進め過ぎると、二度と同じ場所には戻れませんぞ」

きつく言ったあと、もうひとつ加えた。

「天候を変えることも不可能です」

行き着いた場所の天候に従う。

「夜明けの晴天どきに到着したならば、それが一日の始まりです。たとえ雨や嵐のなかに到着することになっても……」

老師は丁仁の両目を強く見詰めて、口調を和(やわ)らげた。

「嵐のなかに行き着いたとしても豪雨に打たれることや、暴風に煽(あお)られたりすることを案ずるのは無用です」

存在しない丁仁は、いかなる天候下でも影響されることはない。においも気配も、丁仁の身体をすり抜ける。

ここまでを、老師は確かな物言いで請け合ったあとで。

「わたしは夢紀行の経験はない」

丁仁を見詰める眼の光が、ひときわ強くなった。

「ここで話したことと違っていたならば、その場その場で適宜、少爺の判断で進めていただくしかない」

旅立ちを目前にしての反復と新規の解説にあっては、あの老師ですら物言いがていねいになったり、指示口調になったりとが混ざり合っていた。

＊

いま立っている場所がどこなのか、丁仁には分からなかった。さりとて念じた旅先と目的は明瞭である。

「紂王が支配している時代の殷王朝に行きたい」

「王朝で為されている卜筮（占い）の子細を見たい」

「竜骨と呼ばれる亀甲獣骨に刻まれた神秘的な図形や文字らしきものの真実を知りたい」

これら三項目の現場に立つことが、丁仁の願った目的だった。

そして夢紀行はいま、丁仁を日の出の場所へと連れてきていた。

もしかして、ここが……の期待と見当は胸にあった。

いま丁仁がここに来ることができたということは、殷が存在していたということであり、紂王が実在していたということなのだ。

昂ぶる気持ちを抑えつつ、早々と老師の説明とは違っていることを丁仁は実感していた。

その第一が「気配もにおいも感じられた」ことである。

いま立って踏みしめている土には、石のような硬さを感じた。足跡はつかなかったが、土の硬さは沓底から伝わってきた。

このことを老師は案じておいでだったのか。

老師が説かれたのは、呉源則の一族が代々伝承してきた夢紀行の解説と縛りだ。が、一族の誰も時空の遡行を知らない。

体験者は丁一族だった。そして一族の誰ひとり、旅で見聞したことは記録することも含めて他言していない。

八千巻楼に戻ったあと、丁仁は説かれた旅の説明と、現場での実際とが違っていたことは口にしないし、できない。

この先、丁一族と呉一族とが何代続こうとも、老師もしくはその末裔が旅に出る者に聞かせる説明は、実際とは違っていることになる。

沓底に土の硬さを感じながら、丁仁が理解したこと。

説明と違う状況に遭遇しても、うろたえず、おのれの判断・直感に従って旅を続ける……ということだった。

老師の結びの言葉の全文が一気に思い返された。

「ここで話したことと違っていたならば、その場その場で適宜、少爺の判断で進めていただくしかない」

老師もこれを察しておられたに違いないと呑み込んだ。

そうだと理解すれば、早く王朝の宮殿（きゅうでん）に向かいたい。そして卜筮について話し合っている場に臨みたい。

丁仁はその地こそが、紂王の王宮内だと確信していた。それを確かめるために、身体を舞い上がらせた。

身体を宙に浮かせて飛び回る術は、試験飛行で体得していた。

両腕を翼のように広げ、沓底で土を強く踏んだ。足が土を蹴った勢いで、身体がふわっと浮いた。両腕を上下に振ったら、身体がぐんぐんと舞い上がった。

いまいる場所の全景が見渡せる高さで、腕の動きを止めた。いま蹴った土は、果てしなく広がっている大地の、ほんの一角だった。

そして立っていたのは宮殿の外だったと分かった。

太陽はまだ空を昇る途中だったが、空はすっかり明るくなっていた。まさに青空で、雨を案ずることはなかった。

太陽が背になるように、身体をぐるっと回した。

遠くに細長くて、キラキラ輝いている長い光の帯が見えた。近寄るまでもなく、川の流れだと分かった。

ところが朝日を浴びて光る川の流れは、まだら模様である。その様子に気を惹かれた丁仁は、川をめがけて飛び始めた。流れは思ったよりも宮殿に近かった。

多数の女人が川水を汲み上げているのが見えた。何人もが声高に声を上げていた。話し合いではなく、言い争いである。

早朝からどうしたことかと興味を持った丁仁は、川辺に降りた。上空からでは分からなかったが、川は痩せていた。

川水が茶色に見えるのは、川底の色が流れに重なって見えていたからだ。それほどに川は浅かった。

痩せた川に比して、川幅は広い。川底が随所で剝き出しになっていた。

川岸で言い争っている女人たちは、組み上げる水の量で揉めていた。川水を汲み入れる桶の大きさが問題のようだ。

誰もが早口で、しかも甲高い声だ。争いだとは分かったが、言葉の意味は理解できなかった。

その場を離れた丁仁は、川面からスレスレに、痩せた流れの真上を飛んだ。

川岸に生えていたであろう草は、茎が細くて途中で折れて枯れているのが大半だった。川に棲むはずの魚も貝も、濁った水に邪魔をされて見ることはできない。

詳しい事情は分からないが、日照り続きの渇水であることは察しがついた。

丁仁は再び舞い上がった。そして今度は地平線までも見えよとばかりに、高く高く舞い上がった。

ひときわ大きな建物が宮殿と思われた。建物を遠くから取り囲むように、茅葺き屋根に黄土を塗り固めた壁の小さな人家と思われる建物が多数群れていた。数は多いが一戸の例外もなく、土壁はひび割れていた。

いま飛んでいる土地がどこなのか、まだ丁仁には分からないままである。が、確かなことがひとつあった。

夜明けからの強烈な陽差しを浴びて、この土地は乾ききっている。

見渡したところ宮殿周辺には合戦や、臨戦状態にあるような、きな臭さは感じられなかった。

すぐにも必要なのは慈雨の湿りだろう。

卜筮の目的に見当がついた丁仁は、さらに高く舞い上がった。

三十八

空からの集落見物は三時間にも及んでいた。

丁仁がとりわけ長く、そしてなにも見逃すまいとして低空を飛んだのは、あの痩せた川の流れに沿ってだった。

低空を飛びながら丁仁は『殷本紀』や『亀策列伝』に書かれていたことを、あたまの内でなぞっていた。

丁仁がなによりもその現場に立ちたいと願っていたのは、帝による卜筮が行われた、その場である。

『亀策列伝』の記述を丁仁は確実に暗記していた。

卜筮で使う神亀は長江の水中に出現し、占いを司る役人に毎年送り届けられていた、と記されていた。

亀の大きさや名亀の種類まで、『史記』は記していた。

いまいるこの場所が紂王の宮殿だとすれば……

そう考えた丁仁は、宮殿とおぼしき建物上空まで引き返した。

そして痩せた川との隔たりを実感してから、再び川面に沿って低空飛行に戻った。

こんな近くに、いまは痩せているとはいえ、川幅も広い流れがあるのだ。ひょっとしたらこれが長江なのか。

この疑問の解を得たいがため、丁仁は水面真上の低空飛行を続けたのだ。

川は蛇行しており、朝の光が川面には届かない場所が幾つもあった。

そんな日陰のような場所でも水量は少なく、川底までの深さは浅そうだった。

魚はいるかもしれないと考えた丁仁は、ひとつの試しに挑んだ。老師から教わってはいなかったが、水中に潜ってみようと思いついたのだ。

暴風でも案ずることはないと、老師は言われた。

ならば、もしや……と考えて川に潜った。思いつきは正しく、なんの苦もなく丁仁は潜れた。

水はやはり濁っていた。見通せたのは、わずか一尺（約三二センチ）先までだ。しかしそんな川でも、ここの辺りに限っては、まだ水深はあった。

濁った先から、不意に小魚の群れが現れた。しかも真っ直ぐ、丁仁めがけて進んできた。

よける間もない速さである。どうすることもできず、丁仁はその場に留まっていた。

小魚の群れは、なんと丁仁の身体の内を通り抜けて先へと進んだ。まさに丁仁は存在していないのだ。

我が身を通り抜けて泳ぐ小魚の群れを、丁仁は不思議な感覚で見続けていた。

相手が突き抜ける不思議には、一度で慣れた。あとは目を凝らして川の両岸を交互に見ながら進んだ。

どれほど泳いでも、亀を見つけることはできなかった。

めだかのような小魚の群れと三度行き違ったあと、丁仁は川から飛び出した。そしてまた、高く舞い上がった。

太陽はいまも昇り続けていた。その位置を基準に、丁仁は宮殿があった方角に飛行した。

すでに何度も上空を飛んでいた人家らしき茅葺き屋根に黄土で固めた壁の小さな建物の真上で、丁仁は留まった。

そのあとゆるい動きに変えて、建物の子細を上空から見て回った。

横並びに建てられた住居は太陽に向かい、大きな弧を描いて建てられていた。

なぜそんな形なのかを丁仁は、降り注ぐ陽光の具合で察しをつけた。

中央部の凸(とつ)の位置にある家には、長らく日が当たるのだ。陽光を必要とする職人の住まいだろうと思われた。

何カ所も太陽に向けて、三段重ねの台が置かれていた。瓶(かめ)の日干しに使う台らしい。上空から見ると、いまは数枚の白い板のようなものが並んでいた。

湾曲(わんきょく)した建屋(たてや)から離れた場所には、広い空き地があった。その空き地に隣接して、囲いのされた家畜小屋らしい建屋が見えた。

空き地に草木はまったくない。が、家畜小屋の囲いの内には、水飲み場が設けられていた。

乾いた土の空き地では、こどもたちがなにかを振り回して遊んでいた。

丁仁はこどもが手にしているものが気になり、すぐ近くに舞い降りた。

「勝てると思うやつは、かかってこい！」

こどもの甲高い声がなにを言っているのかは、丁仁にも聴き取れた。

「話している内容が理解できる！」

こどもたちの近くに立ちながら、丁仁は気の昂ぶりで身体を震わせた。

女人たちが投げ合っていた言い争いは、声の調子が高すぎて理解できなかった。

いまもこどもたちは甲高い声だ。しかし言っていることは呑み込めた。こどもたちは合戦ごっこに興じていた。

かかってこいと言い放った子が振り上げているのは、合戦の武器のようだ。が、青銅ではなく、もっと柔らかそうだ。

丁仁はその子に身体が重なるほどに近寄った。川で小魚と行き違ったことで、相手との間合いを案ずることは無用だと、いまは身体の芯から呑み込めていた。

こどもの武器は、玉石を武器（石刀）の形に削ったしろものだった。

「おれと勝負だ」

別の子が、同じような刀を振り上げて挑んだ。石刀と石刀の勝負である。

丁仁はふたりから離れて勝負を見た。

互いに刀をぶつけあっていたが、挑んだ子の刀がベキッと鈍い音を立てて折れた。

「そんな刀で、おれに勝てるわけないだろうが」

勝った子は地べたを蹴って相手を罵った。

「まだ負けじゃないから」

ひときわ高い声を張り上げた子は、折れた石刀を手に握って駆けだした。

「いつでもいいぞ！」

勝ち誇った仕草で、相手の挑戦を煽り立てた。

負けた子が駆ける後を追い、丁仁は成り行きを見極めようとした。

駆け込んだのはやはり、宮殿で働く職人たちの住居らしかった。どの人家も同じ作りだ。が、家の前に積み上げられている桶や瓶、壺などは、形も大きさも職人個々に違っていた。

負けた子が帰り着いたのは、巨大な瓶がふたつ並べて置かれた家だった。

すっかり昇った大きな太陽の陽光は、その子の家の戸口深くにまで差し込んでいた。

居職らしい父親は、すでに働いているのだろう。なにかを刻みつける音が、家の内から漏れていた。

帰り着いた子は、折れた石刀を戸口の前に放り投げた。折られたことが口惜しいのだろう。ぞんざいに投げ捨て、建物のなかに入っていった。

丁仁はその子の家の戸口の周りを目を凝らして観察を続けた。

ここに至り、丁仁は察した。

ここは殷王朝の紂王に仕える職人住居に違いないと。

それなら、いますぐやるべきことがある。

ふわっと舞い上がった丁仁は、ふたつ並んで置かれた瓶の内を見た。この瓶は獣骨用らしい。

大小さまざまな骨が詰まっていた。

それなら……と、丁仁はもうひとつの瓶の内を見た。間違いなく、そこには亀甲が重なり合っていた。

陽光が土間まで差し込むように造られた住まい。まさにその土間で、職人は仕事に励んでいた。

いま仕事をしているのは亀甲ではなく、獣骨だった。

上空からこの職人住居を見下ろしたとき、こどもたちが遊んでいた広場の先には、家畜小屋が見えていた。

牛も何頭か飼育されているのが見て取れた。

いま職人が青銅の鏨(たがね)らしきもので刻んでいるのは、ここで飼われている牛の骨だろう。

そう判じたあと、またひとつのことに得心(とくしん)がいった。

上空から見た干し物台のようなものは、亀甲や獣骨を乾かすための台だろうと。

おれは間違いなく、紂王が統治する時代に来ることが出来たんだ！

誰にも聞こえぬ声を張り上げて、丁仁は喜んだ。そしてぬか喜びとはしないために、検分を始めた。

丁仁は再び亀甲の入れられた瓶を注意深く見つめた。

幸いにも亀甲は反り返っている面、なにかが刻まれている面が上向きになっていた。

その亀甲に丁仁は顔を近づけて、刻まれているものを見詰めた。

まぶしいくらいの白い陽光が、亀甲の隅まで照らし出してくれた。

そこには見覚えのある神秘的な図形や文字らしきものが刻まれていた。

三十九

丁仁（ていじん）がまだ亀甲（きっこう）の詰まった瓶（かめ）に見入っていたとき。

地べたを強く踏む音を立てて、ひとりの男が職人の仕事場に駆け込んだ。

先刻から仕事中だった職人は、男が土間に踏み込んできても刻（きざ）み仕事の手を止めなかった。土間の土はカチカチに固められており、仕事台はびくとも揺れずだったからだ。

飛び込んだ男の尋常ならざる様子に気を惹かれた丁仁は、仕事場に入った。そして男と鑿師の両人を見ていられる位置に浮いていることにした。

「昨日の夜、また新入りの炭焼きふたりが騒ぎを起こして捕吏に引っ張られた」

「知っている」

手を止めた鑿師が低い声で応じた。

「このままだと職人頭の元さん、あんたが責めを負うことになるのが目に見えてる」

すぐに手を打ってくれと、男は鑿師をせっついた。

「おれもそれを思案していたところだ」

鑿を仕事台に置くと、元は立ち上がった。そして飛び込んできた男の前へと移動した。

「ただちに厨房に全員を集めてくれ」

「ただちに全員って……」

男の物言いは不満げである。

「職人はいま、おれを含めて十九人もいるし、仕事途中の者も多い。遊んでいるのは広場のガキどもぐらいだ」

ただちに集めろは無理だと、口を尖らせた。

「紂王さまのお怒りをかって八つ裂きにされたくなければ、おまえも含めておれの指図通りにしろ」

次の旬日（十日）は明日だ。王の卜筮（占い）を直前に控え、職人たちにもう一度、占卜の根本を叩き込むと元は言い切った。

紂王は短気で粗暴だ。八つ裂きというのは、言葉通りの「みせしめ処刑」だった。

「わかりましただ」

男はていねいな物言いで答えて、仕事場を飛び出した。

仕掛かり途中の仕事を脇に片付けた元は、厨房に出向く支度を始めた。

丁仁は胸の内で小躍りしていた。

元から紂王の名が出たからだ。しかも粗暴で八つ裂きも厭わぬ王なら、『史記』に書かれた通りの人物である。

職人十九人を集めて占いの基本をいま一度、叩き込むと元は言った。まさに丁仁が求めていたことである。

旅立ち直前まで『史記』の『亀策列伝』第六十八で学んできたことの事実を、元の口から知ることができるかもしれないのだ。

『史記』の『殷本紀』に記されていた、王朝末期の紂王の実態を、元が語ってくれそうな雲行きである。

気を昂ぶらせた丁仁は、首から提げている懐表（懐中時計）で時刻を確かめた。そしてまだ充分に残っている発条（ぜんまい）だと承知で、最後まで巻き続けた。

＊

「おまえたちのなかには、城壁内のいまの仕事に熟達している者も多くいる」

長椅子に座した面々を見回して、元は言葉を区切った。

「その一方では、ここに来てまだ日の浅い者もいる。熟練と新入りが入り交じってはいても、昨夜のように引っ捕らえられたあとは、無事に牢屋(ろうや)から出られるかどうかは」

全員を見回したあと、元は声を潜(ひそ)めた。

「紂王さまのご機嫌ひとつだ」

そのあと元は、さらに声を低くして続けた。

「ご機嫌よろしくない朝だと、酒の場で怒鳴り合ったというだけで、両手を綱で結(ゆ)わえて、油で浸(ひた)し火で炙(あぶ)り続けた銅製の丸太の上を裸足で歩かせるという処刑が下される」

酷(むご)さを全員に想像させてから、元は話に戻った。

「そんな目に遭わぬためにも、ここにいる全員が占卜についてのすべてを身体の芯(しん)に叩き込んでおくのは欠かせない」

元が厨房の真ん中に移ると、十九人の目がその姿を追った。

「いまから殷王朝と占いとのかかわりを話す。すべて、おれの親仁(おやじ)様から聞かされてきたことだし、おれが自分の身で体験してきたことばかりだ」

元はまた声を小さくした。小声だと聞いている者はみな、気を集めて聞き耳を立てると、元は父に教わっていた。

「おれの歳まで無事に生き延びて、女房もこどもも授かりたいなら」

口を閉じた元は、十九人ひとり残さずに目を合わせた。

「いまからおれが話すことを聞き漏らすな」

結びでは声を張った。

全員が声を揃えて「承知」と答えた。

*

「王がなにを占うのか、その目的はさまざまだ」

元は真ん中から動かずに本題を話し始めた。

昨夜捕らえられた新入りのことは、誰もが知っていた。元がのっけに話した紂王の残酷刑の恐怖は、全員に染み渡っている。熟練職人までもが、元の話に聞き入っていた。

「占卜は格別のことが生じていない限り、旬日ごとに行われる」

来る次の旬日までの間に生ずるであろう、さまざまな吉凶。王はそれを占った。

向こう十日の間に予期せぬ禍が生ずるおそれは、ありやなしや。

いまは平穏に見えているが、向こう十日の間に外敵が攻め込んでくるおそれは、ありやなしや。

暴風による砂嵐が生ずるおそれは向こう十日の間に、ありやなしや。

さらには旬日にはこだわらず、今年の農作物の豊作は期待できるかをも占いに問うた。

「占トに問う事柄は具体的なことばかりだ」

問いかけるのは王朝の至上神である「帝」の神意を問うものとされ、それが「ひび割れ」の形で啓示された。

「帝のお声であるひび割れを読み解けるお方こそ、いまは紂王さまとなっている」

帝の意思を読み解けることこそが、紂王の権威の源だった。

誰にも聞こえぬ唸り声を、丁仁は漏らした。

『史記』の『亀策列伝』に書かれていた一行一行が、いまは目の前の元が肉声で話しているのだ。

気の昂ぶりで聞き漏らすことにならぬよう、丁仁は深呼吸を続けながらも耳はそばだてていた。

「王朝では至上神・帝のほかにも、山や川なども自然神として敬っている」

穀物の豊作不作、川の氾濫や大雨襲来の有無などを占いに問うのも、つまりは相手が神だからだと元は話した。

十九人のみならず、丁仁も深く得心していた。

「これはさらに大事なことだが、殷王たちの祖先、先公・先王と呼ばれる、祖先神も守護神としておいでになられる」

篤き祭祀を怠らぬことを大事としてきた殷王朝だが、紂王は祖先祭祀を怠っていると、元は小声で断じた。

「あのお方が粗暴であるのは、ご先祖様を軽んじて憚らない、あのお方へのたたりだと考えている」

元は名指さなかったが、誰もが紂王のことだと分かっていた。

ここでまた元は口調を変えた。そして亀甲獣骨に刻まれている文字についての話を始めた。

丁仁は姿勢を正した。

いまから元が話すことが知りたくて、時空を超えて飛行してきたのだ。背筋を伸ばすようにと、脳が勝手に命じていた。

「占いの道具としての亀甲と獣骨には、占いのいきさつと、その結果が刻まれている」

元は仕事場の瓶から拾い上げた亀甲数片を、聞き手に手渡した。

「見終わったら、次に回してもらいたい」

元が手渡した亀甲は、瓶のなかから選び抜いた六片だ。

「一片を見ただけでは、いまからおれが説明することが、きちんとは呑み込めない」

銘々がばらばらに座っていた十九人を、元はひと塊になるようにと詰めさせた。

卓の置き方も変えさせた。六片を各自が好きに手に取ることができるように、だ。

全員が座り直し、六片の亀甲はどこからでも取れるように、真ん中に集められていた。

卓と亀甲、十九人の座り方を確かめてから、元は続きを話し始めた。

「亀甲に刻まれているのは、どれもおれが鑿で刻みつけた『文字』というものだ」

元は五代目の鑿師だ。職人頭は代々鑿師が、王に近い上級役人から任命されていた。

「おまえたちがいま見ているのは、本物の占卜亀甲じゃない。おれの稽古用だ」

説明の声を張ったら亀甲に見入っていた者も含めて、全員の目が元に集まった。

「ここからが占卜と亀甲獣骨にかかわる大事だ。もう一度、亀甲をていねいに吟味して、六片のどこが違うのかを自分の目で確かめろ」

命じたあとで元は、腰掛けに座した。

全員がわれ先にと動き、亀甲の奪い合いを始めた。

元は「文字」だと明言した。亀甲獣骨に刻まれているのは模様などではなく、文字だと、いま証明されたのだ。その場に居合わせた丁仁は右腕を突き上げ、身体をブルルッと震わせた。

丁仁が亀甲獣骨に惹きつけられたのは、北京の元突聘から納められたときだ。

あのときは出土箇所も素性も、刻まれていた絵のようなものがなにかも、まったくわかってはいなかった。

いままさに彫りたての亀甲に、丁仁は顔を押しつけていた。

源となった亀甲は、びっしりと、いま説明している鑿師が刻んだ文字で埋め尽くされていた。

いまは存在すら証明されていない殷王朝に、文字の起源があった。そしておれはいま、まだ未発見の殷王朝にいる。

鏨師が刻んだ殷の文字に、頬ずりまでした。

興奮の極みにいる丁仁には、腰掛けから立ち上がって発せられた元の声を聞き漏らしていた。

四十

なにを聞き漏らしたのかと、丁仁は青ざめた。が、案ずることではなかったとすぐに分かった。

言い終えた元は、厨房を出た。すぐさまくつろいだ気配が、厨房を満たした。

元はなにか用があり、休憩を申し渡して出て行ったらしい。気配がゆるんでいるわけを丁仁は理解した。

ならばと、丁仁も厨房を飛び出した。

さほど高く舞うまでもなく、仕事場に向かう元の姿を捉えることができた。元の頭上まで降りたあとは相手の歩みに合わせた。

仕事場に戻った元は、獣骨の詰まっている瓶から骨を取り出し始めた。

先刻、厨房で元が口にしていたことを丁仁は覚えていた。ゆえにこの骨もまた、稽古刻みでしくじった骨だと判じた。

卜筮に対しては、あの紂王ですら真摯に向き合っているのだ。占いの結果が刻まれた亀甲獣骨が、職人の手元にあるはずもないと、元の説明を聞いたいまの丁仁には理解できた。

元が瓶から取り出した白い骨にも、多くの文字が刻まれていた。もはや丁仁は、これこそがあの文字、元突聘から受け取った亀甲獣骨の文字であるのを確信していた。

取り出した六片を抱え持った元は、厨房へと戻り始めた。

卓に残している六片の亀甲に加えて、獣骨についても説明する気なのだと丁仁は察した。

仕事場と厨房とは、さほどに離れてはいない。が、亀甲と獣骨は形こそ違え、ほぼ同じ大きさだった。

双方ともに、占いの大事な道具の源だった。

それを考えた丁仁は、元の頭上を飛びながら大きな疑問が解けずにいた。

なぜ元はあわただしく、占いの説明を始めたのか。このことが丁仁のあたまの内で疑問の塊を作っていた。

元は職人たちに、亀甲を見せた。銘々が手に取って見入っていた姿から、丁仁はひとつの確信を抱いた。

職人たちは誰ひとり、文字は読めてはいない、と。

丁仁も六片すべてに、顔をくっつけて刻まれた文字を吟味した。丁家は代々が、篆刻を専門とする文人である。

丁仁もまだ二十一歳ながら、篆刻界では名を知られていた。

そんな丁仁でも、読めそうで読めない文字、見たこともない部首が幾つも刻まれていた。

読めずとも丁仁は、篆刻家の自負において刻まれた文字の意味を読み解こうと試みた。

ところが十九人の職人たちは、ひとりの例外もなく、あっさりと次の亀甲に手を伸ばした。

刻まれた文字に興味なし。なぜなら読めないからだ。

そんなことは職人頭の元には、先刻承知のはずだ。読めないと分かっていながら、なぜここまでするのか？

その謎解きを元の口から聞きたい……

頭上を飛びながら丁仁は、好奇心を膨らませていた。

＊

厨房に戻り着くなり元は厨（調理場）に、粟粥二十人分の支度を言いつけた。元の女房が厨房の差配である。

昼の支度にはまだ早そうだったが、女房は元の指図を三人の厨夫に指示した。厨房の出入り口は内から閉じた。

閉じられてはいても、外光は差し込む拵えだ。三箇所に設けられた換気の窓は、わずかに隙間があけられている。その隙間から昼前のぬるい風と、広場で遊ぶこどもたちの甲高い声が忍び込んでいた。

元はまた中央部で立ち上がり、抑えた声で話を始めた。十九人が耳をそばだてた。

「昨日の夜、捕吏に引っ張られたふたりのことは、今朝早くに役人から知らされた」

厨房を出たあとの星空の下で、ふたりは声高に言い募っていた。

「民に対しては慈悲深いといわれる王のはずが、酷い仕打ちでおれたちをひどい目に遭わせている……」

呑んだ勢いで、物言いは星空にまで届きそうだった。たまたま通りがかった捕吏三人が、その場で取り押さえた。

「あのお方の名を口にしたことが王に聞こえたら、無事ではすまないと、役人はおれに告げにきた」

過ぎた五旬日のなかで、職人が取り押さえられたのは、これで三度目だ。

全員が占卜のために働く職人だった。祭祀に障りが出ると役人に強く文句をつけた。ところが。

「それ以上言うなら、おまえでも引っ張るぞ」

と、役人から脅された。それを聞いて、元は肚を括った。

「おれたち全員、技には自負を持つ職人だが、おのれの技がどう活かされているかは知らない」

元は竹簡職人と炭焼き職人をその場に立ち上がらせた。

「あんたの竹簡が、先でどうなっているかを知ってるか？」

男は首を大きく振ってから答えた。

「知ってはいけねえって役人にきつく言われてる」

次に元は炭焼き職人に同じことを問うた。その男も、まったく同じ答え方をした。

元は先へと話を進めた。

「あのお方は祖先神を大事にしていないから、神々の怒りをかってたたられている」

外からこどもの声が流れ込んできた。が、誰ひとり微動だにせず聞き入っていた。丁仁も息を詰めて耳をそばだてた。

「おれも鑿で刻むことには自負があるが、文字がなにを言っているかはわからない」

元もまた、文字は読めなかった。

「この骨に文字を刻むときは」

獣骨に文字が刻まれた面を、職人たちに向けた。

そこには小さな文字が、びっしりと刻まれていた。

「この稽古には往生した。八度しくじって、やっと仕上がった」

元は持参した六片を、職人たちに回覧させた。

「何度もしくじったことで、おれは刻み方を編み出した」

一文字ずつ刻んだわけではなかった。獣骨に書かれた墨文字下書きの、まずは縦に書かれた線の部分を一気に刻んだ。

次に獣骨を横向きに置き直して、文字の横線部分を刻んだ。次に斜めの線を刻み、最後の最後に弧線を刻んで仕上げた。

「おれを仕込んでくれた親仁様は、こんなことをやらず、一文字ずつ、ていねいに刻んでいた。仕上がりは速くなったが、字の形の美しさは、一文字ずつ刻んだ亀甲の文字には勝てない」

こう言うなり、元は吐息を漏らした。

亀甲と獣骨とを見比べた丁仁は、元が漏らした吐息の意味を深く理解できた。

篆刻家の目には、亀甲と獣骨に刻まれた字の違いは一目瞭然だった。

亀甲に刻まれているのは、なぜこれがしくじりなのかと思ったほどで、一文字ずつに力強さがみなぎっていた。

あえて仕上がりの劣る獣骨を見せている元。なぜそれらを瓶から取り出してきたのかと、また疑問が湧いたとき。

「あんたらも全員が、さっきも言った通り、技には自負を持って仕事と向きあっているはずだ。ところが……」

元の声がわずかに大きくなった。

「あんたらの仕事が、占卜のなかでどんな役に立っているかは、誰も知らないはずだ」

命がけで向きあった仕事なのに、活かされた仕上がりは見ることも知ることもできない。

息継ぎをした元は、また声を小さくして続けた。

「おれはいまから、みんなの仕事がどんな役に立っているかを聞かせることにした」

職人頭は、ただ亀甲獣骨に刻みをつけるだけではない。占卜の流れは分かっていると、元は胸を張った。

「いまこのとき、あんたらが向きあっている仕事の流れと、この流れのどこに技が活かされているかを、おれが説明する」

占卜の全体を呑み込めたあとはと、元はまた炭焼き職人に目を合わせた。

「あんたの仕上げた炭があればこそ、占いが成り立つと分かったら」

今日から炭焼きにも力が込もるだろうと問いかけた。

「おれの炭も、占卜に役立っているってか？」

「いるどころじゃない」

元は亀甲の一片を炭焼きに持たせた。

「これでいいかね」

男が高く掲げ持って問うたら。

「その亀甲には、幾つも穴があいているだろうが」

「この穴かね」

炭焼きは亀甲に穿（うが）たれた小さな穴のひとつを示した。

うなずいてから、元は穴の役目を話し始めた。

「その穴のひとつひとつに、順にあんたが焼いた炭の火を当てることになる」

穴に当てる前に、炭の先端は真っ赤に火熾（ひおこ）しがされている。

「熱々の火で炙（あぶ）られた亀甲は、穴から四方に向かってひび割れを起こす。その割れ方を読み解いて占えるのは、王だけだ」

炭焼き職人は掲げ持っていた亀甲の穴と、ひび割れに見入った。穴もひび割れも、元の手で作られた稽古の結果だった。

「あんたの炭が上々の出来だからこそ、亀甲は力強くひび割れを生んでくれる」

炭がなければ占いはできないと結び、元は炭焼き職人の大事さを称（たた）えた。

「そんな役に立ってたのかね……」

感慨深げな吐息を漏らして、男は腰掛けに座った。

「おれの仕事は、どんな役に立ってるのかね」

竹簡職人は、まだ立ったままで元に問うた。

「占卜の一部始終を、あんたが丹精（たんせい）を込めて仕上げた竹の札に書き記して、のちの世に伝える」

殷王朝の蔵にはすでに、数え切れない枚数の竹の札が仕舞われている。

「占トのいきさつをすべて書き残しておくのが、あんたが拵えている竹簡だ」

竹簡職人を座らせた元は、まだ先を続けた。

「竹簡、亀甲への下書きには筆と墨職人の働きが欠かせない」

元はそれらの職人に目を向けて話を続けた。

「ここにいる全員が仕事をしてくれていることで、旬日ごとに占トができている」

元は声を張った。そのあとはまた、小声に戻った。

「ところがあのお方も、王に仕える役人たちも、占トの一切を司る貞人(ていじん)という名の面々も、誰ひとりとしておれたちの仕事を認めないし、褒(ほ)めてもくれない」

元の両目に強い光が宿された。

「それどころか昨夜の新入り職人への仕打ちのように、情けも容赦もなしに仕置きをしやがる！」

十九人が息を呑んだ。

丁仁も息を詰めていた。

「おれの話をしっかり聞いたあとは、あんたらがどんな大事な仕事をしているかが呑み込めるはずだ」

全員の背筋が伸びて、元を見詰めた。

「外に出たあとの振舞いと物言いに気をつけてもらうが、仕事場では胸を張っていようぜ」

「おうう！」

元の結びに合わせて、短い声が発せられた。

丁仁は旅の目的は達せられたと確信した。

もはや紂王など、相手ではなかった。

元に出会えたことで、なによりも知りたかった「亀甲獣骨文字」のなんたるかを、自分の目と耳で確かめられたのだ。

二十人の職人に加わって丁仁は、ひと息遅れて「おうう！」と誰にも聞こえぬ雄叫びを吠えた。

四十一

元の口から初めて明かされた、卜筮の手順。

聞かされた職人たちは、大いに士気が上がった。

毎日毎日、文字通りの命がけで向きあってきたおのれの仕事が、国の政（まつりごと）に役に立っていたと呑み込むことができたからだ。

「女房もこどもも授かりたいなら……」

元のこの言葉も、多くの独り者職人には胸に突き刺さった。

元の一族は、すでに五代目だ。そして六代目もすでに授かっていたし、厨房は元の女房が差配していた。

元があのとき名指した竹簡職人は、歳を重ねた独り身である。しかし炭焼き職人は、まだ先が長くて体力もある若い男だった。

大事な仕事を担っていると理解できたあとは、自負に満ちた顔つきで供された粟粥を食していた。

昼餉（ひるげ）を終えたあと、元は卜骨人（ぼくこつじん）の兆（ちょう）を伴って仕事場に戻っていた。丁仁もあとを追った。

今朝方、元の仕事場に血相を変えて駆け込んできた男が兆である。兆の一族は代々が占卜に用いられる亀甲獣骨を王に献納（けんのう）する、つまりは亀甲や獣骨を占い用にきれいに整え、仕上げる職人だった。

城壁内に暮らすのは、元同様に長い。元と兆とは、幼い時分からの付き合いが続いていた。

仕事台の脇には、来客用の腰掛けが用意されていた。元と兆は互いに向き合って座した。

「あんたの話で、おれも今日、初めて占いのすべての流れを知ることができた」

分かりやすくて、職人たちも仕事への自負を抱くことができたと、元の話を褒めた。

「まじめな職人たちがこれ以上、ひどい仕置きを受けるのは絶対にごめんだ」

元は強い口調で吐き捨てた。

仕事場には兆と元だけで、こどももいない。丁仁はすぐ脇に立っていたが、ふたりには見えない。

「おのれの仕事に誇りを持てたら、ひとの目と耳がある屋外で、うかつなことを口走ることもなくなる」

「まったく、そうだ」

兆は深くうなずいたあと、表情を引き締めてあとを続けた。

「おれは今日、あんたの話を聞くまでは、親仁(おやじ)様から仕込まれた、亀甲や獣骨を占い用の献納品、卜亀(ぼくき)や牲骨(せいこつ)としてきれいに仕上げる技を……」

あとを続けるまでに、兆はひと息をあけた。

「げんなりすることが何度もあったし、うちのガキに継がせることにも正直、ためらうのもしょっちゅうだった」

広場で元の子を打ち負かしたのが、兆の息子だった。

「こんなに長い付き合いなのに、今日のあんたの話を聞くまでは、おれが用意する亀甲と獣骨が、占いであんなに重たい役目を果たしているとは考えたこともなかった」

兆は腰を浮かせて、元の方へ腰掛けをずらした。

「おれの用意する亀甲と獣骨のできがわるいと、ひび割れがきちんと走ってはくれない、そうなると帝神(ていしん)様のお声を聞くことができなくなる……そういうことだよな？」

兆は座したまま、身を乗り出した。

「あんたがいま言った通りだ」

元は兆の目を見詰めて、きっぱりと答えた。

「あんたのおかげで、おれは息子にあとを継がせることを、もう迷わずにすむ」

礼を言いながら、兆は元の手を強く握った。

成り行きを見ていた丁仁にも、兆の迷いが吹き飛んだ喜びが伝わってきた。丁仁も顔をほころばせていたら、不意に兆の顔つきが変わった。

「あんたが見せてくれた、獣骨のことだが……」

語調には神に対する敬いの思いが、強く滲み出ていた。

「びっしり刻まれた文字なのに、よくもあれだけ巧くひび割れは、文字を避けて走るもんだよなあ」

さすがは帝神様のみわざだと、兆は感服していた。

元は兆から目を逸らして黙しているところに、厨房にいた女房が戻ってきた。昼餉の片付けも終わったらしい。

女房を見た兆は、慌てて立ち上がった。自分の女房の手伝いも終わったと察したからだ。

「今日はありがとさんでした」

気持ちを込めて元に礼を言ったあと、急ぎ足で兆は帰って行った。兆も兆の女房も、元の女房は苦手だったのだ。

慌てて出て行こうとする兆を、元は引き留めなかった。女房が苦手なのは、元も承知だ。が、いま引き留めなかったのは、兆が口にしていたことにあった。元が女房にしか話せない大事に、兆は踏み込もうとしていた。

女房の帰りは、元には天の助けも同然だった。

兆の姿が見えなくなると、女房は兆が座していた腰掛けに座った。

「今日はごくろうさまでした」

元へのねぎらいから女房は話を始めた。

厨房には元の声は聞こえていなかった。が、職人たちの晴れ晴れとした様子から、なにか大事を話したのだろうと察していた。

元一族の決め事の一は「女房には秘密をつくるな。仕事のことも、すべてを話すこと」である。

鑿師には明かりが大事だ。昼間は太陽の光が差し込むが、夜は深い闇に包まれる。

急ぎ仕事で夜通し鑿を手にするときは、手伝いの手が欠かせない。

その手とは女房である。跡継ぎを命じたあとは、嫡男(ちゃくなん)も加わる。絶対の大事を元が話せる相手は、いまは女房だけだった。

「おまえがかえってくる直前まで、兆が……」

言葉を区切ると、元を見詰めて聞いていた女房の目が険しくなった。元はその目には取り合わずに続けた。

「亀甲も獣骨も、ひび割れは巧みに文字を避けていると、兆が敬いを込めて言い出していたんだ」

「まさか……」

女房は尖った声のあと、絶句した。

「心配するな、話すわけがない」

女房をたしなめてから、今日の厨房での子細を話した。聴き終えた女房は、表情が大きく和らいでいた。

「これでもう二度と屋外で、うかつなことを言うひとたちはいなくなるでしょう」

元を称えてから、女房はまた顔つきを引き締めた。

「それでおまいさんは、どこまで話したんですか」

女房の声がまた尖り気味になっている。

ここからが話の肝だ。丁仁は女房から元に目を移した。そして一言も聞き漏らすまいと耳を澄ませた。

「かあさん、はらがへったよう」

間のわるいことに、子が帰ってきた。

「いまはだめ。もっと外で遊んでなさい」

母親の鋭い声で、こどもは渋々ながら外に出た。

ふたりだけだと確かめてから、元は口を開いた。

「だから、おれはまだ、なにも言ってない」

元は吐息を漏らした。

早く先をと、丁仁も女房も元を凝視していた。

四十二

女房に占卜の子細をきちんと話そうと決めたことで、元はいつになく気を張り詰めていた。紂王が主役となる秘事を話すのだ。

肚を括っていたつもりでも、気は極限にまで張り詰めていた。

その緊張感が、こどもが不意に飛び込んできたことで、ブチッと断ち切られたらしい。

そのことは元の顔つきが変わったことに顕れていた。

あたかも、憑きものが落ちたといえばいいのか。一瞬、顔つきがゆるんだかと思うと、いままで以上に表情をこわばらせた。そして深い息を吐き出したあとは、唇を固く閉じ合わせた。

一向に話を再開しようとはせず、鏨刻みの腰掛けに座したまま、幾度も深呼吸を繰り返した。

「なんなのよ、いきなり口を閉ざしてため息ばかりついて」

不意に様子の変わった意味が分からず、女房は椅子を鳴らして立ち上がった。そして元の前に詰め寄ると腕組みをして亭主を見下ろした。

厨房で下の者を睨めつけるときの目になっていた。

「兆に大事なことを言い忘れていた」

急ぎ伝えなければと言うなり、元もまた腰掛けを鳴らして立った。城壁造りでも使われている、土を一層ずつ杵で突き固めていく版築と呼ばれる方法で造られた、固い土の土間である。乱暴に腰掛けを動かしても、表面に疵のかけらもできなかった。

「兆との話は長引くかもしれない」

こどもを呼び入れて、昼を食わしてやれと言い残して元は飛び出した。

「なんだってのさ、いったい。さも大事がありそうに言いかけときながら」

占卜の話をなにも聞かさぬまま、慌てて出て行ったのだ。女房は元の背中に向かって毒づいた。

あとを追って外に出た丁仁は、足を急がせている元の前に出た。そして身体の向きを変えて、元の表情を正面から見た。

「やはりそうだったのか……」

胸の内でつぶやいた丁仁は、後ずさりを始めた。

宙に浮いている丁仁である。難なく後ずさりを続けた。

向かっているのは女房に言った通り、兆の仕事場かもしれない。先刻の厨房を通り過ぎると地べた全体が盛り上がり、丘に向かう登り坂となっていた。

丁仁はしかし、元は兆の仕事場に向かっているのではないと、判じていた。

仕事場を飛び出したときの元は、先を急いで早足だった。が、いまの歩みは鈍くなっていた。表情も落ち着きを取り戻しているかに見えた。

やはり、そうだったんだ！

丁仁は宙に浮いたまま、両手を叩き合わせた。

いかなる気持ちの動きがあったのかは分からないが、元は女房に「禁断の口」を開きかけていたのだと考えていた。

そう判じた理由は夢紀行前の試験飛行の直後に見せた王福庵の表情に、不意に話すことを止めたときの元は酷似していたからだ。

「夢紀行で見聞したことは一切、他言してはならない」と老師（先生）から申し渡されたとき。

丁仁の横で王福庵は表情をひきつらせていた。その顔を見るまでもなく、横にいた丁仁にも王福庵の驚嘆ぶりは察せられた。

決定的だったのは、夢紀行前日に八千巻楼前に茂る古木の脇で王福庵が見せた表情だった。

「この先の生涯を通じて、夢紀行の一切をひとに話せないなど、わたしには到底守り切ることはできません」

あのときの王福庵の悲痛な物言いと、固くこわばった表情。

すでに陽が落ちたあとの暗がりのなかだった。が、丁仁の脳裏にはあのときの王福庵の顔と声とが焼き付いていた。

元がいきなり話を中断したときに見せた、うろたえの表情。あれは王福庵の固くこわばった表情とまったく同じだった。

元は女房に対しては、隠し事はしないで今日まで暮らしてきたに違いない。

しかし、こと「占卜」だけは別だったのではないか。

元が父親からいかなる決め事を叩き込まれてきたのか、その詳細は丁仁には察しようもなかった。

しかし「占卜」だけは別だと、元のあの変わりようを目の当たりにしたいまは、確信していた。

夢紀行直前に老師の前で念入りに精読に努めた『史記』に収められている『亀策列伝』第六十八。丁仁は長文の記載事項を鮮明に覚えていた。

いわゆる卜筮(占い)で亀甲を用いるのは、いま丁仁がいる時代では紂王に限られていた。

亀甲に卜筮の詳細を鑿で刻みつけるのが、代々の元一族であるのはすでに分かっていた。

鑿刻みの技は一子相伝、元一族の秘技だ。いま元が知り得ている亀甲や獣骨への刻み技、亀卜にかかわる知見のすべては、やがては息子に伝授されよう。

とはいえ紂王が占有する亀卜である。相伝する息子のほかは、たとえ女房でも口外無用ではないのか。

うかつにもその禁を破ろうとしかけたとき、先祖の配剤というべきか、息子が飛び込んできた。

われに返った元は、慌てて仕事場を飛び出した……

丁仁はこう推察した。そしてこの読みに間違いはないはずだと確信もしていた。

兆に大事を言い忘れたと女房に告げたのは、外に飛び出すための口実に違いない。

固く乾いた登り坂の先には、兆の仕事場もあるかもしれない。丁仁には職人集落の子細は呑み込めてはいなかった。

が、元が気を落ち着けて休める場所が丘の先にあるのだろうと、丁仁は見当をつけた。

それを確かめるために、高く舞い上がった。そして一帯を俯瞰した。

丁仁の読みは見事に的を射ていた。

登り坂を進む元は、背中に陽を浴びていた。その元の右手（東側）には、大きな職人集落ができていた。元の暮らす集落の倍はありそうな平屋が並んでいた。

まだ昼餉のあとの休みなのか、表で立ち働いている職人の姿は見えなかった。さまざま瓶だの薪だのが戸口にいくつも重ねられていることで、ここに暮らす職人たちの職種に察しがついた。

集落をひと通り空から検分したあと、丁仁はまた元の頭上に降りてきた。

坂道を登り切った元は丁仁が判じた通りの動きを見せた。職人たちの住居には向かわなかったのだ。

容赦なき強さの陽を背に浴びても、元の歩みは変わらなかった。ずんずんと、力強い歩みを続けた。

坂道はいつの間にか平らになっていた。そして前方には積み上げられた丸太の山が見えていた。この先には木匠（ムージアン）（大工）たちの集落があるのだろう。

丸太が山と積まれた置場に近寄った元は、木材の山が陽光を遮（さえぎ）っている側の日陰に向かい、太い木に腰を下ろした。

周りには木匠もこどももいない。いま少し、陽が和（やわ）らいでから仕事と向きあうのかもしれない。いまの時分ならひとの姿のない丸太置場を、元は分かっていたのだろう。陽の当たっていない木に、ごろりと横になった。そして目を閉じた。

丁仁も元の横に座った。

元は兆の仕事場に向かうのではないと、丁仁は読み切っていた。そうできたのは『史記』の『亀策列伝』第六十八の記述の一節を思い出してのことだった。

「亀は前もって用意していなかった」

『亀策列伝』にはこう書かれていた。

「夏（か）・殷（いん）においては、卜筮を行おうとするときに亀甲など蓍（めどぎ）を用意する。亀甲をずっと蔵（しま）っておくと霊妙（れいみょう）を失うと考えていた」

夏とは、いま丁仁がいる殷よりも、さらに古い時代の王朝かもしれないとされていた。もちろん存在は証明されてはいない。

しかし丁仁が座している丸太の置かれた殷も、存在の証明はまだである。

いま自身が生きている清の時代では誰も知らない殷という時代の、日陰に置かれた丸太に丁仁は座っていた。

ならばこそ、『亀策列伝』の記述は正しいはずだと、いまでは考えを定めていた。

『亀策列伝』は言う。

「卜筮を行う当日、亀を用意して捌いた」と。

その捌き方の子細も、『亀策列伝』は記していた。

いま元が兆を訪ねても、まもなく行われる占卜に関する急な話など、ありはしないと丁仁は考えた。

紂王の亀卜が明日に行われるなら、『亀策列伝』に記載されている準備がいまは進められているに違いない。

明日の日の出前には、すべての支度が調っていることは、職人たちには絶対の条件のはずだ。

もしも支度に抜かりがあって占卜に障りが生じたときは、たとえ熟練技を持つ職人でも、紂王の処罰は必至だ。

ならば、いまやるべきは、ただひとつ。

通り過ぎてきた兆たちの職人集落に戻り、明日の占いに向けて進められている準備の様子を検分することだ。

幸い丁仁には、精読した書物の内容を、記述通りに思い出せるという能力が備わっていた。

まずは兆の仕事場に出向こうと、丁仁は決めた。

『史記』の『亀策列伝』第六十八には、卜筮に使う亀についての子細が記されていた。いま殷の時代に来て実際にさまざま見聞する丁仁は、『亀策列伝』の記載事項について深く納得していた。さりとて『亀策列伝』を編んだ司馬遷(しばせん)やその補記をしたといわれる褚少孫(ちょしょうそん)といえども、実際に現場を見たわけではなかった。

現場に居合わせて確かめられるのは、丁仁ただひとりだ。それを思うと気が昂(たか)ぶり、また身体が震(ふる)えた。

しかし……と、丁仁は考えを続けた。

いかに『史記』に収められた『亀策列伝』第六十八の内容が正しかろうとて、それを世に知らしめる手立てはない。それを思うなり、丁仁の思考は停止した。

王福庵が夢紀行を断念した無念さが、いまさらになって丁仁にのし掛かってきた。

深呼吸を続けて、気持ちを切り替えた。

丁家代々家長の全員が、生涯を通じて一言も口外できぬ厳しき責めを負ってまで、夢紀行を為してこられた。

いかなる状況にあろうが、見るべきものを見る。その結果を脳裏に蓄えて、以後の学びの糧（かて）とされた……父の文人ひと筋に徹した生き方を、丁仁はいま、鮮明に思い出した。

戻ったあとの真摯な生き方こそ、この旅への答えであり、先達に示せる感謝の証（あかし）なのだ。

生涯を賭（と）して篆刻を学ぶと、丁仁は決意を新たにした。

四十三

兆の仕事場を探して空から戻ってきた丁仁は、最初に職人たちの住む仕事場の正面に舞い降りた。

見た目には鏨師の元が暮らす仕事場と、大差なく思えた。

職人の職種は、仕事場正面を見れば察しがついた。

竹簡（ちっかん）をつくる職人は笹の葉がついたままの竹を立てかけていた。

筆（ふで）をつくる職人も軒先に動物の毛を吊るし、竹を立てかけていたが、どの竹も細く、竹は茶色に色が変わっていた。

少し離れた場所にある木材が積み重ねられている仕事場は、炭焼きの職人のそれである。丁仁が仕事場を前から見たときは、職人が割ったばかりと思える薪(たきぎ)を積み重ねていた。

この職人の顔に見覚えがあった。

丁仁の懐表(ホワイビアオ)（懐中時計）で午前中だったとき、厨房で元は職人を集めて話をした。そのとき、炭焼き職人として話に加わっていたからだ。

「元さんたちの集落と、どの仕事場の戸口も大同小異(だいどうしょうい)にしか見えないけど、兆さんの仕事場はどれなんだろうか」

そう心の中でつぶやいた丁仁は、ここの集落を俯瞰して確かめるために、また空に舞い上がった。

「なんだ、この裏の眺(なが)めは……」

空からの眺めを目にするなり、丁仁は胸の内で驚きの声を漏らしてしまった。

空から見下ろしたことで、兆も間違いなくこの集落の住人だと確信できた。

兆の仕事場だとおぼしき建屋(たてや)の裏には、おとな数人が同時に入れるほどの溜池が設けられていた。

ほどよき高さから見下ろしたことで、職人たちの仕事場の裏の造作(ぞうさく)を隅々(すみずみ)まで見ることができた。建屋の正面から見ただけでは、元が暮らす仕事場と似たり寄ったりにしか見えなかった。

しかし空から俯瞰したことで、表から見ただけでは想像もできない造りだったと思い知った。

兆は裏手に溜池を設けていた。占卜に使う神亀(しんき)を放しておくための池に違いないと丁仁は判じた。

あたまのなかでは、『史記』の『亀策列伝』第六十八に記されていた、神亀に関しての詳細な記述が奔り出した。

その奔りを押し止めて、他の仕事場の裏庭を一軒ずつ順に見下ろし始めた。

真っ先に検分したのが竹簡職人の仕事場だった。なんとそこには竹藪があった。しかも竹藪は二軒分の横幅を占めていた。そして太い竹と細身の竹とが藪のなかに混在していた。

そうか！……と丁仁は宙に浮いたまま、得心したとばかりに手を打ち合わせた。

表から見たとき、竹簡職人と筆職人は隣同士だった。裏庭の竹藪は、ふたりの共用だったのだと呑み込んだ。

竹藪以上に丁仁が驚いたのが、炭焼きの窯だった。

炭は占卜にはもちろん、火力としても欠かせぬ品だ。重要度は丁仁にも理解できた。

しかしまさか、仕事場の裏に炭焼き窯が設けられているとは、考えも及ばなかった。どの仕事場にも途轍もなく広大な土地が、建屋の裏に用意されていたのだ。

卜骨人の兆の仕事場には水がたっぷりと張られた、大きな溜池。これだけの水を張るだけでも大仕事だろう。

竹簡職人と筆職人には竹藪が調えられていた。手入れはもちろん竹を使う職人たちが念入りに行うのだろう。

八千巻楼の建つ敷地内には竹藪もあり、上質な二種類の竹を育てるには手間がかかると、丁仁には容易に想像できた。

そして炭焼き窯である。

生半可な知識や経験では、上質の炭焼き窯など造れるはずがないだろうにと、炭焼きは素人の丁仁でも察しがついた。

しかもこの窯で焼く炭は、歴代の王が占卜に使ってきた炭である。当代の紂王の激しい気性なら、亀甲のひび割れ方がわるいのは炭がわるいからだと、炭焼き職人が咎めを受けかねないのだ。

空から地べたに舞い降りた丁仁は、池の内に身を入れた。池には『亀策列伝』第六十八に記されていた通りの、一尺二寸（約二八センチ）の亀が揃っていた。

池の畔には、腰掛け用の岩が置かれている。亀の様子を確かめるために、兆はこの岩に腰を下ろすのだろうと考えたとき。

丁仁は不意に、ひとつの思案が思い浮かんだ。

紂王以前の殷王朝の歴代の王は、職人たちを手厚い待遇で使っていたに違いない、との思いである。

職人たちは、いずれも腕自慢だろう。そうでなくては、いまの紂王が許すはずがない。

職人のなかには元や兆のように、何代も続いてこの城壁内に暮らしている者も多いはずだ。

紂王は暴君で気性が激しい。が、職人たちの仕事が円滑に運ぶための手立ては、惜しまず講じているに違いない。

溜池も竹藪も炭焼き窯も、きちんと手入れが行き届いているのが察せられた。

紂王の暴君ぶりは、職人の間にも知れ渡っていた。それは今朝の厨房でのやり取りからも想像できた。

それでも職人たちが城壁の外に逃げ出そうとしないのは、働いて食える場所があったからだろうと丁仁は考えた。

おのれの仕事を正しく評価してくれる主人に、職人は仕えたがるはずだ。そのことは殷の時代でも清（しん）の時代であっても、変わりはないはずだろう。

紂王の意に沿う職人は大事にされると、丁仁は考えた。

それともうひとつ。

いかなる次第があってかは分からぬが。

当代の王は慣例（かんれい）を無視して兆を職人頭・元以上に厚遇（こうぐう）しているとの思案が、溜池を見たことで丁仁のあたまの内に湧きあがった。

元は亀甲や獣骨に、占卜の結果を鏨で刻みつける職人頭だ。殷王朝の初期の王が、元一族の先祖を職人頭に任じたのだろう。

同時に兆一族の先祖を、元一族の補佐役につけた。

やりたい放題をいまも続けている当代紂王だが、さすがに職人の序列に手を突っ込むことは控えたようだ。

とはいえ職人頭の元よりも、亀甲や獣骨を占い用の卜亀や牲骨として仕上げる兆を厚遇していると感じていた。

その明瞭なる証が、仕事場だ。

鑿師には仕事を進めるにおいて、池も竹藪も窯だのも無用だ。

なによりも大事なのは陽当たりの良いことと、鑿を使う台がびくとも揺れぬように土間を固めることだ。

その両方とも、初期の王朝は実行した。いまに至るも、初期に仕上がった仕事場をそのまま使っていた。

次代を担う嫡男も授かっており、女房は厨房の差配として働いている。

親子三人で暮らすにも、陽当たりに文句なしの仕事場には、元はなんの不満もなかった。

女房はしかし、池のある仕事場を持つ兆には、強く思うところを隠し持っていた。そのうっぷん晴らしで、女房は兆の女房には、ことさら辛く当たっていた。

しかしこんな内幕は、丁仁の知るところではない。元よりも兆を紂王が厚遇していると丁仁が感じたのは、溜池に張られた水が豊かだったことに起因していた。

丁仁がまだ地上には降りずに、空から職人たちの仕事場を見下ろしていたとき。

見るからに奴隷の身なりをした男ふたりが、天秤棒の前後に水桶をぶら下げて川に向かっているのが見えた。

池を間近で見たとき、丁仁は水の張り方が豊かであることに感心した。そう思うなり、水桶を担いでいた奴隷ふたりを思い出した。

あの男たちは王朝から命じられていると、丁仁は直感した。

占卜に用いる神亀は、大事の上にも大事だ。

この城壁から遠く離れた土地から、形の揃った亀を王朝は仕入れていると、『亀策列伝』第六十八に書かれていた。

兆が池に放っている亀こそ、神亀に間違いない。『亀策列伝』に書かれていた通りの一尺二寸ほどの立派な亀ばかりだったからだ。

その大事な神亀の世話はもちろん、占卜に備えて神亀をさばき、卜亀としてきれいに調えるまでのすべてを、兆がこなしていた。

いかほど元一族が鑿遣いの技に秀でていようとも、すべて卜亀があればこそである。

元一族を職人頭に任じた王は、確かな記録を遺すことに、一番の重きを置いた。そのことが殷王朝の慣例となり、いまに至っているのだろうと、丁仁は推察した。

慣例を重視せず、常に新しいことを考えてきた紂王は、占卜はいかにして成り立っているかを考えた。

行き着いた答えが亀甲と獣骨あればこそ、だったのだろう。

占卜に使用される卜亀は体長が一尺二寸の大型だ。

対する牲骨としての牛の肩甲骨(けんこうこつ)は、さほどに大きくはなかった。しかも牛は途方もなく高値だった。

記録を刻むにも、卜亀の亀甲のほうが大きいのだ。

あれこれ考えた末、卜筮には卜亀がいいと紂王は断じた。そして卜亀を飼育する兆に余計に手間をかけさせぬよう、水汲みのための奴隷まで用意した……

前例にはこだわらず新しきを求める、紂王決断事例の一だった。

溜池の畔の岩に座したまま、丁仁は組み立てた思案に、深い満足を覚えた。

惜しむらくは、誰にも話せないことである。

「親仁(おやじ)様は、どんな夢紀行をなされたのだろうか……」

秘密を守り通された父を思い、静かな吐息を漏(も)らした。

四十四

夢紀行中の丁仁(ていじん)には、身体の重さは感じられない。それでいながらあれこれ思案を続けているいまは、岩に腰を下ろしていた。

兆の作業場裏庭の、溜池脇に置かれている小岩だ。

大事な決め事に直面したとき、丁仁には深い思案にふけるために、いくつか好む場所があったが、孤山まで出向くことも多かった。

そこで丁家先祖が手に入れていた小山に上り、西湖を正面に見る岩に腰を下ろした。

背筋を伸ばして西湖を臨むと、次々に思案が浮かんだ。あたかも先祖が知恵を授けてくれているが如しと思えたのだ。

いまもまた、溜池に遊ぶ亀を見ながら、この先の見聞をいかにすべきかと考えていた。

溜池の内には小岩が二つ、配されていた。陽を浴び続けた岩は、ほどよきぬくもりをはらんでいるらしい。数匹の亀が、ひとつの岩の上に群れて、甲羅干しを楽しんでいるかに見えた。

その姿を見るなり、丁仁は『史記』の『亀策列伝』第六十八の記載内容を一気に思い出した。

『亀策列伝』を精読するまでの丁仁は、亀甲とはどの部位をさしていたかを思い違いしていた。

いま数匹の亀が甲羅干しをしている。占卜にはまさに、亀の甲羅が使われていたと思い込んでいたのだ。

それは大きな思い違いだった。

旅立ち直前に再度、老師（先生）と『亀策列伝』を読み返した。

誰も訪れたこともなく、存在すら証明されていない殷の時代。

もしも首尾良く訪れることができたならば、『史記』の『殷本紀』第三や『亀策列伝』は、唯一無二の旅の手引き書となる。

ゆえに丁仁は『殷本紀』はもとより『亀策列伝』精読に没頭した。そして殷代にも共通すると思われる記載事項をすべて記憶した。

丁仁のこの能力を評価している老師は、鍵となる語句を口にして、丁仁の記憶内容を確かめた。

「名亀とは、なにを指すのか」

「占卜の語意はなにか」

丁仁は淀みなく答え続けた。

「よろしい」

丁仁の『亀策列伝』暗記は万全であると、老師が請け合っての旅立ちだった。

『亀策列伝』の記載事項を通じて、占卜に使う部位は甲羅ではなく、腹部を使うと教わっていた。

溜池の岩の上に群れて、甲羅干しに興じている体長一尺二寸（約二八センチ）の神亀。

数匹の亀を見たことで、『亀策列伝』の該当箇所が記憶のなかから選び出された。

そしてこのあと限られた時間の夢紀行中に、なにを見聞すべきかの啓示を受けた。

孤山のとき同様、先祖からの明瞭な啓示である。

「兆から離れず、占卜の支度すべてを見届けよ」

丁仁は先祖の示しを感謝しながら受け止めた。

兆が明日の占卜に際しての、亀甲の準備を今日このあと始めるのは間違いない。

占卜に用いる亀を選び出すにも、そのあと刃物などの工具を使うにも、いま溜池に降り注いでいる陽の明るさが欠かせないはず……

陽光こそが天からの明かりの恵みという時代に、丁仁はいた。

陽のあるうちこそ大事だと思いつつ、『亀策列伝』に記された「名亀」の記述を丁仁はなぞり返した。

「名亀は一に北斗亀、二に南辰亀、三に五星亀、四に八風亀、五に二十八宿亀、六に日月亀、七に九州亀、八に玉亀の八種がある」

それぞれの名称は腹の下にある紋様から名付けられたと、『亀策列伝』には書かれていた。

いま岩の上でのんびりと過ごしているあの亀たちは、八種のいずれに属するのかと、積み重なった亀を見ながら思った。

そんなに重なりあっていては、最下段にいる亀の腹の大事な紋様は大丈夫なのかと、つい心配になった。

紋様選別には、明るさが欠かせない。兆は太陽の位置を承知しているのだろうかと、勝手ながらも案じていた。

「亀は千歳に達すると、長さ（体長）一尺二寸に満ちる。そして亀はみずから気を運行して、体内に導き入れることができる」と『亀策列伝』は言う。

身の内に導き入れた気を傷めぬためには、さばく者に卓抜した技が求められる。

「刀を振るって亀の甲を剝ぎとった。亀の身には、かすり傷ひとつ負わせず取り出した……」

岩に群れた亀を見ながら、『亀策列伝』のこの箇所を胸の内で復唱した。

身を甲羅から、ただ剝ぎ取るのではない。身を傷めぬように気遣うのは、亀に対する敬意なのだ。

『亀策列伝』をなぞり返すにつれ、神亀をさばく者の技が重要だと丁仁は確信した。

兆こそ、その技を持つ職人なのだろう。

亀に敬意を払い、手厚く葬るというさばきに必須なのは切れ味のいい刃物と、手元を照らす明かりだ。

丁仁は懐表（懐中時計）で時刻を確かめた。午後二時半を過ぎようとしていた。

夢紀行に旅立ったのは十月十日（新暦十一月十二日）の夜である。いまいるこの土地に到着したのは翌朝の日の出どきだった。

十月中旬の杭州では、午後四時を過ぎれば陽は西空を下り始めていた。

もしもこの地でも日の出日の入りが杭州と大差ないとすれば、陽が空にあるための残り時間には限りがあると、丁仁は考えた。そしてもう一度、懐表を見た。

午後二時三十四分を、針の尖った先端が指していた。

こんな刻限になっても、兆はまだ仕事場にいる。

明日が占卜と考えたのは、思い違いだったのか……

丁仁が案じ顔で眉間（みけん）にしわを寄せたら、いきなり岩の上に群れていた数匹の亀が動き出した。

最上段にいて、他の亀の甲羅に乗っていた亀が、まさかと丁仁が驚いた素早い動きで、甲羅から滑り降りた。そして岩の縁から溜池に飛び込んだ。

亀でも飛び込んだりするのかと、丁仁が呆気（あっけ）にとられていたら、岩に残っていた三匹も同じ動きを見せた。

池から突き出している岩は、高くはない。体長一尺二寸の亀が、岩を這い上がれる高さに留まっていた。

それでも亀には水面までは高いはずだ。三匹はほぼ同時に、水面めがけて飛び込んだ。

ドボンッではなく、チャポンに近い水音が立った。

甲羅干しに興じていた亀は四匹。その四匹とも、まるで天敵の襲撃から逃れるかのように、慌てて溜池に飛び込んだのだ。

なにごとが起きたのかは、間をおかずに分かった。

長い竹の柄がついた小撈網（シアオラオワアン）（たも網（あみ））を手にした兆が、裏庭に出てきた。網で亀をすくい獲（と）るのだろう。

兆を見て、丁仁には合点がいった。

亀には兆が天敵なのだ。しかも千年を生き抜いてきた名亀には、身に迫る変事を察する神通力が備わっているのだろう。

やはり占卜は明日、行われるのだ。兆はいまから亀をさばき、明日の占卜に備えるのだと丁仁は判じた。

亀から剝ぎ取った亀甲は、洗い清めて乾かす必要がある。

占卜に用いる亀については、厳格な扱い方が『亀策列伝』には記載されていた。

「神亀は長江(ちょうこう)の水中に出現する」と、生息地を限定していた。さらには一年ごとに兆が飼育する数も記している。

「廬江郡(ろこうぐん)(安徽省(あんきしょう))では時期ごとに亀を産し、一尺二寸のものを二十四、毎年、送り届ける」と。

神亀の体長となるには千年を要するとされている。そんな亀を毎年、二十四、きちんと王朝に届けさせるという記載を、丁仁はいまなぞり返した。

そして殷代の王の力のほどを、あらためて思い知った。

亀甲なくしては、占卜は成り立たない。たとえ牛骨があろうとも、神亀のような威厳ある記述は『亀策列伝』にはなかった。

一年に二十四と定められた神亀である。飼育に始まり、占卜に用いる亀甲造りまで、すべての工程を任されているのが兆一族だ。

長年、神亀を飼育し、かつ捌いてきた兆は亀を知り尽くしていた。

天敵から放たれている気配は、溜池に飼われている亀なら、敏感に感じ取るのも当然だと丁仁は得心した。

兆は一度の小撈網さばきで、神亀を捕らえた。

網の内にいる亀は、さすがは神亀だと思った。

岩からは慌てふためきながらも、亀とも思えぬ敏捷さで水に飛び込んだ。兆に捕らえられたのは、あの四匹のうちの一匹だろう。

もはや覚悟ができているに違いない。

網の内では手足を動かしもせず、甲羅からは首を突き出していた。

小撈網を持ったまま、兆は仕事場に入った。このあと、宮殿に向かうはずだと、丁仁は察しをつけた。

思いのほか長く仕事場の内に留まったあと、兆は着替えを終えて出てきた。

上下とも白の作業着らしい。丁仁が目を見張ったのは、上着の襟には、別布の襟が縫い付けられていたからだ。

襟は朱色で、陽を浴びて鮮やかに色味を際立たせていた。上着を止めるのは一本の帯だ。襟と同じ朱色だった。

履き物はわら沓で、くるぶしまで隠されている。

白装束に着替えた兆は、別人の如くに凜々しさが感じられた。

手には神亀が収まったわらづとを提げていた。小撈網の内にいたときと同様に、神亀は無駄な動きはせずにいた。

朱色の襟と帯は、職人の身分もしくは職種を示しているのだろうと、丁仁は思案を巡らせた。

行き着いた答えは職種ではなく職人の格だということだった。職種を色分けするには、数が多すぎると思ったからだ。

宮殿に連なる傾斜道を進む兆には、前から差す陽が当たっている。

飛び上がった丁仁は、兆の前に回った。そして陽を浴びた兆を正面から見た。

襟と帯の朱色が、まばゆく輝いて見えた。

こんな時代に、これほど鮮やかな色に染める染料はなにかと、『史記』全体をなぞり返しながら、兆の前を後ろ向きになって飛んでいた。

ずんずんと威勢よく、宮殿につながる石段を登る兆の足取りは変わらない。

桁違いに高い土台の上まで上がるには、数えたくもない段数の階段が設けられていた。

威勢のいい進み方で、さほどの間をかけず兆は最上段の宮殿前まで登り切った。

丁仁は向きを変えて、宮殿に目を向けた。

「うわっ……」

言葉にならぬ驚き声が、身体の内に響き渡った。そして仰天しながら地べたに降り立った。

途轍(とてつ)もない高さの宮殿が、目の前に聳(そび)え立っていた。

四十五

宮殿につながる階段を登る兆を前から見たいがため、丁仁は宮殿を背にして相手の姿を見てきた。振り返って宮殿を正面から見たのは、兆が階段を登り切ってからだった。

古来、高き所は聖なる所と言い継がれてきた。

殷王朝の宮殿は、まさに高い所に造られていた。

しかも宮殿が建っている桁違いに分厚い土台と階段までも、畏敬の念とともに「高き所は聖なる所」との言葉を体現していた。

宮殿は土台の上である。土台下から宮殿入り口となる扉前までは、傾斜がそれぞれ異なる階段が設けられていた。

老師から教わった、古代中国の建築技法のひとつ、版築。正面から仰ぎ見たことで、老師が言われた版築とはこのことだったのかと、丁仁は深い吐息を漏らした。

分厚い土台もそうだが、宮殿もまた版築で建造されていた。

百聞は一見にしかずを、身体で思い知ったという吐息だった。

深呼吸で版築の記憶が蘇ってきた。が、いまはそれをなぞり返しているときではない。

宮殿の土台に見入っていながら、今は不要な邪魔になる記憶を封じ込めた。

兆は宮殿入り口に向かって左端の、階段を登り始めた。内に設けられた、神亀をさばく斎場へと向かうのだろう。

建物外観や版築土台を詳しく見極めるには、あとでもう一度、この場に戻ってくればいい。

いまはまず、兆がどこに向かおうとしているのかを、確かめるべきだと判じた。

丁仁は兆の後ろで宙に浮いて、長い階段を進んだ。やはり一番左の宮殿扉は、厨房などにつながる入り口に思えた。

分厚い扉は半開きで、扉のそばに立っていた番兵はほんの一瞬表情をゆるめた。

兆とも顔見知りらしい。

神亀の収まったわらづとを示すと、番兵は中身を吟味もせず、通過を許した。

内に入るなり丁仁は、この通路は厨房にはつながってはいないと思い直した。調理中に生ずるはずのにおいが、なにひとつ漂ってはこなかったからだ。

通路の幅は七尺八寸（約二・五メートル）の見当だ。幅に比べて、天井は見上げるほどに高い。ざっとの見当だが十五尺七寸（約五メートル）はありそうだ。

通路の左側上部には、小さな明かり取りの窓が設けられている。

が、その明かりだけでは高い天井までは届かない。

長い通路全体が薄暗かった。まさか神亀をさばく斎場への通路ではないのかと思うなり、丁仁の背筋がゾクッと震(ふる)えを覚えた。

宮殿の奥行きは途方もなく深いらしい。薄暗い通路をどこまで歩いても突き当たりもせず、右側には部屋も戸もなかった。

一本道の通路である。丁仁は浮き上がると、兆を追い越して突き当たりまで一気に飛んだ。突き当たりは壁で、扉はない。この通路には、宮殿の反対側への出入り口はなかった。

まさに斎場だと実感したら、宙に浮かんだ丁仁の背筋がまた震えていた。

突き当たりは壁だったが、兆の歩幅ならわずか数歩手前の右側に左右の滑り戸が設けられていた。宙に浮いている丁仁に遅れて向かってきた兆は、滑り戸を開き内に入った。

やはりここが占卜の支度場だった。兆がここに入室するまでに、すでに女房が準備を調えていたようだ。

巨大な水瓶(みずがめ)には、清水がたっぷり注ぎ入れられていた。

流し場の脇には、たまごもザルに山盛りである。

神亀をさばく手前で、鶏卵(けいらん)と清水とで甲羅を清めると『亀策列伝』に記されていた。

王朝にとって占卜は重要な儀式であり、判断のよりどころでもあるのは、『亀策列伝』から教わっていた。記述を思い返したことで、丁仁にはひとつの考えが浮かんだ。いや、推測というよりは確信だった。

いま兆といるこの部屋は、正面の壁上部には、横幅が十尺四寸（約三・三メートル）もありそうな明かり取りが設けられていた。

ところが陽が落ちたあとの照明器具は皆無なのだ。つまりこの部屋は、陽が差し込む間だけの部屋なのだ。

「古の名王・聖主はみな亀を殺して使用した」

「ある王は太陽に向かって感謝し、再拝して亀を受け……」

『亀策列伝』にある「太陽に感謝して」をなぞり返した。

王に代わりて神亀をさばく兆である。この宮殿を建てた王は、兆の仕事場として建屋の左端を供したと、丁仁は考えた。

ゆえに長い通路のどこにも部屋はない。また建屋から外に出る出口もない。

出入りするのは兆一族のみで、占卜に用いる神亀を調えるための専用通路だったのだ。

ゆえに門番も兆には誰何することなく自由に出入りさせていた……

思案を閉じた丁仁は部屋を出た。いま為すべきは、宮殿の子細を記憶に刻みつけることだ。

丁仁は宙に浮き、一気に通路を通り抜けた。そして宮殿下の版築土台前へと飛んだ。

懐表は午後三時十五分を指していた。西空へと太陽は移ってはいたが、日没にはまだまだ時間があった。

階段下まで降りた丁仁は、太陽の光をまともに浴びている土台に気を張って触れた。

しかし手のひらには感触は伝わらず、土台の内へと染み込んだ。

やはり見ているだけかと知った丁仁は、版築土台の高さを測り始めた。

階段脇の地べたに立った丁仁は、あたまのてっぺんの位置に足が着くように身体を浮かせた。

丁仁の身長は五尺一寸（約一六三センチ）だ。二度目で首から上の頭部が版築の土台上部から突き出した。

首から上を六寸（約一九センチ）とすれば、版築土台はなんと九尺六寸（約三メートル）もの高さに仕上げられていた。

途方もない高さにまで土を積み重ねた、宮殿の土台。上部に立ち宮殿を見上げた丁仁は、老師の説明を思い返した。

＊

「版築を作る部分を決め、四面を板などで囲むことから作事は始まる。つまり版築の枠を作るということです」

老師は筆で図を描きながら説明を続けられた。

「枠造りの板は、長さ三尺五寸（約一一二センチ）、高さはせいぜい四寸四分（約一四センチ）程度のものです。一回の高さが低ければ、薄い版築が造れます。版築は高さがほしければ土を突き固める作業を何回も繰り返して、突いた土の層を重ねていくのです」

一回の土の層が薄いほうが固くて頑丈(がんじょう)な版築が造れますと、老師は図に描いていた。

原料となる土は、粒子の細かい黄土(おうど)だ。

「古代王朝の主都周辺には、版築造りに適した土は無尽蔵にありましたから、土に困ることはありませんでした」

老師から教わったことを思い返しつつ、丁仁は再度、土台の下にまで舞い降りた。そしていま一度、版築の高さを確かめた。

間違いなく、高さは九尺六寸もあった。

丁仁は宮殿の真ん中と思われる場所に舞い上がった。

版築を拵(こしら)える枠板は、高さがせいぜい四寸四分だと言われた。

もしも老師の言われた通りだとすれば、九尺六寸もの高さがある土台を、わずか四寸四分の高さの板で造るだけでも、途方もなき大仕事だ。

土台は……測るのも億劫に思えるほどに巨大だ。

兆が向かった、果てしなく長かった通路。

思い返しただけで、宮殿の奥行きの深さが察せられた。しかもそれは宮殿の奥行き一辺の長さでしかない。

丁仁はいま宮殿の正面中央部に立っていた。首を左右に動かして、宮殿の横幅を目で測ろうとした。兆が入った左端に向いただけで、測る気をなくした。到底、目測できるような寸法ではなかったからだ。

ため息をついたあとで、もう一度、老師の説明を思い返した。

高さ四寸四分の板で、高さが九尺六寸になるまで繰り返して版築造りを始めたとしたら……

暗算は得意の丁仁だが、兆が向かった左端の一辺すら計算できずに止めた。

それでも思案は続けた。誰も見たことのない、殷王朝の宮殿前に立っているのだ。

子細な検分を続けるのは、課せられた責務だと考えた。しかしその直後……

誰にも話せないことだとの、苦い思いが込み上げた。意気込みが木っ端微塵(こっぱみじん)に砕けてしまい、力も気力も失せて、その場にしゃがみ込んだ。

そんな丁仁に気力を注ぎ込むかのように、宮殿を照らしている陽光が揺れた。同時に白い鳥の群れが宮殿を越えて、飛び去って行った。

さらに続けて、宮殿右側の扉が内へと開かれた。

扉が頑丈な造りなのは、兆が入った扉の厚みで分かっていた。

なにが、誰が出てくるのか。

気落ちしていた丁仁の目に、また力が宿されていた。

扉の向こうから出てきた姿を見るなり、丁仁は出てきた三人の近くまで飛んだ。

三人とも女人で、各自が色違いの衣服をまとっていた。

三人とも小柄だが、背丈に合った着衣だ。女人たちを間近に見た丁仁は、軽い驚きを覚えた。八千巻楼の蔵書に『日本・江戸時代の着物』があった。三人とも、その図書に描かれていた着物によく似ていたからだ。

三人それぞれに色違いだが、いずれも暖色である。

「殷時代に、これほどに鮮やかな染料があったのか……」

三人を見ながら、それを思った。そしてさらに……

日本の江戸時代の着物の原点が、こんな古代にあったのかとも驚いた。

日本からの遣隋使、遣唐使が、中国からさまざまな文化を持ち帰ったことは丁仁も承知していた。

もしや隋王朝、唐王朝にも、殷代の衣服は伝承されていたのかと、丁仁は三人を見ながら考えた。

着物の興りを知り得たのに、誰にも言うことができない……また、同じ苦悩の淵に落ちてしまった。

宮殿から出てきた三人は、階段を下りて格別になにをするでもなく、また連れ立って階段を上って扉の内へと戻り始めた。

この女人たちも、ご先祖さまが引き合わせてくだされたと、丁仁は扉の内に入る三人にこうべを垂れた。

四十六

旅の初日の午後遅く、懐表が午後三時五十分を指しているいま。『史記』に書かれていた各種項目に、丁仁は深い感謝の思いを抱き続けていた。

扉の内から出てきた三人の女人。『殷本紀』のなかに出てくる「北里(ほくり)の舞(まい)」の記述を思い浮かべたが、いかなる用があっての振舞いだったのかは、今も丁仁は推測できずにいた。

丁家ご先祖のお導きとするのが妥当だと、あらためて丁仁は思っていた。

ならば、それはなんのために……の疑問が浮かんだ。

丁仁は女人たちが上った階段に向かった。そして扉につながる最上段に腰を下ろした。

宮殿を背にして座したいま、眼前には四方を取り囲む城壁と、その内にある民家、農地、水場などが一望にできた。

すでに丁仁は城壁の内を飛び、民家の集落も目にしていた。しかし高い宮殿から見下ろした城下は、空から見た景色とはまるで違うものに見えた。

宮殿から遠望した城壁は、まさに王宮を守る砦(とりで)に感じられた。その城壁は宮殿を取り囲んで建造されている。

正面に見えている一辺だけでも、すべてを見渡すことはできない広さだ。そんな巨大な城壁が、四方を取り囲んでいる。

高くて堅牢（けんろう）な壁に守られていればこそ、民家も農地も水場も外敵襲来に怯（おび）えなくてもいいのだろう。そんな大工事の城壁が土を固めた版築だったことに、心底驚嘆していた。

丁仁は父に連れられて、何度も北京（ペキン）を訪れていた。

「これほどに巨大な都市の北京が、いまも安全でいられるのも、世紀を超えて建造されてきた城壁が残っているからだ」

父は城壁の説明のため、手で触れられる場所まで丁仁を連れて行った。

あのとき触れた城壁の、レンガのような手触り。十余年が過ぎたいまでも丁仁の手のひらは覚えていた。

遠望する城壁と、自分の右の手のひらとを交互に見比べているうちに、また丁仁は先祖からの啓示を授かったと思った。

「夢紀行の目的はなにか」

と、先祖の声が問うた。

「亀甲獣骨（きっこうじゅうこつ）に刻まれたものはなにか。絵なのか、まだ知られていない文字なのかを確かめることです」

この返答にゆるぎはなかった。先祖の問いは続いた。

「すでに目的のひとつは答えを得たであろう」

「はいっ」

きっぱりと答えて、あとを続けた。

「元(げん)なる人物が占卜のお告げを文字として刻んでいました」

丁仁は目を閉じて眼前の光景を消し去り、答えることに気を集めていた。

「ならば限られた時間を無駄遣いするな」

天からの声は、厳しき戒(いまし)めに変わっていた。

「口外無用なれど、見聞事項に限りはない。そなたの知恵の及ぶ限りを脳裏に刻めよ」

「ご教示、ありがとうございます」

答えたあとで目を開いた。

いまのは啓示であったのか、おのれがあたまの内に思っていたことなのか、丁仁には分からなかった。

しかし、確かだと思えることがひとつあった。

「八千巻楼(はっせんかんろう)こそ、殷王朝に立つことができた……」

丁仁は息継ぎをして、胸の内でのつぶやきを続けた。

「新たな学びへの挑戦心を育ててくれた、ゆりかごでした」

いまや蔵書二十万巻超を誇る巨大な書庫を遺(のこ)してくれた、丁家先祖。深い感謝の念に丁仁は、寸分のゆらぎもなかった。

「この一行は、なにを言っているのですか」

まだ四歳児だった丁仁は、すでに毎日『史記』を読み進めていた。新たな文字を覚えるたびに、その字を彫(ほ)った。

読書と篆刻(てんこく)とともに育ち、成人する姿を見て諒(りょう)と評価した老師(ラオシー)は丁家後継者が負う定めに従い、二十一を迎えた年に、夢紀行を丁仁に開示した。そして定め通り、旅先も旅の目的も老師は一切助言せず、丁仁に決めさせた。

いまの丁仁は、確かな答えを身の内に抱いていた。

篆刻を極める。文明の進化を凝視し続ける。

「文字の興(おこ)りを目の当たりにできた。篆刻を極めることと、前を見続けて進むことこそ、丁家家長の責務です」

きっぱり言い切った丁仁の顔を、西日が照らしていた。

*

宮殿は平屋だったが、屋根までは相当な高さだ。ゆえに宮殿の前に立っても、屋根は仰ぎ見ていた。高さを感じさせる源は、二層に積み重ねられた茅葺きの屋根にあった。

建屋に近い一段目も、その上に隙間を設けて重ね置かれている二段目も、ともにある程度の傾斜つきの屋根である。

その傾斜を見て、丁仁は考え込んだ。何を目的とした傾斜屋根なのか。

理由を思いつけぬまま、丁仁は大地の下にまで飛んでおりた。そしてさまざまに立ち位置を変えて、宮殿を見た。

そうだったのかと、遠望したことで理由が呑み込めた。

城壁近くまで離れても高い台座に乗っている宮殿は、鮮やかにその姿を見て取れた。

茅葺きの傾斜屋根は、沈み始めた西日を浴びて艶やかに照りかえっていた。遠目には屋根が宮殿の建屋に見える。

平屋なのに、二階建て、三階建てにも見えた。屋根と屋根の隙間は、建屋の上階に見せる工夫に思えた。

急ぎ宮殿前まで飛び戻った丁仁は、また建屋の中央に立った。そして端から端まで、つぶさに見詰めた。

建屋だけではなく、設けられた多数の階段も細部まで見た。

土台下から九尺六寸の土台上部までの階段は、数基あるどれも装飾もない、ただの通路だった。

宮殿につながるのは兆が使った左端から、全部で九基が設けられていた。

丁仁の正面にあるのは五基目。余計な説明などなくても、紂王(ちゅうおう)専用の大階段だと分かった。階段は版築ではなく、石造りである。大理石を思わせる光沢と色とが、西日を浴びてひときわ照り輝いていた。

その二基右が、先刻女人たちが使った階段だ。

あのときは気づかなかったが、階段は薄い朱色の縁取りがされていた。

右端は黒ずんでいた。汚れているのは、丁仁が立っている真ん中からでも見てとれた。

宮殿につながる階段とも思えない汚れ方が気になり、丁仁はその階段に近寄った。

黒く見えたのは、ただの汚れではなかった。石段に染み込んだ血が、乾いて黒ずんでいたのだ。

一瞬にして丁仁は紂王を思い浮かべた。

この階段は紂王から酷使(こくし)されたり、暴虐(ぼうぎゃく)の限りを尽くされている奴隷(どれい)などの血のあとだ、と。

また鳥の群れが空を飛んできた。どの鳥も黒かった。

四十七

版築(はんちく)の土台の上に築かれた宮殿の右端に設けられた粗末な階段。石に染み込んだ血の汚れを見たことで、丁仁は気持ちが萎え切っていた。

全景を見るには見上げるしかない、豪壮な造りの宮殿。

この建築に酷使されたのみならず、いまも汗と血を流して苦役を強制されている無数の奴隷の群れがあるはずだ。

いま丁仁の目の前に、奴隷の群れは見えなかった。が、階段に染み込んだ血痕の生々しさは、息苦しさとなって丁仁に襲いかかっていた。

ふうう……

丁仁が漏らしたのは深くて強いため息なのに、夢紀行の身ゆえ、微塵も空気を揺らせはしなかった。

無力感に襲われた丁仁は、階段前から離れた。しかし空を飛ぶ気にもなれず、紂王の専用の大階段前まで力なく歩いた。

次第に沈みつつある夕陽だが、まだ光に力は残っている。茅葺きの屋根は夕陽を吸い込んでいた。陽光で毎日焦がされ続けてきた色には、深みも感ぜられた。

植物の茅でさえも年季をねぎらうかのように、色味には風格が加わっていた。奴隷は、血と汗の染みを残すことしかできないのか。

まだ見てもいない紂王に対して、怒りが込み上げてきた。

丁仁はまた、ふううっとため息をついた。その刹那、父から言われ続けてきた戒めを不意に思い出した。

「ひとには幾(いく)つもの顔と性癖(せいへき)がある。ただひとつの顔を見ただけで、相手を断ずるのは早計に過ぎると、おのれを戒めよ」

父はこれを言い続けていた。父は祖父から、祖父は曾祖父から、丁家の嫡男(ちゃくなん)はこれを言われるなかで成長していた。

丁仁が思い描く「紂王」像は、すべて『史記』からの知識である。

いや、丁仁に限らぬ。たとえば『史記』を編纂(へんさん)した司馬遷(しばせん)といえども、殷(いん)の時代から千年近く後の時代を生きた人物で、生身の紂王に出会えたわけではない。

司馬遷が多くの史料を閲覧し書き上げた紂王像を、後世の者は、言葉はわるいが鵜呑(うの)みにしてきたのだ。

丁仁ただひとりが、紂王なる人物が呼吸をしている姿を目の当たりにできるかもしれない。

二度とない僥倖(ぎょうこう)に恵まれていながら、紂王を見ることもしないで、史書の記述を鵜呑みにしてしまうのは、丁家代々の戒めに背(そむ)く所業ではないか……

不意に浮かんだこの思いこそ、父の言葉だと丁仁は理解した。短いながらも、まだ残された時間はあった。

旅の目的であった亀甲獣骨(きっこうじゅうこつ)に刻まれたものについては、いまいる殷で使われていた文字であろうと、確信に近い考えを抱いていた。判ずるに足るだけの、仕事を見ることができたからだ。

誰にも話すことはできなくても、亀甲に文字を刻む職人たちの話を聞き、その現場に立ち会うことができたという昂りが、気が萎えていた丁仁を元気づけた。

ならば……

素早い気分の切り替えができるのは、まだ二十一歳の若者なればこその特技だ。

滞在できる残り時間を使い、『史記』には書かれていない紂王の別の顔がもしもあるなら、探そうと決めた。

『史記』の『殷本紀』第三や『周本紀』第四に書かれたこととは別の、紂王の実像を確かめたいとの強い思いが湧き上がった。

あの司馬遷といえどもなし得なかった、紂王の実像をみずからの目で確かめて回るという、大挙。

それを成し遂げるための戸口に、いま丁仁は立っていた。

版築でできた高台。ここに立ち、城壁で囲まれた広大な敷地内は、すでに遠望した。結果、城壁内がいかほど広大であるかも認識できていた。

元や兆が暮らす集落も、丸太置場も見ていた。が、それらはほんの一部でしかないことも、巨大な宮殿を見上げたいまでは承知していた。

夕陽は刻々と沈み始めている。まだ宮殿の茅葺き屋根を照らしてはいるが、光の威勢はつい先刻の強さではなくなっていた。

陽のある内に空から城壁内を見て回る。そして明日は職人たちが働き始めたのを見極めてから、すべての仕事場を検分して回ろう。

考えを定めた丁仁は身体を回して、城壁のほうへと振り返った。そして空に舞い上がろうとして、息を吸い込んだ。

しかし飛び上がりはせず、その場で息を吐き出した。いつの間にやら、眺めがまったく変わっていたのに驚いたからだ。

高台下からの長い階段を、何十人もの群れが上ってきていた。ひとの身なりは二種類に大別できた。

神亀を持参してきたときの兆と同じ装束の者と、汗まみれで汚れの目立つ、粗末な身なりの奴隷たちの二種類だ。

人数は圧倒的に奴隷が多かった。丁仁は奴隷の群れから、目を背けようとした。が、すぐに思い留まった。

ふたりが前後で担ぐ天秤棒には、竹で編まれた大きな籠が吊されていた。そして揺らさぬように見張る職人姿の男が、籠の脇についていた。

三人一組の列である。見張り役が籠の脇にいることから、運ばれている品の貴重ぶりが察せられた。

子細検分のため丁仁は縦列に近寄り、籠の中身を見た。

威勢が衰え始めた夕陽は、隊列の後方にあった。衰えたとはいえ、遮(さえぎ)る障害物など皆無の土地である。籠に収まった品々には赤い夕陽が、たっぷりと注がれている。陽を浴びた品は、眩(まばゆ)いほどに輝いていた。

天秤棒は十二組、二十四人の奴隷が担いでいた。それぞれ、大きな竹籠ひとつが天秤棒に吊り下げられていた。

先頭が運ぶ籠に近寄ると、丁仁は輝きを放つ品を見た。

形は大型の碗(わん)に見えた。籠にはその碗が五個並んでいた。そして一個あたり、上に十の碗が積み重ねられているのを確かめた。

碗には布がかぶせられている。重ねたとき、互いに傷つけるのを防ぐためだ。

布は碗を包んでいるわけではない。はみ出した部分が夕陽を浴びて、鮮やかな赤銅(しゃくどう)色に輝いていた。

先頭から三列目まで、運ばれているのは同じ大きさの碗だった。丁仁は最後尾の十二列目まで、籠の中身を確かめた。

巨大な鉢。三本足の鼎(かなえ)に乗った正方形の台。長方形の器。小さい碗。多数の盃(さかずき)……

見て回っているうちに、丁仁は品々が宴席(えんせき)で使われる酒器(しゅき)などだと見当をつけた。

そしてまた、紂王の暴挙記述を思い浮かべた。

「狗(いぬ)や馬や珍奇な物品を没収して宮殿にみたした」

「沙宮（離宮）の園や高台をさらに拡張し、野獣や飛鳥を捕らえてその中に放った」

「酒で池を満たし周囲の木に食肉を吊るして林とし、男女を裸にして追いかけっこさせた」

「昼も夜のようにして昼夜徹して酒宴を張った」

『史記』の『殷本紀』をざっと思い出しただけでも、紂王の暴虐ぶり、悪行の記述に満ちていた。宮殿を見上げただけでも、いかほど奴隷を酷使して建造を成し遂げたのかを、丁仁は身体の芯から実感していた。

いま運ばせている酒器などは、まさに『殷本紀』に著されている通りなのだと思い知らされた。これほどの事実を目の当たりにしながらも、丁仁はまだ父の戒めを噛み締めていた。

「ただこれだけが紂王ではないのだろう……」と。

いま宮殿に運び入れようとされているのは、銅と錫とを溶かし合わせた青銅器だと丁仁は考えていた。

すでに存在が証明されている「周」の時代には、青銅器は存在していた。ひとつ手前の時代の殷の時代にも、青銅器は存在していたと考えても不自然ではない。

いま目の前にしている酒器などの輝きは、丁仁にはまぎれもなく青銅の輝きだと思えた。

明日は占いが行われる日だ。紂王もみずから占卜を行うに違いない。

それを承知しながらも丁仁は、紂王の姿を見たくはないと思っていた。紂王を見ずとも、職人たちが交わす「本音のやり取り」を耳にすればいい。

職人が交わす追従（ついしょう）なしの生の言葉にこそ、紂王の真の顔を描く種子が含まれていると思い定めていた。

沈みゆく夕陽を背に受けながら、階段を上る職人と奴隷の列。最後尾についた丁仁は、籠に収められた青銅器の色味の美しさに魅せられていた。

四十八

青銅器を宮殿に運び入れる隊列は兆が使った扉の隣、左から二番目の前で止まった。そして扉前に垂らされていた太い綱を、朱色帯姿の男が引いた。

扉の向こうで鐘が鳴るなり内に開かれて、番兵二兵が出てきた。兆のときとは異なり、宮殿内につながる扉らしい。

一兵は扉の警護についたまま動かず、もう一兵が外に出てきた。そして十二籠すべての吟味（ぎんみ）を始めた。

とはいえ互いに顔見知りなのだろう。気のない様子で随意に籠から取り出すと、器をまだ空の根元近くに留まっている夕陽に向かって掲げ持った。

まともに陽を浴びた碗は、銅色というよりも金に近い色の輝きを見せた。磨き上げられた青銅器を目の当たりにしたのは、これが初めての丁仁だ。

碗の美しさに魅せられて、感嘆の吐息を漏(も)らした。その刹那、猛烈な眠気に襲われた。碗が放つ黄金もかくやの輝きが、丁仁の脳を刺激したのかもしれない。

その存在すら証明されていない、殷王朝。司馬遷が編み、著した『史記』のなかの『殷本紀』。いまいるこの場所、番兵が青銅器の吟味を始めた扉前こそ、殷王朝末期、紂王治世時代の宮殿前であると、丁仁は不思議と確信していた。

それを信ずるに足る事象、建築物などを、この地に到着直後から、丁仁は目にし続けてきていたからだ。

仰天することの連続は、たとえ夢の中であったとしても、身体にもこころにも、回復なき疲労の塊(かたまり)となって、当人が気づかぬまま蓄積されていたようだ。

こうなることに老師(ラオシー)（先生）が言い及んでおられたのを、丁仁はいま、思い出していた。

碗から放たれた黄金(こがね)色の光の矢が、蓄積されてきた疲労の塊を刺激し、溜まっていたものを脳内に流し出した。

これはまずい……と、丁仁は体調の異変を感じた。眠りこける前に、休める場所に向かわねばと、それを思う気力はまだ残っていた。

「旅人の興奮が積み重なると、不意に睡魔(すいま)にからみつかれることになる」

旅立ち直前の注意の一だった。

「もしも突然、堪(こら)えきれぬほどの睡魔を感じたときは手近なところにあるものに走り込みなさい」

老師からこれを言われていた。

「蟻(あり)でも虫でも、竹籠でも布でも、大きさも材質も問いはしない。とにかく手近にあるものに身を移す（化身する）ことです」

夢紀行に旅立つ者に授ける緊急避難の秘術だと、老師は先祖から教えられていた。

老師が念押しした通り、睡魔は不意に襲いかかってきた。丁仁は後先すら考えず、目の前にあった竹籠に忍び込んだ。

身体を移せたと感じた直後に、深い眠りに落ちた。

*

丁仁が目覚めたのは、翌日朝だった。

足と手を伸ばすなり、両目が働き始めた。

「目覚めたあとは、両手と両足を存分に伸ばしなさい。目が働き始めます」

老師から教わった通りだった。

丁仁が緊急避難した先は、間違いなく竹籠だった。が、竹籠のどこに忍び込むのかまでは考えずだった。

戻った視界には、ぼんやりと土色が見えていた。版築の地べたのようだと察しをつけた。

目を凝らしても地べたしか見えなかった。しかも高い場所から地べたを見下ろしているらしい。

うつぶせで寝そべっている感覚である。

「実界あれ、実界あれ、実界あれ」

教わった通りに三度、呪文を唱えた。

ふわっと浮かび上がる感覚とともに、もとの姿に戻った。忍び込んでいたのは竹籠の湾曲した把手の内だった。その竹籠は倉の棚に置かれていた。

倉の隙間から明かりが差し込んでいる。が、明るさが足りず、懐表（懐中時計）の文字盤が見えにくい。

丁仁は倉の板戸を突き抜けて外に出た。すっかり陽が昇っており、景色は明るさに満ちていた。

懐表を見ると七時半を示している。じつに十四時間以上も、丁仁は眠りこけていた。

倉の内では明るさが足りなかった。ところが眩いまでに明るい場所に立っても、目が眩むことはなかった。

夢紀行の不思議さをまたひとつ感じた丁仁は、空に舞い上がった。眼下には初めての景観が広がっていた。

太い円形の筒状のものが、集落の端に見えた。すでに働いている刻限で、そこから煙を吐き出していた。

あの筒状のものは青銅の精錬のための炉だと、丁仁は見当をつけた。そしてもうひとつ、眼下に見えるのは宮殿に青銅器を納入するための、職人集団の精錬所だとも察していた。

精錬所を端にして、見慣れた形の仕事場が長々と伸びている。ここは青銅器造りの職人集落に違いない……そう見当をつけた丁仁は、さらに高く舞い上がった。

集落の位置を確かめるためである。さほど高く舞い上がらずとも、集落の位置は判明した。

いままで丁仁は宮殿正面から前方に向けて、城壁までの敷地内を空から見下ろしていた。

精錬所は宮殿真裏の敷地を使い、川の流れに沿うように東に向けて果てしなく伸びていた。

真裏に位置している理由はすぐに分かった。炉から吐き出される煙は、宮殿とは反対の方向にたなびいていた。煙を追って飛んだ先には、明らかに仕事場とは異なる無数の棟が見えた。

あれかもしれない……と、丁仁は飛び方を速めた。丁仁が思い浮かべたことは当たりだった。

粗末な小屋が無数に連なっていた。奴隷たちが押し込まれている、いわば牢獄である。

建屋を囲む塀などない。代わりにあの城壁が、小屋の端に聳え立っていた。この城壁は外敵襲来の備えであると同時に、奴隷の逃亡にも備えていた。

この小屋を見るまでの丁仁は、丁家の家訓である戒めを大事に思っていた。

上空から見下ろして規模が分かった、城壁にまでつながっている無数の粗末な小屋。

これを目にしたことで、もはや紂王は『史記』の『殷本紀』などに書かれたことこそ、実像だと思わざるを得なかった。

飛び続ける気力も失せた丁仁は、精錬所の近くまで空から戻った。そして炉の近くで地べたに降りた。

このうえ紂王の姿など、見たいとも思わなかった。

願った通りの時代と場所を訪れることができた。しかも亀甲に文字を刻む職人が鏨を使う、手元の動きまでも間近で見ることができた。

この地で見聞きしたことは、一言たりとも明かすことはできない。

生涯を通して見聞した秘密を口外せぬ縛り。思えば二十一歳の若者には厳しい縛りだった。しかし縛りのきつさを受容できるほどの、まさに夢紀行だった。

「為すべきを、やり続けます」

丁仁は天を仰いで決意を大声で言い切った。声が外に漏れるはずもなかったのに、大声に合わせて炉から東に流れる煙が上下に動いた。

滞在できる時間には、まだゆとりがあった。が、丁仁はここまでで十分だとの満足感が身の内を満たしていた。

夢紀行の帰りの秘術実行は、空に浮かんで為すのが作法である。深呼吸のあと、丁仁は地べたを蹴って垂直に飛び上がった。そして両手を動かして空気を押し下げた。

炉の上端に達する高さになったとき、精錬所の戸口に職人たちが続々と出てきた。そして精錬所前で、ひとの輪を拵(こしら)え始めた。

「間を詰めて、三十二人が手をつなげる輪を作れ」

指図のだみ声は、宙に浮いている丁仁にも聞こえた。

手の動きを逆にして、丁仁は地べたに戻った。

輪を作っている職人は指図の男が言った通り、三十二人である。だみ声男は輪を切って内に入り、中央に立った。

丁仁も内に入り、男と並んだ。ここに立つことで、職人たちの表情を見ることができた。

だみ声男は小さな青銅の碗を手に持っていた。右手で碗を持ったまま、左手で小さな青銅板を一枚取り出し、左腕を高く差し挙げた。

小板も磨き上げられている。陽を浴びた板は、眩く輝いた。

「昨夜の酒宴に間に合わせた青銅器のすべてに、紂王様はいたく満足をされた。そしてねぎらいの言葉をくださった」

三十二人のひとの輪が沸き上がったどよめきで、左右に揺れた。板を高く差し上げたまま、左手を振ってどよめきを静めた。静かになったところで、男は話の続きに戻った。

「紂王様から賜(たまわ)ったのは、お言葉だけじゃない」

男はまた左手を左右に振った。陽光を弾き返す板の光も、左右に動いた。

「紂王様の御名〝辛〟の一文字が刻まれたこの板を、青銅器組全員に一枚ずつ下された」

瞬間、うおおおっの雄叫びが広場を埋めた。男はまたその声を静めて、詰めの言葉に言い及んだ。

「わしら青銅器組はこころを一にして、情け深き紂王様に従うことを宣言する。承知だな」

「うおおっ!!」

輪の中央に立って改めて丁仁は、各員の表情を見回した。誰もが正味の表情で、返事となる雄叫びを上げていた。

ひとの顔はひとつならずの戒めを、丁仁は複雑な思いとともに嚙み締めて、なぞり返していた。

この職人たちは、果たしてどこまで紂王を信頼しているのだろうか?

この疑問を職人たちに問い詰めても、誰も本音を明かしはしないだろう……

紂王はここまでだと決めて、丁仁は考えることを閉じた。

いま一度深呼吸のあと、地べたを蹴った。

予定より早い帰還となるが、麗華は待ち受けてくれていると丁仁は固く信じていた。

両腕を強く動かして、炉から東に流れる煙の上にまで上昇した。

「ありがとうございました。名残は尽きません」

空中で身体を真横にして、礼と別れの言葉をつぶやいた。

煙が揺れたが、上向きになっている丁仁には見ることができなかった。

四十九

八千巻楼（はっせんかんろう）二階に運び上げていた大型の鐘表（ジョンビアオ）（時計）は、調子の整った音を発して振り子が揺れていた。

大枚を叩（はた）いて購入したこの大型の鐘表は、長針・短針に加えて秒針も動く、最高級の「三針鐘表」だった。

小さな家が普請できるほどの高額を先祖が承知したのは、夢紀行を確実・安全に執り行うための、必須の備えだったからだ。

丁仁が旅立ったのは十月十日（新暦十一月十二日）午後十時十分だった。

日程は二日間の旅である。いまは二日目の午前九時五十三分だと、大型の鐘表が告げていた。

丁仁が最長時間の旅を実行するなら、帰還までにはまだ十二時間以上のゆとりがあった。

丁仁の旅の安全を、我が身で感じ続けている老師である。鐘表の秒針の確かな運針同様に、老師の動悸（どうき）にも息遣（いきづか）いにも乱れはなかった。

昨夜十時過ぎに、麗華（れいか）は新たなロウソクに点火していた。巨大ロウソクの極太の軸は、まだ半分以上も残っている。炎は小さいが揺らぎもせずに燃え続けていた。

寝台に横たわっている丁仁は、いまも定まった息遣いを続けている。巨大ロウソクの脇に座している麗華は、炎と丁仁とを常に見守り続けていた。

大型の鐘表が午前十時の鐘を鳴らし始めたとき、八千巻楼二階の気配が動き始めた。

丁仁とロウソクとが同時に動きを示した。

夢紀行の間は微風も通らぬように、二階はすべての窓の百葉窓（バイイエチャン）（雨よけ）を閉めきっていた。

ロウソクの炎を揺らさぬためである。

その炎が、わずかに揺れ始めたのだ。ロウソクを見詰めていた麗華の顔がこわばった。

炎はもともと小さい。それがわずかに揺れ始めるなり、老師は閉じていた目を開いた。そして静かに立ち上がり、横たわっている丁仁の枕元へと寄った。

麗華は椅子から動かず、炎の注視を続けた。

静かな寝息を立てている丁仁の顔を、老師は覗き込んだ。三分の間、じっと見続けた後、得心（とくしん）顔を麗華に向けた。

「少爺（シャオイエ）（若旦那）は帰還を始められた」

老師は言い切り、娘の前へと移った。

「夢紀行の往路は、目的地到着までに長い時間を要するとされている」

老師は父親から聞かされたことを麗華に話していた。やがては夢紀行秘術のすべてを長子である麗華に、一子相伝することになる。

丁仁の夢紀行は、麗華への秘術伝授の始まりでもあった。

「夢紀行の旅人がいずこに旅するのかは、当人のみが知ることで、手伝いようがない。ゆえに旅人は目的地に行き着くまでに相当の時間を要するだろう」

しかし帰りは違うと、老師の口調が和らいだ。

「旅からの帰りは、訪ねた場所と時代がいずこであれ、戻る場所はここ、八千巻楼だ」

帰り道は太い一本道である。帰還する者も迷うことなく、全速力にて帰還を続ければいい。

「少爺が目的地に到着したのは……」

老師はあとの口を娘に譲った。丁仁の目的地到着まで、麗華はまさに微動だにせず炎と大型の鐘表とを注視していたからだ。

炎が報せてくれた時刻は、午前六時七分。日の出直後の刻限だった。前々夜十時十分に旅立ってから、じつに三十二時間もの長旅だったと麗華は考えていた。

帰途は速いと老師は口にされた。とはいえ往路は八時間を要していたのだ。いかに速くても半分にまで短縮されはしないはず……と麗華は考えた。

帰還が始まったばかりの今のうちに、用足しも済ませておこうと決めて、麗華はそれを老師に話した。

「ならぬ」

父親の物言いは厳しかった。

「往路が成就した旅なればこそ、復路の重要度合いは限りなく重い」

おまえは過ぎたるほどに茶を呑んでいたのかと、老師は厳しき口調で質（ただ）した。節制して茶を控えていたのを承知のうえでの問い質しだった。

「控えておりました」

麗華は静かな物言いで答えた。

「ならば用足しを案ずるのは気のゆるみに過ぎぬ」

「わたしの気のゆるみ、思い違いでした」

麗華が答えたとき、小さな炎が大きく揺れた。丁仁の両手両足が大きな動きで伸び始めた。

父と娘は同時に丁仁の枕元に移り、息を詰めて目覚めるのを待ち構えていた。

*

十月十四日（新暦十一月十六日）午前十時過ぎ。北京（ペキン）の元突聘（げんとっぺい）は予定にはない訪（おとな）いで八千巻楼を訪れた。

美国（メイグオ）（アメリカ）KODAK（コダック）社発行の、新型カメラカタログが入手できたからだ。

夢紀行から帰還した翌々日のことである。疲労感を抱えていた丁仁だったが、元突聘の来訪は

「吉報の配達」と同義語にひとしい。母屋を出た丁仁は用向きが亀甲獣骨がらみではないことを願いつつ、八千巻楼一階で元突聘と向きあった。

「あえて、予定にない訪問をいたしましたのは」

元突聘はいつもの黒カバンから、薄いカタログを取り出して、丁仁に差し出した。

表紙を見ただけで、一瞬にして丁仁の疲労感が霧となって失せた。元突聘の顔に安堵の色が浮かんだ。

ＫＯＤＡＫ社カタログ一冊だけで北京から杭州に向かうのは、丁仁の好みを知り抜いていると自負する元突聘でも、博打だったからだ。

「このカタログのＮｏ．１ ＫＯＤＡＫカメラは、去年美国で発売されたばかりの最新式カメラです」

いつもの元突聘とも思えぬ早口で、息継ぎすら惜しむ勢いで説明を続けた。

「美国での価格は一台二五ドル（当時の日本円で約一七五万円）です」

カメラには百枚撮影できるフィルムがあらかじめ装塡されていると、百枚に力を込めて説明を続けた。

「一台買います」

早口の元突聘を抑えて、丁仁は静かに注文した。この発注には元突聘のほうが慌てた。

「カメラだけで一万四千元します。美国からの船賃は別ですし、撮影したフィルム現像は当分の間、カメラごと美国に送らなくてはなりません」

カメラ代金の他にも大金が必要ですが、それでもよろしいかと、元突聘はくどいほどに確認した。

「承知ですから、すぐに発注してください」

丁仁の静かな気迫に押されてしまい、その場で注文を受けた。

元突聘は折り返し運航の乗合船に乗船するため、商談成立後は人力車で港まで急ぎ戻った。

ひとりになった丁仁は、まだ片付けられていない二階の寝台に寝転んだ。そしてカタログの精読に没頭した。

説明文は当然ながら英語である。元突聘は丁仁が理解できるようにと、漢字の翻訳文を挟んでくれていた。

明日は十月二度目の例会である。このカメラは今後の各員の活動に限りがないほど貢献してくれると確信していた。

夢紀行に、このカメラを携えていられたら……

思ったのも束の間で、あの旅で得た成果は幾層もの厚みで脳裏に蓄(たくわ)えられていた。

＊

「ここにいる四人の今後の活動に、欠かすことのできない素晴らしい商品の子細な情報を、北京の元突聘さんが届けてくれました」

十五日の例会冒頭で丁仁は、他の三人の了承を得てカメラの説明を始めた。

「このカメラは、いますでに北京や上海（シャンハイ）にあるカメラとは、根本から違う製品です」

丁仁の説明に合わせて、麗華がカタログと元突聘作成の翻訳文との回覧を手伝った。

丁仁は説明しながら、三人の様子を観察していた。そしてあらためて悟った。

「説明を聞いただけで、だれもがすでに、カメラを使っての未知なる可能性を考えている」と。

そんな三人を見たことで、不意に紂王を思い浮かべた。

唾棄（だき）すべき暴君だ。が、新機軸を打ち出すことに辣腕（らつわん）を振るっていたのを、丁仁は旅で目（ま）の当たりにした。

前例にとらわれず前進するには、好奇心と勇気がいる。その両方をわれら四人とも、確かなものとして内に秘めている。

これから為（な）そうとするのは、「古（いにしえ）」を尊（たっと）びつつ「新（あらた）」と融合（ゆうごう）させることだ。

わたしには篆刻があると自負をもって、胸の内で言い切れた。新たな書体を創作し、昔からの文字に着せ替えさせるのも、その一例だ。他の三人も抜きんでた創造力を有している。

四人が結集すれば、創造の扉が次々に開く……

これから進むべき道が、いま鮮明に見えたと感じた。

「古と新との融合させるさきがけになりましょう」

声を張ったわけでもないのに、三人は丁仁を見つめていた。

この日の発言が端緒となり、のちに丁仁、呉隠、葉為銘、王福庵の四名で学術団体「西泠印社」を興した。

亀甲や獣骨たる竜骨に刻まれた文字らしきものについては、清王朝の高級官吏で金石学者でもあった王懿栄が、精力的に探究を続けた。惜しくも一九〇〇年（光緒二十六年）に義和団事件に巻き込まれてしまい、探究・研究なかばにして井戸に身を投じて落命した。

丁仁は夢紀行で見てきたことは一言も口にせず、篆刻界の重鎮として生涯を閉じた。

丁仁たち四人が興した西泠印社は、二〇二三年現在でも健在である。

「亀甲獣骨」了